黄庭堅詞集 秦觀詞集

〔宋〕黄庭坚 著
〔宋〕秦 观 著

上海古籍出版社

图书在版编目(CIP)数据

黄庭坚词集　秦观词集／(宋)黄庭坚，(宋)秦观著. —上海：上海古籍出版社，2016.6　(2019.1重印)
(国学典藏)
ISBN 978-7-5325-8120-7

Ⅰ.①黄…　Ⅱ.①黄…　②秦…　Ⅲ.①宋词—选集
Ⅳ.①I222.844

中国版本图书馆CIP数据核字(2016)第118757号

国学典藏
黄庭坚词集
[宋]黄庭坚　著
秦观词集
[宋]秦观　著
上海世纪出版股份有限公司
上　海　古　籍　出　版　社　出版
(上海瑞金二路272号　邮政编码200020)
(1)网址：www.guji.com.cn
(2)E-mail：guji1@guji.com.cn
(3)易文网网址：www.ewen.co
上海世纪出版股份有限公司发行中心发行经销
江阴金马印刷有限公司印刷
开本890×1240　1/32　印张9.875　插页5　字数230,000
2016年6月第1版　2019年1月第4次印刷
印数6,301—8,400
ISBN 978-7-5325-8120-7
I·3073　定价：26.00元
如有质量问题，请与承印公司联系

前　言

马兴荣

黄庭坚（1045-1105），字鲁直，洪州分宁（今江西修水）人。父亲黄庶，曾代理康州知州，是专学杜甫、韩愈的诗人，著有《伐檀集》。叔父黄廉，仁宗嘉祐六年（1061）进士，因赞成新法，深得神宗赏识。他的舅父李常是著名藏书家，诗人。他的第一个岳父孙觉，第二个岳父谢师厚，也都是诗人。这对黄庭坚的成长，影响很大。

英宗治平四年（1067），黄庭坚二十三岁，考中进士。次年任叶县（今属河南）尉。神宗熙宁五年（1072）考中学官，任北京（今河北大名）国子监教授。元丰元年（1078），他写了一封信并附了两首诗给徐州太守苏轼，表示仰慕之意。苏轼当即覆信称赞他“超逸绝尘，独立万物之表”，“古风二首，托物引类，真得古诗人之风”（《答黄鲁直五首》）。从此两人缔交，终身不渝。元丰三年（1080）知吉州太和县（今属江西）。在舒州（今安徽安庆）游览了三祖山上的山谷寺，因爱其风光，便以“山谷道人”为号。元祐元年（1086）以秘书省校书郎召入馆阁，参与校定《资治通鉴》。以后又任神宗实录检讨官，加集贤校理，升起居舍人、秘书丞，兼国史编修官。这一时期，他追随苏轼，常相唱和，成为“苏门四学士”之一。绍圣元年（1094）哲宗亲政，章惇、蔡卞等新党得势，他被贬为涪州（今四川涪陵）别驾，先后被安置在黔州（今四川彭水）、戎州（今四川宜宾），因又自号涪翁。徽宗即位后，他先后被任命为舒州知州、吏部员外郎，均未到任。崇宁元年（1102）六月知太平州（辖今安徽当涂、芜湖、繁昌），九日而罢，流寓荆州、鄂州一带。崇宁二年（1103）以“幸灾谤国”罪名被除名，流放宜州（今广西宜山）编管。崇宁四年（1105）九月三十日死于贬所，终年61岁。

黄庭坚一生历尽坎坷，但在文艺上的成就和影响却是巨大的。他的书法与蔡襄、苏轼、米芾并称为宋代四大家。他的诗与苏轼齐名，后来形成了庞大的江西诗派。他的词也同样著名，但在当时和后世却有不同的看法。陈师道说：

> 退之以文为诗，子瞻以诗为词，如教坊雷大使之舞，虽极天下之工，要非本色。今代词手，惟秦七、黄九尔，唐诸人不逮也。（《后山诗话》）

而晁补之则说：

> 黄鲁直间作小词，固高妙，然不是当行家语，是着腔子唱好诗。（宋吴曾《能改斋漫录》卷一六）

他们的意见是截然相反的。在陈师道看来，“今代词手”只有秦观和黄庭坚，他们是超越唐人的。而晁补之认为，黄庭坚词“不是当行家语”，而是诗。这就是说，黄庭坚是和苏轼一样“以诗为词”的。传为李清照所写的《词论》在对北宋词人所作的评论中说：

> 柳屯田永者，变旧声作新声，出《乐章集》，大得声称于世。虽协音律，而词语尘下。又有张子野、宋子京兄弟、沈唐、元绛、晁次膺辈继出，虽时有妙语而破碎，何足名家。至晏元献、欧阳永叔、苏子瞻，学际天人，作为小歌词，直如酌蠡水于大海，然皆句读不葺之诗尔，又往往不协音律。……王介甫、曾子固文章似西汉，若作一小歌词，则人必绝倒，不可读也。乃知别是一家，知之者少。后晏叔原、贺方回、秦少游、黄鲁直出，始能知之。又晏苦无铺叙；贺苦少典重；秦即专主情致，而少故实，譬如贫家美女，虽极妍丽丰逸，而终乏富贵态；黄即尚故实，而多疵病，譬如良玉有瑕，价自减半矣。（宋胡仔《苕溪渔隐丛话·后集》卷三三）

李清照认为：苏轼的词是“句读不葺之诗”，词“别是一家”，这一点只有晏叔原、贺方回、秦少游、黄庭坚“始能知之”。黄庭坚的词是符合“别是一家”要求的，只不过“即尚故实，而多疵病”而已。这就是说，黄庭坚词与苏轼词是不相同的。而王灼《碧鸡漫志》仍然认为：“晁无咎、黄鲁直皆学东坡，韵制得七八。”（卷二）其后，历代评黄庭坚词，大抵不出以上两种意见。清光绪年间陈廷焯《白雨斋词话》出，对黄庭坚词持彻底否定的态度，他说：

> 秦七、黄九并重当时，然黄之视秦，奚啻碔砆之与美玉。词贵缠绵，贵忠爱，贵沉郁。黄之鄙俚者无论矣，即以其高者而论，亦不过于倔强中见姿态耳。于倔强中见姿态，以之作诗，尚未必尽合，况以之为词耶？
>
> 黄九于词，直是门外汉，匪独不及秦、苏，亦去耆卿远甚。（卷一）

这对于近百年来对黄庭坚词评价的影响甚大，以至被誉为“宋词专家及其代表作品俱已入录，即次要作家如时彦、周紫芝、韩元吉、袁去华、黄孝迈等所制浑成之作，亦广泛采及，不弃遗珠”（唐圭璋《宋词三百首笺注》自序）的朱孝臧《宋词三百首》，对黄庭坚词一首也不选。

黄庭坚词究竟是符合“本色”、符合“别是一家”，还是和苏轼一样“以诗为词”？黄庭坚于词是“门外汉”，还是可与秦观并称？要回答这些问题，只有从黄庭坚的词学观和他的创作实践来寻找答案。

黄庭坚的词学观最集中地表现在他为晏幾道《小山词》作的序文中。他在序中说：

> 晏叔原，临淄公之暮子也。磊隗权奇，疏于顾忌。文章翰墨，自立规摹。常欲轩轾人而不受世之轻重。诸公虽称爱之，而又以小谨望之，遂陆沉于下位。平生潜心六艺，玩思百家，持论甚高，未尝以沽世。余尝怪而问焉，曰：“我槃跚勃窣，犹获罪于诸公，

> 愤而吐之，是唾人面也。”乃独嬉弄于乐府之馀，而寓以诗人之句法，清壮顿挫，能动摇人心。士大夫传之，以为有临淄之风耳，罕能味其言也。……至其乐府，可谓狎邪之大雅，豪士之鼓吹。其合者，《高唐》、《洛神》之流；其下者，岂减桃叶、团扇哉？余少时间作乐府，以使酒玩世。道人法秀独罪余以“笔墨劝淫，于我法中当下犁舌之狱”，特未见叔原之作耶？

在这一大段序言中，除了对晏幾道及其词的评价之外，有两点很值得我们注意。第一，词原是配合音乐歌唱的歌词，是音乐的附属物。在民间时期，它的内容多样，但以写男女恋情为主，风格质朴。发展到文人手里以后，词主要成为侑酒助乐、娱宾遣兴的工具，风格趋于雅丽香软。正如后蜀广政三年（940）欧阳炯所说：“绮筵公子，绣幌佳人。递叶叶之花笺，文抽丽锦；举纤纤之玉指，拍按香檀。不无清绝之辞，用助娇娆之态。”（《花间集序》）到北宋，苏轼认为词是从诗发展而来的，是诗的苗裔（《祭张子野文》：“微词宛转，盖诗之裔。”），主张以诗为词，把诗的题材内容、手法、风格等引入词的领域，开拓了词的新天地，使词脱离了音乐的束缚。黄庭坚在这篇序言中说晏幾道出身高贵，学富才高，而不容于世，因此一腔悲愤，只能学诗人寓托比兴之句法，以乐府歌辞出之，成为“狎邪之大雅，豪士之鼓吹”。这就是说，晏幾道把身世之感注入了艳情之作。类似的意见在黄庭坚的一些题跋中还可以看到，例如《跋秦少游踏莎行》：“右少游发郴州回横州，多顾有所属而作，语意极似刘梦得楚蜀间诗也。”由此可见，黄庭坚认为：词与诗是同格的，可以用写诗的方法来写词。这和苏轼的意见是相同的。

第二，释惠洪《冷斋夜话》卷十有一段人们熟知的法云秀对黄庭坚艳歌小词的批评和黄庭坚对这一批评所持的态度。原文是：

> 法云秀，关西人，铁面严冷，能以理折人。鲁直名重天下，诗词一出，人争传之。师尝谓鲁直曰：“诗多作无害，艳歌小词可罢

之。"鲁直笑曰："空中语耳，非杀非偷，终不至坐此堕恶道。"师曰："若以邪言荡人淫心，使彼逾礼越禁，为罪恶之由，吾恐非止堕恶道而已。"鲁直领之，自是不作词曲。（据《学津讨原》本）

胡仔《苕溪渔隐丛话·前集》卷五七引《冷斋夜话》此段记载，文字虽有较大不同，但黄庭坚被法云秀说服则是相同的。而黄庭坚自己在上述《小山词》序中说的和《冷斋夜话》、《苕溪渔隐丛话·前集》所载却大不相同。他不但没有被法云秀说服，而且还责问法云秀："特未见叔原之作耶？"黄庭坚对晏叔原《小山词》中的艳歌小词是怎样看的呢？除了上述有寄托的以外，他说："其合者，《高唐》、《洛神》之流；其下者，岂减桃叶、团扇哉？"这就是说，对这类作品，他也是持肯定态度的。至于他自己少时写的艳歌小词，他在《小山词》序中明确地说是"使酒玩世"的。换句话说，就是任性酗酒，轻蔑世事。其中有的也可能是像《小山词》的艳歌小词一样是有所寄托的。我们知道，黄庭坚年少丧父，生活在母家，十五六岁时跟随舅父李常游学淮南，言行深受李常影响。他在《奉和公择舅氏送吕道人研长韵》中说："少也长母家，学海颇寻沿。诸公许似舅，贱子岂能贤。"（见宋史容《山谷外集诗注》卷一五。）李常在熙宁初因反对新法被贬官，元祐初任户部尚书，又反对尽废新法，与司马光意见相左。这些对黄庭坚无疑也是有影响的。但是，另外一方面，黄庭坚少年时也有放浪的生活，他自己晚年写的《蓦山溪》（朝来风日）下片就曾明明白白地说："追思年少，走马寻芳伴。一醉几缠头，过扬州、珠帘尽卷。而今老矣，花似雾中看，欢喜浅。天涯远，信马归来晚。"他的好友张耒也有"黄子少年时，风流胜春柳"之句（《赠无咎以既见君子云胡不喜为韵诗》），就是明证。因此，在他的艳歌小词中有些是他少年时的生活写照也是自然的。据此可知，上述《冷斋夜话》及《苕溪渔隐丛话·前集》所载是不可信的，应该以黄庭坚自己在《小山词》序所说为准。

黄庭坚的身世遭遇、学养襟抱和他的词学观，形成了他的词所独具的风貌特点。这些特点，大略而言，有以下数端：

一、雅俗并存

一谈到黄庭坚词，人们自然而然就想到他那些运用口语、俗语写的词，特别是那些完全用口语、俗语写的通俗词，如《归田乐引》（暮雨濛阶砌）（对景还销瘦）、《江城子》（新来曾被眼奚搐）、《两同心》（一笑千金）、《少年心》（心里人人）、《丑奴儿》（济楚好得些）、《好女儿》（粉泪一行行）、《归田乐令》（引调得）、《卜算子》（要见不得见）等等。这些通俗词中有的写得情真意切，十分感人，如《少年心》：

对景惹起愁闷，染相思、病成方寸。是阿谁先有意，阿谁薄倖，斗顿恁、少喜多嗔。　合下休传音问，你有我、我无你分。似合欢桃核，真堪人恨。心儿里、有两个人人。

以口语写出一个对景伤情、相思成病的女子，斥责负心汉对爱情的不专一，表现了女子又恼又恨的心理和决裂的态度。写得清新质朴，酷似民间词，这在文人词中是不多见的。又如《望江东》：

江水西头隔烟树，望不见、江东路。思量只有梦来去，更不怕、江阑住。　灯前写了书无数，算没个、人传与。直饶寻得雁分付，又还是、秋将暮。

以通俗的语言把一个相思者复杂的心理和真挚的感情写得曲折尽致。连自称“不喜山谷词”（清陈廷焯《词坛丛话》）的陈廷焯，也称赞这首词是佳作，他说这首词：“笔力奇横无匹，中有一片深情，往复不置，故佳。”（《白雨斋词话》卷六）

相对通俗词而言的雅词，是词从民间传到文人手上后出现的。被誉为“百代词曲之祖”（宋黄昇《唐宋诸贤绝妙词选》卷一）的唐李白的《菩萨蛮》（平林漠漠烟如织）、《忆秦娥》（箫声咽）就是明证。到了黄庭坚生活的那个时代，词进一步雅化了，正如徐度《却扫编》卷下所说：

柳永耆卿以歌词显名于仁宗朝，官为屯田员外郎，故世号柳屯田。其词虽极工致，然多杂以鄙语，故流俗人尤喜道之。其后欧、苏诸公继出，文格一变，至为歌词，体制高雅，柳氏之作，殆不复称于文士之口，然流俗好之自若也。

作为苏轼的门人，和苏轼一样主张“以诗为词”的黄庭坚自然写了不少雅词，如“或以为可继东坡赤壁之歌”（宋胡仔《苕溪渔隐丛话·后集》卷三一）的《念奴娇》（断虹霁雨），被认为“词意益工”（宋吴曾《能改斋漫录》卷一七）的《满庭芳》（北苑春风），被明代沈际飞誉为“雕绘富有”（《草堂诗馀四集》续集）的《满庭芳》（修水浓青），被清代黄苏赞为“一往深秀，吐属隽雅绝伦”（《蓼园词评》）的《水调歌头》（瑶草一何碧），被近代俞陛云评为“清婉有致”（《唐五代两宋词选释》）的《虞美人》（天涯也有江南信）、“婉而有韵，丽而能雅”（同上）的《南歌子》（槐绿低窗暗）等等，都是人们所熟知的，这里就不再详细论述了。

二、内容丰富

黄庭坚的词题材多样，记游、写景、怀古、赠答、送别、说理、谈禅、咏物、男女恋情等等都有，确实是“无意不可入，无事不可言”（清刘熙载《艺概》卷四《词曲概》）。其中两部分很值得注意，一是写男女恋情的。男女相亲、相恋、相思是词的传统主题，黄庭坚在同时代词人中，这类词是写得比较多的。他受到“鄙俚不堪入诵”（清彭孙遹《金粟词话》）之类责备的也正是这类词。其实，男女恋情是人类生活中大量存在的，自然也应该是文学作品大量描写的，大量反映的。词，特别是民间词也不例外。而黄庭坚正是继承了民间词的这个传统，把许多爱情词写得活生生的，例如《归田乐引》：

对景还销瘦。被个人、把人调戏，我也心儿有。忆我又唤我，见我，嗔我，天甚教人怎生受。　　看承幸厮勾，又是尊前眉峰皱。是人惊怪，冤我忒捌就。拚了又舍了，一定是这回休了，及至相逢又依旧。

把热恋中的男女之间又恋又怨、又恨又爱的那种微妙的感情，写得淋漓尽致。这和那些主张写男女恋情时要有所“顾籍”（宋王灼《碧鸡漫志》卷二），要写得“若隐若现，欲露不露，反复缠绵，终不许一语道破”（《白雨斋词话》卷一）的观念，是完全不同的，所以自然会受到一些人的责难。

其次是表达对现实不满的。黄庭坚生活的时代，党争激烈，政局动荡，内忧外患频仍。这在他的诗里多所反映，在他的词里也有直接或间接的表现，如《水调歌头》：

> 瑶草一何碧，春入武陵溪。溪上桃花无数，枝上有黄鹂。我欲穿花寻路，直入白云深处，浩气展虹蜺。只恐花深里，红雾湿人衣。　　坐玉石，倚玉枕，拂金徽。谪仙何处，无人伴我白螺杯。我为灵芝仙草，不为绛唇丹脸，长啸亦何为。醉舞下山去，明月逐人归。

黄庭坚在《跋东坡乐府》中称赞苏轼《卜算子》（缺月挂疏桐）词：“语意高妙，似非吃烟火食人语，非胸中有万卷书，笔下无一点尘俗气，孰能至此。”而他自己这首《水调歌头》，正体现了这种超轶绝尘的审美理想。整首词以幻想的手法描写神游桃花源的情景。上片写桃花源的美妙和自己的向往，下片写自己只能孤芳自赏，明显地透露出对现实社会的不满之情。

又如元符三年（1100）黄庭坚得赦复官后在戎州或青神所写的《鹧鸪天》（黄菊枝头生晓寒），词中所写的狂饮、雨中吹笛、簪花倒着冠，都是对世俗的一种戏弄侮慢；而加餐、观舞、听歌，则是对现实迫害的反抗。末两句以白发插黄花的放浪姿态，让旁人冷眼去看，更显示了词人反抗的强烈。崇宁二年（1103）黄庭坚以“幸灾谤国”的罪名被除名，羁管宜州。次年到达宜州后，冬天见梅花开放，有感而作，写了《虞美人》（天涯也有江南信），词中通过梅花把天涯与江南、平生与去国、垂老与少年作了对比，表现了他对整整十年所受迫害的不满。不过这种不满不像上述《鹧鸪天》所表达的那样强烈，而是相当含蓄。这当然和他的处境有关。

由于黄庭坚“以诗为词”，使词具有咏物的性质，故咏物词在他的词中比较多地出现了。其中以咏茶词最著名，如《品令》：

> 凤舞团团饼。恨分破、教孤令。金渠体净，只轮慢碾，玉尘光莹。汤响松风，早减了、二分酒病。　味浓香永。醉乡路、成佳境。恰如灯下，故人万里，归来对影。口不能言，心下快活自省。

通篇没有出现一个“茶”字，但是把茶的名贵以及破茶、碾茶、煮茶的过程，品茶的趣味、快活，都巧妙地表达出来了。说它是咏茶词或咏物词的佳作，并不过誉。

黄庭坚一生所恪守的是传统的儒家学说，但他又是祖心禅师的入室弟子，和惟清禅师、悟心禅师、倚遇禅师交谊都很深。南宋普济的《五灯会元》也将他排在南岳下十三世，称为居士，可见他又是一个虔诚的佛教信徒。本来佛教就有唱道词，北宋天禧间僧道诚云：

> 毗奈耶云：王舍城南方有乐人名臈婆，取菩萨八相，缉为歌曲，令敬信者闻生欢喜心。今京师（汴）僧念《梁州八相》、《太常引》、《三归依》、《柳含烟》等，号“唐赞”。又南方禅人作《渔父》、《拨棹子》，唱道之词，皆此遗风也。（《释氏要览》卷下《杂记》）

作为佛教信徒的黄庭坚用词来说佛谈禅，是很自然的事。如《渔家傲》（三十年来无孔窍），写南岳临济宗福州灵云志勤禅师见桃花而悟道的故事，以及人们应以灵云为鉴及早悟道的感想。这类词，大抵内容与艺术两皆平平，除了表现禅理或禅趣外，并无特出之处。但是，黄庭坚却写了不少，不过他不是像僧人那样借此传道，只是戏作而已。这只要看他的《渔家傲》（万水千山来此土）小序，就可明了。

黄庭坚词中还有一首咏“打揭”的《鼓笛令》。“打揭”是宋代民间的一种博戏，李清照《打马图序》说这是一种“鄙俚不经见”的博戏，而黄庭坚把它写入词，成为宋词中仅有之作。由此可见黄庭坚词确是“无意不可入，无事不可言”的。

三、自具面目

人们常以“豪放”、“婉约”论词的艺术风格，而且习以苏轼词为豪放之首，以秦观词为婉约之魁。而黄庭坚词中既有《念奴娇》（断虹霁雨）这样洋溢着豪迈气概，乐观情绪，黄庭坚自己也称“或以为可继东坡赤壁之歌”（宋胡仔《苕溪渔隐丛话·后集》卷三一）的豪放之作，同时也有像《清平乐》（春归何处）这样清新俏丽的婉约之篇。但是，话要说回来，黄庭坚从来是不肯跟在别人后面亦步亦趋的，他要走自己的路，形成自己的风格。他在论书法时就曾说过：“随人作计终后人，自成一家始逼真。”（《豫章集》卷二八《题乐毅论后》）在《赠高子勉》四首中又说：“我不为牛后人。”对于词也不例外，他对词的传统风格采取兼收并蓄而又有所开拓创新的态度，所以他的词和苏轼、秦观词在艺术风格上均有所不同。拿上述《念奴娇》来说，在豪放中就寓有峭拔之气。下片中的“年少随我追凉，晚寻幽径，绕张园森木”、“老子平生，江南江北，最爱临风笛”，以散文句法入词，信笔挥洒，更别有风味。再拿上述《清平乐》来说，并不只是一味柔情脉脉，而是寓有清刚之风，所以有人把它归入豪放词。可以说，豪放、婉约是词的艺术共性，峭拔清刚才是黄庭坚词的风格特征。

黄庭坚最著名的诗论是：

> 诗意无穷，而人之才有限。以有限之才，追无穷之意，虽渊明、少陵，不得工也。然不易其意而造其语，谓之换骨法；窥入其意而形容之，谓之夺胎法。（宋惠洪《冷斋夜话》卷一）

> 自作语最难，老杜作诗，退之作文，无一字无来处。盖后人

读书少，故谓韩、杜自作此语尔。古之能为文者，真能陶冶万物，虽取古人之陈言入于翰墨，如灵丹一粒，点铁成金也。（黄庭坚《答洪驹父书》）

前者所谓“换骨”、“夺胎”，本是道家语。道家认为经过修炼，可以脱去凡骨换仙骨，脱去凡胎换圣胎。黄庭坚用以论诗歌创作，“换骨”是指用自己的语言重新表达前人的诗意；“夺胎”则是指采用前人诗句而加以发展，形成新的意境。后者所谓“点铁成金”，本是佛家语（见宋道原《景德传灯录》一八《灵照禅师》）。黄庭坚用以论诗歌创作，则是说取古人之“陈言”要经过“陶冶”，重新熔铸。这些诗歌创作方法，黄庭坚既用之于诗，也用之于词。在黄庭坚词中，这种例子真是不胜枚举。最突出的，如他将唐代顾况的《渔父引》：“新妇矶头月明，女儿浦口潮平，沙头露宿鱼惊。”和张志和的《渔父》：“西塞山前白鹭飞，桃花流水鳜鱼肥。青箬笠，绿蓑衣，斜风细雨不须归。”熔铸成一首《浣溪沙》：

新妇矶头眉黛愁，女儿浦口眼波秋，惊鱼错认月沉钩。　青箬笠前无限事，绿蓑衣底一时休，斜风细雨转船头。

苏轼称赞此词说：“鲁直此词，清新婉丽。问其最得意处，以水光山色替却玉肌花貌，真得渔父家风也。”（宋曾慥《乐府雅词》卷中）而清代的黄苏则认为：“‘无限事’、‘一时休’，写渔父情怀，未免语含愤激。涪翁一生坎壈，托兴于渔父，欲为恬适，终带牢骚。结句与张志和‘斜风细雨不须归’句，亦自神理迥别。张句是无心任运，涪翁句是有心避患也。”（《蓼园词评》）由此可见，金代王若虚所说的“鲁直论诗有夺胎换骨、点铁成金之喻，世以为名言，以予观之，特剽窃之黠者耳”（《滹南诗话》卷三），是皮相之言而已。当然，黄庭坚的词和他的诗一样，不管是“夺胎”、“换骨”，还是“点铁成金”，偶尔也有弄巧成拙的，这也无须讳言。

黄庭坚词还继承了民间词的传统，像柳永一样以市井语入词，但在这方面他比柳永走得还远。他往往是随心所欲地用俗语方言入词，如：

这訑尿黏腻得处煞是律。据眼前言定，也有十分七八，冤我无心除告佛。（《望远行》）

意思里、莫是赚人哕，嗷奴真个呣，共人呣。（《归田乐令》）

这无疑增加了后世读者了解他的词的难度。

总之，黄庭坚对于词，有与苏轼相同的认识，也把诗的创作方法用之于词；同时他又继承了词的传统，对当时流行于民间的歌词（包括佛教的唱道词）也有所吸收，这就形成了他的词题材广阔、内容丰富、自具面目的特点。可以说，在柳、苏两种词风相对立又互相渗透的当时词坛，黄庭坚词既受他们的影响，又能自我独立，而且影响了后代的辛稼轩等人（见金元好问《遗山文集》卷三六《新轩乐府引》），这是不易的。本文开头所说的陈师道、晁补之、李清照、王灼等人对黄庭坚词的评价，都只是从他的某些词或词的某些方面着眼，虽都有一定道理，但都不无偏颇之处。至于陈廷焯《白雨斋词话》对黄庭坚词的评价，则纯粹是从"温柔敦厚"的观点出发的。

综观黄庭坚的一生和他的全部词作，不难看出黄庭坚词表达了他的爱好、兴趣、欢乐、苦痛，反映了他所处的那个时代跳动的脉搏，这在宋词中是独树一帜的。读黄庭坚词，不当只观其与人相同处，还当观其别裁蹊径、不落窠臼处；不当只观其谨守绳墨处，还当观其豪纵恣肆、妙趣天出处；不当只观其当时的地位高下，还当观其对后世的影响。

【编者按：此次出版，为了方便读者，我们对黄庭坚词中的疑难字词和涉及的典故作了简要的注释，并择要将词中化用的古人诗词文句列于词后，每条前面用◎表示。此外，我们将历代评论及对黄庭坚词的系年择要列于每首词后，每条前面用◆表示。】

目　录

补遗

沁园春

把我身心，为伊烦恼，算天便知。
恨一回相见，百方做计，
未能偎倚，早觅东西。
镜里拈花，水中捉月，觑着无由得近伊。
添憔悴，镇花销翠灭，玉瘦香肌。

奴儿又有行期，你去即、无妨我共谁。
向眼前常见，心犹未足，
怎生禁得，真个分离。
地角天涯，我随君去，掘井为盟无改移。
君须是，做些儿相度，莫待临时。

◎做计：使计，筹画。

◎镜里看形见不难，水中捉月争拈得。（宋释道原《景德传灯录》）

◎镇：常，久。

◎怎生禁得：怎样耐得。

◎有为者，辟若掘井。（《孟子·尽心上》。掘井为盟，谓情志坚定不移。）

◎相度：了解，考虑。

◆宋陈善《扪虱新话》卷三：“黄鲁直初作艳歌小词，道人法秀谓其以笔墨诲淫，于我法中，当堕泥犁之狱。”故集中艳词多为其年轻时作品。（马兴荣、祝振玉《山谷词校注》）

惜馀欢茶词

四时美景，正年少赏心，频启东阁。

芳酒载盈车，喜朋侣簪合。
杯觞交飞劝酬献，正酣饮、醉主公陈榻。
坐来争奈，玉山未颓，兴寻巫峡。

歌阑旋烧绛蜡。况漏转铜壶，烟断香鸭。
犹整醉中花，借纤手重插。
相将扶上，金鞍騕褭，
碾春焙、愿少延欢洽。
未须归去，重寻艳歌，更留时霎。

◎东阁：招贤之所。

◎簪合：连缀、会合。

◎陈蕃为太守，以礼请署官曹。稚不就之，既谒而退。蕃在郡，不接宾客，惟稚来，特设一榻，去则悬之。（《后汉书·徐稚传》）

◎山公曰："嵇叔夜之为人也，岩岩若孤松之独立；其醉也，傀俄若玉山之将崩。"（南朝刘义庆《世说新语·容止》。玉山，喻人品德仪容优美。）

◎漏转铜壶：指铜壶滴漏以计时。

◎香鸭：指鸭形香炉。

◎騕褭，神马，日行万里。（《史记·司马相如传》集解）

◆此首当作于年轻未第时。张耒《赠无咎以既见君子云胡不喜为韵》诗云："黄子少年时，风流胜春柳。"词中道"醉主公陈榻"，盖以东汉豫章高士徐稚自比。（马兴荣、祝振玉《山谷词校注》）

水龙吟 黔守曹伯达供备生日

早秋明月新圆，汉家戚里生飞将。
青骢宝勒，绿沉金锁，曾随天仗。

种德江南，宣威西夏，合宫陪享。
况当年定计，昭陵与子，勋劳在、诸公上。

千骑风流年少，暂淹留、莫孤清赏。
平坡驻马，虚弦落雁，思临虏帐。
遍舞摩围，递歌彭水，拂云惊浪。
看朱颜绿鬓，封侯万里，写凌烟像。

◎戚里：帝王外戚聚居处。

◎（李）广居右北平，匈奴闻之，号曰"汉之飞将军"。（《史记·李将军列传》）

◎青骢：马之青白色杂毛者。

◎绿沉金锁：以浓绿色漆柄之枪及金锁甲。

◎雨抛金锁甲，苔卧绿沉枪。（唐杜甫《重过何氏五首》）

◎种德：施恩德于人。

◎合宫：相传为黄帝之明堂。

◎昭陵：宋仁宗葬永昭陵，故宋人以昭陵作仁宗的代称。

◎更羸与魏王处京台之下，仰见飞鸟。更羸谓魏王曰："臣为王引弓虚发而下鸟。"魏王曰："然则射可至此乎？"更羸曰："可。"有间，雁从东方来，更羸以虚发而下之。（《战国策·楚策四》）

◎摩围：摩围山，在黔州。黄庭坚贬黔时居摩围阁。

◎绿鬓朱颜，道家装束，长似少年时。（宋晏殊《少年游》）

◎（班）超行诣相者，曰："祭酒，布衣诸生耳，而当封侯万里之外。"班超在西域三十馀年，封定远侯。（《后汉书·班超传》）

◎凌烟像：唐太宗贞观十七年（643），画开国功臣长孙无忌、杜如晦、魏徵、尉迟敬德等二十四人像于凌烟阁。

◆此首作于绍圣三年丙子（1096）。曹伯达，名谱。供备，即供备库使，宋属西班诸司使。通常无职掌，仅为武臣迁转之阶。见《宋史·职官志》。任渊《山谷年谱》:“山谷初到黔南,曹谱伯达,张诜茂宗为守贰,待之颇厚。”山谷《与大主簿三十三书》:“太守曹供备谱,济阳之侄,通判张诜张景俭,孙公休之妻弟,皆贤雅,相顾如骨肉。”(马兴荣、祝振玉《山谷词校注》)

看花回 茶词

夜永兰堂醺饮,半倚颓玉。
烂熳坠钿堕履,是醉时风景,花暗残烛。
欢意未阑,舞燕歌珠成断续。
催茗饮、旋煮寒泉,露井瓶窦响飞瀑。

纤指缓、连环动触,渐泛起、满瓯银粟。
香引春风在手,似粤岭闽溪,初采盈掬。
暗想当时,探春连云寻篁竹。
怎归得,鬓将老,付与杯中绿。

◎烂熳:散乱。
◎银粟:茗花。喻浮在茶水面上的白沫。
◎连云:喻其高。
◎杯中绿:原指酒,此指茶。
◆此首作于中年在外宦游时。(马兴荣、祝振玉《山谷词校注》)

念奴娇

八月十八日同诸生步自永安城楼,过张宽夫园待月。偶有名酒,因以金荷酌众客。客有孙彦立,善吹笛。援笔作乐府长短句,文不加点。

断虹霁雨，净秋空、山染修眉新绿。
桂影扶疏，谁便道、今夕清辉不足。
万里青天，嫦娥何处，驾此一轮玉。
寒光零乱，为谁偏照醽渌。

年少随我追凉，晚寻幽径，绕张园森木。
醉倒金荷，家万里、难得尊前相属。
老子平生，江南江北，最爱临风笛。
孙郎微笑，坐来声喷霜竹。

◎金荷：金制莲叶形杯皿，此为酒杯之美称。

◎日暮数峰青似染。（五代王建《江陵使至汝州》）

◎桂影：神话中月中桂树之影。

◎醽渌：美酒名。

◎忆昔好追凉，故绕池边树。（唐杜甫《羌村三首》之一）

◎一杯相属君当歌。（唐韩愈《八月十五夜赠张功曹》）

◎老子：作者自谓，犹言老夫。

◎孙郎：指善吹笛者孙彦立。

◎坐来，犹云适才或正当其时也。（张相《诗词曲语辞汇释》）

◎篁竹坚而促节，体圆而质坚，皮白如霜粉。大者宜刺船，细者为笛。（南朝戴凯之《竹谱》。霜竹，此指笛。）

◆此首作于元符元年戊寅（1098），时山谷在戎州贬所。永安城楼，乃州治之南城。黄罃《山谷先生年谱》（以下简称《年谱》）卷二七：“先生有题名云：‘元符始元重九日，同僧在纯，道人唐履，举子蔡相、张溥、子相、侄桓步自无等院，登永安门游息……责授涪州别驾戎州安置黄庭坚鲁直书。’”（马兴荣、祝振玉《山谷词校注》）

◆山谷云：……（按与小序略同）或以为可继东坡赤壁之歌。（宋胡仔《苕溪渔隐丛话·后集》）

◆鲁直在戎州，作乐府曰："老子平生，江南江北，爱听临风笛。孙郎微笑，坐来声喷霜竹。"予在蜀见其稿，今俗本改"笛"为"曲"以协韵，非也。然亦疑"笛"字太不入韵。及居蜀久，习其语音，乃知泸、戎间谓"笛"为"独"。故鲁直得借用，亦因以戏之也。（宋陆游《老学庵笔记》）

◆鲁直在洛时，歙人祝颀，字有道，因知命以识鲁直，及谪黔中，有道访之，鲁直为书帖云："凡士大夫胸中，不时时以古今浇之，则俗尘生其间，照镜则面目可憎，对人亦语言无味。"又赠以词，所谓"长杨风桃青骢尾"者也。鲁直八月十七日夜张宽夫园待月有词云："老子平生，江南江北，最爱临风笛。孙郎微笑，坐来声喷霜竹。"蜀人记"笛"音如"牍"，故用之。尝书一本赠颀，今俗本改"笛"为"曲"，非也。颀藏鲁直文稿三枚，率以速纸百幅为之，改窜甚多。（罗愿《新安志》）

◆（"今夕"句）贴十七夜月。（"共倒"句）风流如昨。（明沈际飞《草堂诗馀四集·正集》）

◆咏月词惟此词与韩子苍词可伯仲，馀皆效颦而已。（明杨慎批点《草堂诗馀》）

昼夜乐

夜深记得临歧语，说花时、归来去。
教人每日思量，到处与谁分付？
其奈冤家无定据，约云朝、又还雨暮。
将泪入鸳衾，总不成行步。

元来也解知思虑，一封书、深相许。
情知玉帐堪欢，为向金门进取。
直待腰金拖紫后，有夫人、县君相与。
争奈会分疏，没嫌伊门路。

◎临歧：来到岔路口。

◎归来去：归来。去，助词。

◎冤家：对情人的昵称。

◎妾在巫山之阳，高丘之阻，旦为朝云，暮为行雨，朝朝暮暮，阳台之下。（战国宋玉《高唐赋序》）

◎行步：走动。此指举止。

◎金马门者，宦者署门也。门傍有铜马，故谓之曰金马门。（《史记·滑稽列传》。后世多用金门代指朝廷，并以此作为士子入仕之典。）

◎腰金拖紫：谓位居高官。金，金印。紫，紫绶。秦汉时为丞相的服制，魏晋以后，光禄大夫亦授金印、紫绶。

◎夫人、县君：妇女封号。

◎伊：我。

逍遥乐

春意渐归芳草，故国佳人，千里信沉音杳。
雨润烟光，晚景澄明，极目危阑斜照。
梦当年少。对尊前、上客邹枚，小鬟燕赵。
共舞雪歌尘，醉里谈笑。

花色枝枝争好，鬓丝年年渐老。
如今遇风景，空瘦损、向谁道？
东君幸赐与，天幕翠遮红绕。
休休，醉乡岐路，华胥蓬岛。

◎野润烟光薄，沙暄日色迟。（唐杜甫《后游》）

◎邹枚：邹阳与枚乘。二人均为西汉梁孝王的座上客。据《史记·邹阳列传》，邹阳与枚乘交游，后邹阳“以谗见禽”，乃从狱中“书奏梁孝王，孝王使人出之，卒为上客”。

◎小鬟燕赵：燕赵美丽的少女。

◎细雨裛残千颗泪，轻寒瘦损一分肌。（宋苏轼《红梅》）

◎东君：司春之神。

◎醉乡：醉中境界。

◎（黄帝）昼寝而梦，游于华胥氏之国。……其国无帅长，自然而已；其民无嗜欲，自然而已。不知乐生，不知恶死，故无夭殇；不知亲己，不知疏物，故无爱憎；不知背逆，不知向顺，故无利害。（《列子·黄帝》。华胥，比喻理想之国。）

◆此首作于中年宦游他乡时。（马兴荣、祝振玉《山谷词校注》）

◆词因春日怀人而作，但于感旧之馀，具超尘之想，可见襟怀旷达。（清俞陛云《唐五代两宋词选释》）

雨中花慢 送彭文思使君

政乐中和，夷夏宴喜，官梅乍传消息。
待新年欢计，断送春色。
桃李成阴，甘棠少讼，又移旌戟。
念画楼朱阁，风流高会，顿冷谈席。

西州纵有，舞裙歌板，谁共茗邀棋敌。
归来未，先沾离袖，管弦催滴。
乐事赏心易散，良辰美景难得。
会须醉倒，玉山扶起，更倾春碧。

◎喜怒哀乐之未发谓之中，发而皆中节谓之和。……致中和，天地位焉，万物育焉。（《礼记·中庸》）

◎官梅：官府所植之梅。

◎桃李成阴：以桃李实多喻门生或荐士之众。

◎甘棠少讼：《诗经·召南·甘棠》："蔽芾甘棠，勿翦勿伐，召伯所茇。"郑笺："召伯听男女之讼，不重烦劳百姓，止舍小棠（树）之下而听断焉。国人被其德、说其化。"后人多以"甘棠"称颂循吏之美政。此借喻彭使君善教化，使民少讼。

◎移旌戟：指调任。

◎西州：古城名，在今南京市。

◎天下良辰美景、赏心乐事，四者难并。（南朝谢灵运《拟魏太子邺中集诗序》）

◎春碧：酒名。

◆此首或作于元祐元年至四年（1086–1089）间。其中"政乐中和，夷夏宴喜"云云，当是作者对"元祐更化"后时局的赞颂。时山谷在秘省兼史局。彭文思，宋费衮《梁谿漫志》卷四："鲁直之在戎，戎守彭知微每遣吏李珍调护其逆旅之事，无不可人意。"则彭文思或即彭知微。使君，汉以后对州郡长官的尊称。（马兴荣、祝振玉《山谷词校注》）

醉蓬莱

对朝云叆叇，暮雨霏微，翠峰相倚。
巫峡高唐，锁楚宫佳丽。
画戟移春，靓妆迎马，向一川都会。
万里投荒，一身吊影，成何欢意。

尽道黔南，去天尺五，
望极神州，万重烟水。
尊酒公堂，有中朝佳士。
荔颊红深，麝脐香满，醉舞裀歌袂。
杜宇催人，声声到晓，不如归是。

◎朝云叆叇，行露未晞。（晋潘尼《逸民》。叆叇：云彩覆日。）

◎昔者楚襄王与宋玉游于云梦之台，望高唐之观。（战国宋玉《高唐赋序》）

◎画戟：彩饰之戟，古兵器，后常作仪设之用。

◎投荒：贬谪、流放至荒远之地。

◎吊影：对影自怜。

◎黔南，即黔州。

◎去天尺五：原指与朝廷相近。此极言地势高峻。

◎神州：此指京都。

◎麝脐：麝香别称。

◎舞裀：供舞蹈用的地毯。

◎杜宇：古蜀帝名杜宇，传说死后化为杜鹃，后人因称杜鹃为杜宇。

◆此首作于绍圣二年乙亥（1095），时山谷在赴黔州贬所途中。（马兴荣、祝振玉《山谷词校注》）

醉蓬莱 窜易前词

对朝云叆叇，暮雨霏微，翠峰相倚。
巫峡高唐，锁楚宫佳丽。
蘸水朱门，半空霜戟，自一川都会。
虏酒千杯，夷歌百转，迫人垂泪。

人道黔南，去天尺五，
望极神京，万种烟水。
悬榻相迎，有风流千骑。
荔脸红深，麝脐香满，醉舞裀歌袂。
杜宇催人，声声到晓，不如归是。

◎陈蕃为太守，以礼请署官曹。稚不就之，既谒而退。蕃在郡，不接宾客，惟稚来，特设一榻，去则悬之。（《后汉书·徐稚传》）

◆此首作年同前。（马兴荣、祝振玉《山谷词校注》）

满庭芳 咏茶

北苑龙团，江南鹰爪，万里名动京关。
碾轻罗细，琼蕊暖生烟。
一种风流气味，如甘露、不染尘凡。
纤纤捧，冰瓷莹玉，金缕鹧鸪斑。

相如方病酒，银瓶蟹眼，波怒涛翻。
为扶起尊前，醉玉颓山。
饮罢风生两腋，醒魂到、明月轮边。
归来晚，文君未寝，相对小窗前。

◎北苑在富沙之北，隶建安县，去城二十五里。北苑乃龙焙，每岁造贡茶之处。（宋胡仔《苕溪渔隐丛话·前集》。北苑，古产茶地，在今福建省建瓯县东。）

◎龙团：宋代贡茶名。饼状，上贴有龙纹，故称。

◎鹰爪：嫩茶。因状如鹰爪，故称。

◎碾、罗：均为制茶器具。

◎纤纤：此指柔美之手。

◎金缕：谓茶饼包装之华贵。

◎鹧鸪斑：谓沏茶后碗面呈现之斑点。

◎相如：司马相如。司马相如患有消渴疾，古人以为此乃因酒所致。

◎蟹眼：形容水初沸时所泛起的小气泡。

◎七碗吃不得也，唯觉两腋习习清风生。（唐卢仝《走笔寄孟谏议寄新茶》。风生两腋，对茶效的赞美。）

◎文君：汉临邛大富商卓王孙女卓文君。文君寡居，后与司马相如结婚。见《史记》、《汉书·司马相如传》。

满庭芳 雪中献呈友人

风力驱寒，云容呈瑞，晓来到处花飞。
遍装琼树，春意到南枝。
便是渔蓑旧画，纶竿重、横玉低垂。
今宵里，香闺邃馆，幽赏事偏宜。

风流金马客，歌鬟醉拥，乌帽斜欹。
问人间何处，鹏运天池。
且共周郎按曲，音微误、首已先回。
同心事，丹山路稳，长伴彩鸾归。

◎横玉：玉笛。此泛指笛。

◎邃馆：深邃之房宇。

◎幽赏：谓对幽美景象欣赏不已。

◎金马客：指在朝为官者。

◎北冥有鱼，其名为鲲……化而为鸟，其名为鹏……是鸟也，海运则将徙于南冥，南冥者，天池也。（《庄子·逍遥游》）

◎（周）瑜少精意于音乐，虽三爵之后，其有阙误，瑜必知之，知之必顾，故时人谣曰："曲有误，周郎顾。"（《三国志·吴志·周瑜传》）

◎丹山：神山。

◎彩鸾归：据唐裴铏《传奇》，唐大和年间，有书生名文箫者，游钟陵西山，遇一美女，该女有词曰："若能相伴陟仙坛，应得文箫驾彩鸾。自有绣縟并甲帐，琼台不怕霜雪寒。"文箫后知该女乃仙女吴彩鸾，遂结为夫妇，同归钟陵。此故事后多用作爱情婚姻典故。

满庭芳

明眼空青，忘忧萱草，翠玉闲淡梳妆。
小来歌舞，长是倚风光。
我已逍遥物外，人冤道、别有思量。
难忘处，良辰美景，襟袖有馀香。

鸳鸯。头白早，多情易感，红蓼池塘。
又须得尊前，席上成双。
些子风流罪过，都说与、明月空床。
难拘管，朝云暮雨，分付楚襄王。

◎空青：矿石一种，翠绿色，可作绘画颜料，亦可入药明目。此指女子服色。

◎萱草：古人以为萱草可以使人忘忧。古时女子多以此为吉祥服饰。

◎物外：世外，超脱世事之外。

◎些子：少许，一点点。

◎朝云暮雨：比喻男女欢会。典出战国楚宋玉《高唐赋序》：楚襄王与宋玉游云梦之台，望高唐之观。其上有云气变化无穷。玉谓此气为朝云，并对王说，过去先王曾游高唐，怠而昼寝，梦见一妇人，自称是巫山之女，愿侍王枕席，王因幸之。巫山之女临去时说："妾在巫山之阳，高丘之阻，旦为朝云，暮为行雨，朝朝暮暮，阳台之下。"

满庭芳

初绾云鬟，才胜罗绮，便嫌柳巷花街。
占春才子，容易托行媒。
其奈风流债负，烟花部、不免差排。
刘郎恨，桃花片片，流水惹尘埃。

风流贤太守，能笼翠羽，宜醉金钗。
且留取垂杨，掩映厅阶。
直待朱幡去后，从伊便、窄袜弓鞋。
知恩否，朝云暮雨，还向梦中来。

◎柳巷花街：指妓院聚集之处。

◎容易，犹云轻易也，草草也，疏忽也。（张相《诗词曲语辞汇释》）

◎行媒：往来作媒妁的人。

◎其奈：奈何。

◎烟花：妓女。

◎差排：调遣。

◎“刘郎”三句：据《太平御览》引南朝刘义庆《幽明录》，汉明帝永平五年，剡县刘晨、阮肇入天台山，采桃果腹，偶遇仙女，为其所留，半年后归乡。后多用作巧结良缘，旋即分离的典故。

◎翠羽：翠鸟之羽，此喻女子之眉。

◎朱幡：车乘两边红色障泥板。

◎弓鞋：缠足女子之鞋。

满庭芳

修水浓青，新条淡绿，翠光交映虚亭。

锦鸳霜鹭，荷径拾幽蘋。
香浓栏干屈曲，红妆映、薄绮疏棂。
风清夜，横塘月满，水净见移星。

堪听。微雨过，媻姗藻荇，琐碎浮萍。
便移转胡床，湘簟方屏。
练霭鳞云旋满，声不断、檐响风铃。
重开宴，瑶池雪沁，山露佛头青。

◎修水在分宁西六十里。其源自郡城东北流六百三十八里至海昏，又东流百二十里入彭蠡湖。以其远，故曰"修水"。(宋祝穆《方舆胜览·隆兴府》)

◎疏棂：栏杆上稀疏的花纹木格。

◎媻姗：盘旋。

◎胡床：一种可以折叠的轻便坐具。由胡地传入，故名。

◎佛头青：和尚削发后发青的头皮。此喻指山顶呈露青色。

◆雕绘富有。(明沈际飞《草堂诗馀四集·续集》)

◆方之少游，灵动不足，严整有馀。(夏敬观《评山谷词》)

水调歌头

瑶草一何碧，春入武陵溪。
溪上桃花无数，枝上有黄鹂。
我欲穿花寻路，直入白云深处，
浩气展虹蜺。
只恐花深里，红雾湿人衣。

坐玉石，倚玉枕，拂金徽。

谪仙何处，无人伴我白螺杯。
我为灵芝仙草，不为绛唇丹脸，
长啸亦何为。
醉舞下山去，明月逐人归。

◎晋太元中，武陵人捕鱼为业，缘溪行，忘路之远近，忽逢桃花林，夹岸数百步，中无杂树，芳草鲜美，落英缤纷。（晋陶渊明《桃花源记》）

◎山路元无雨，空翠湿人衣。（唐王维《山中》）

◎金徽：金饰之琴徽，以定琴声高低。

◎谪仙：指李白。

◎绛唇丹脸：此喻桃花。

◎暮从碧山下，山月随人归。（唐李白《下终南山过斛斯山人宿置酒》）

◆山谷熙宁三年（1070）26岁时，在叶县尉任上作《漫尉》诗云："豫章黄鲁直，既拙又狂痴。往在江湖南，渔樵乃其师。腰斧入白云，挥车棹清溪……"此首当是其年轻时所作。（马兴荣、祝振玉《山谷词校注》）

◆起句古，"红露"句媚，"明月"句闲。其馀当耐之。（明沈际飞《草堂诗馀四集·正集》）

◆首二句直是古诗。（明杨慎批点《草堂诗馀》）

◆一往深秀，吐属隽雅绝伦。（清黄苏《蓼园词评》）

水调歌头

落日塞垣路，风劲戛貂裘。
翩翩数骑闲猎，深入黑山头。
极目平沙千里，唯见雕弓白羽，
铁面骏骅骝。
隐隐望青冢，特地起闲愁。

汉天子，方鼎盛，四百州。
玉颜皓齿，深锁三十六宫秋。
堂有经纶贤相，边有纵横谋将，
不减翠蛾羞。
戎虏和乐也，圣主永无忧。

◎戛：刮，敲击。

◎青冢：指汉王昭君墓。相传当地多白草而其墓上草独青。

◎汉天子：此代指北宋皇帝。

◎四百州：北宋天下有州三百馀，此取成数。

◎戎虏：古代对西方和北方少数民族的蔑称。

◆山谷平生未历西北边塞，此首当是元祐间在朝中应时或送行之作。考山谷于元祐元年作《送范德孺知庆州》诗，其中云："乃翁知国如知兵，塞垣草木识威名。"又本词中云"堂有经纶贤相，边有纵横谋将"，或是山谷在京师秘书省及史局时语。时吕公著为尚书右仆射兼中书侍郎，文彦博以太师平章军国事。元祐五年庚午（1090），西夏人来议分划疆界。事见《续资治通鉴长编》卷三七四至卷四五二。（马兴荣、祝振玉《山谷词校注》）

促拍满路花

往时有人书此词于州东酒肆壁间，爱其词，不能歌也。一十年前，有醉道士歌于广陵市中。群小儿随歌得之，乃知其为《促拍满路花》也。俗子口传，加酿鄙语，政败其好处。山谷老人为录旧文，以告深于义味者。

秋风吹渭水，落叶满长安。
黄尘车马道，独清闲。
自然炉鼎，虎绕与龙盘。

九转丹砂就，《琴心》三叠，
蕊宫看舞胎仙。

任万钉宝带貂蝉，富贵欲熏天。
黄粱炊未熟，梦惊残。
是非海里，直道作人难。
袖手江南去，白蘋红蓼，
又寻湓浦庐山。

◎秋风吹渭水，落叶满长安。（唐贾岛《江上忆吴处士》）

◎九转丹砂：道家谓炼金丹有一至九转之别，而以九转为最胜。

◎蕊宫，即蕊珠宫，道家所谓神仙宫阙。

◎《琴心》三叠舞胎仙。（宋张君房《云笈七籤·上清黄庭内景经》）

◎万钉宝带：皇帝用以赏赐功臣之物。

◎貂蝉：貂尾与蝉羽为饰之冠。

◎“黄粱”句：唐沈既济《枕中记》写卢生于邯郸客店中遇道者吕翁，生叹其穷困，翁乃授之枕，使入梦，生于梦中历尽荣华富贵。及醒，主人所炊黄粱尚未熟。

◆山谷自崇宁三年（1104）贬至宜州后，始在文中自称“山谷老人”，此词小序中山谷亦以“老人”自谓，则此首或作于其最后两年间。（马兴荣、祝振玉《山谷词校注》）

洞仙歌 泸守王补之生日

月中丹桂，自风霜难老。
阅尽人间盛衰草。
望中秋、才有几日十分圆，
霾风雨，云表常如永昼。

不得文章力，白首防秋，
谁念云中上功守。
正注意得人雄，静扫河西，
应难指、五湖归棹。
问持节冯唐几时来，
看再策勋名，印窠如斗。

◎君初筮仕，以文自挽，翱翔台阁，自以为迟晚，投笔执戈，图万里侯，不得当虏，白首防秋，抚师泸南。（宋黄庭坚《祭王补之安抚文》）

◎防秋：我国历朝每至入秋，边关经常发生战事，朝廷令边防军队特加警戒，称为“防秋”。

◎云中：《史记·张释之冯唐列传》载，冯唐对汉文帝云：“云中守魏尚坐上功首虏差六级，陛下下之吏，削其爵，罚作之。由此言之，陛下虽得廉颇、李牧，弗能用也。臣诚愚，触忌讳，死罪死罪！”文帝说（悦）。是日令冯唐持节赦魏尚，复以为云中守，而拜唐为车骑都尉，主中尉及郡国车士。

◎注意：关注、倚重。

◎河西：也称河右，泛指黄河以西地区。

◎五湖归棹：《国语·越语下》载，越大夫范蠡，佐越王勾践灭吴后，功成身退，泛轻舟于五湖。五湖，古指吴越间湖泊，其说不一。

◎持节冯唐：见前注。

◎策勋名：谓纪功名于策。

◎印窠：印盒，印囊。

◆此首作于绍圣四年丁丑（1097）。王补之，名献可，字补之，山西泽州人。当时以英州刺史知泸州。元符元年迁左骐骥使权发遣梓夔路钤辖管勾泸南沿边安抚使公事。元符二年坐元祐党籍罢职。其生平事迹见《宋史》卷三五七、《宋史翼》卷七、《元祐党人传》卷九。山谷谪黔南时，多蒙王补之眷顾。山谷有《与王泸州书》十七通，其殁后山谷又撰《祭

王补之安抚文》，具见《山谷集》。（马兴荣、祝振玉《山谷词校注》）

蓦山溪

山围江暮，天镜开晴絮。
斜影过梨花，照文星、老人星聚。
清尊一笑，欢甚却成愁，
别时襟，馀点点，疑是高唐雨。

无人知处，梦里云归路。
回雁晓岸清，雁不来、啼鸦无数。
心情老懒，尤物解宜人，
春尽也，有南风，好便回帆去。

◎石帆摇海上，天镜落湖中。（唐宋之问《游禹穴回出若邪》。天镜，指月。）

◎文星即文昌星，也称文曲星。传说为主文运功名的星宿。

◎高唐雨：见前《满庭芳》（明眼空青）注。

◎回雁：即回雁峰，衡阳之南，雁至此不过，遇春而回，故名。

◆此首约作于崇宁三年甲申（1104）。是岁山谷赴宜州贬所，于春天经湖南。词中有“照文星、老人星聚”、“回雁晓岸清”、“心情老懒，尤物解宜人”诸语，当是羁泊湖南宴集时作品。（马兴荣、祝振玉《山谷词校注》）

蓦山溪 赠衡阳妓陈湘

鸳鸯翡翠，小小思珍偶。
眉黛敛秋波，尽湖南、山明水秀。

傳傳袅袅，恰近十三馀，
春未透，花枝瘦，政是愁时候。

寻芳载酒，肯落谁人后。
只恐晚归来，绿成阴、青梅如豆。
心期得处，每自不随人，
长亭柳，君知否，千里犹回首。

◎鸳鸯翡翠：皆相偶厮守之鸟。

◎思：语助辞。

◎娉娉袅袅十三馀，豆蔻梢头二月初。（唐杜牧《赠别》）

◎“寻芳”四句：唐杜牧《叹花》诗：“自恨寻芳到已迟，往年曾见未开时。如今风摆花狼籍，绿叶成阴子满枝。”宋胡仔《苕溪渔隐丛话·后集》卷一五引《丽情集》云：大和末，杜牧自侍御史出佐沈传师宣城幕，雅闻湖州为浙西名郡，风物妍好，且多丽色，往游之。因张水戏，使州人毕观。至暮，见有女年十馀岁，面容姣好，遂相约十年后来郡迎娶。后牧于大中三年移授湖州刺史，已十四年，所约之姝已从人三载而生二子。乃作诗怅别。此事又见《唐阙史》、《太平广记》、《唐诗纪事》、《唐才子传》等书。此用其事，因以戏之。

◎心期：犹心意、心愿。

◎得：亲悦，融洽。

◆此首作于崇宁三年甲申（1104），时山谷在赴宜州贬所途中。衡阳，今属湖南。《舆地纪胜》卷五五《衡州》：“《图经》云：衡阳自隋始为州，以其居衡山之阳，故名。”陈湘，衡阳妓。山谷与其邂逅，颇属意焉。陈湘亦向山谷学书求字，非徒以色事人者。除此首外，山谷另有二词《蓦山溪》（稠花乱蕊）、《阮郎归》（盈盈娇女似罗敷）致陈湘。（马兴荣、祝振玉《山谷词校注》）

◆山谷小词云：“春未透，花枝瘦，正是愁时候。”极为学者所称赏。

秦湛尝有小词云："春透水波明，寒峭花枝瘦。"盖法山谷也。（宋魏庆之《魏庆之词话》）

◆山谷赠小鬟《蓦山溪》词，世多称赏。以予观之："眉黛压秋波，尽湖南、水明山秀。""尽"字似工而实不惬。又云："婷婷袅袅，恰近十三馀。"夫"近"则未及，"馀"则已过，无乃相窒乎？"春未透，花枝瘦。"正谓其尚嫩，如"豆蔻梢头二月初"之意耳。而云"正是愁时候"，不知"愁"字属谁？以为彼愁耶？则未应识愁；以为己愁耶？则何为而愁？又云："只恐远归来，绿成阴、青梅如豆。"按杜牧之诗，但泛言花已结子而已，今乃指为青梅，限以如豆，理皆不可通也。（金王若虚《滹南诗话》）

◆说美人，随说芳景；说芳景，随说美人。得比体之妙。形容眉目尽矣。有思有愁，未透方瘦，能曲畅少女心情。（明沈际飞《草堂诗馀四集·正集》）

◆少游能曼声以合律，写景极凄惋动人。然形容处，殊无刻肌入骨之言，去韦庄、欧阳炯诸家，尚隔一尘。黄九时出俚语，如"口不能言，心下快活"，可谓伧父之甚。然如"钗罥袖，云堆臂。灯斜明媚眼，汗浃瞢腾醉"，前三语犹可入画，第四语恐顾、陆不能着笔耳。黄又有："春未透，花枝瘦，正是愁时候。"新俏亦非秦所能作。（清贺裳《皱水轩词筌》）

◆山谷谓好词惟取陡健圆转。……黄山谷云："春未透，花枝瘦，正是愁时候。"……此则陡健圆转之榜样也。（清沈雄《古今词话》）

◆山谷于词，非其本色，且多作俚语，不止如柳七之猥亵。"春未透，花枝瘦，正是愁时候。"十一字精妙可思，使尽如此，吾无间然。（清先著《词洁》）

◆鸳鸯、翡翠皆同命之鸟，起笔以之为喻。此词乃山谷闲情之赋也。"春未透"三句极为学者称赏。（清俞陛云《唐五代两宋词选释》）

蓦山溪 至宜州作寄赠陈湘

稠花乱蕊，到处撩人醉。

林下有孤芳，不匆匆、成蹊桃李。
今年风雨，莫送断肠红，
斜枝倚，风尘里，不带尘风气。

微嗔又喜，约略知春味。
江上一帆愁，梦犹寻、歌梁舞地。
如今对酒，不似那回时，
书谩写，梦来空，只有相思是。

◎李将军悛悛如鄙人，口不能道辞。及死之日，皆为尽哀，彼其忠实心诚信于士大夫也。谚曰："桃李不言，下自成蹊。"此言虽小，可以谕大也。（《史记·李将军列传》）

◎歌梁舞地：唐王勃《铜雀妓》："舞席纷何就，歌梁俨未倾。"歌梁谓歌馆之屋梁，此借指。

◆此首作年同前首。宜州，唐置，原为粤州，见《舆地纪胜》卷一二二《广南西路宜州》，治今广西壮族自治区宜州市。（马兴荣、祝振玉《山谷词校注》）

蓦山溪

山明水秀，尽属诗人道。
应是五陵儿，见衰翁、孤吟绝倒。
一觞一咏，潇洒寄高闲，
松月下，竹风间，试想为襟抱。

玉关遥指，万里天衢杳。
笔阵扫秋风，泻珠玑、琅琅皎皎。
卧龙智略，三诏佐升平，

烟塞事，玉堂心，频把菱花照。

◎五陵儿：长安北有汉代五个皇帝陵墓，附近为汉代豪侠少年聚集之地。

◎绝倒：极为佩服。

◎虽无丝竹管弦之盛，一觞一咏，亦足以畅叙幽情。（晋王羲之《兰亭集序》）

◎玉关：即玉门关，在今甘肃省敦煌县西北，古代为通西域要道。

◎天衢：指京都。

◎笔阵：谓诗文雄健有力如军布阵。

◎卧龙：诸葛亮号卧龙。

◎三诏：指刘备三访诸葛亮。

◎玉堂：翰林院所在地，后作为翰林院的代称。

◎菱花：镜子。

◆此首词中山谷自称“衰翁”，又云“玉关遥指，万里天衢杳”，当是晚年遭贬后与官吏酬唱时的作品。（马兴荣、祝振玉《山谷词校注》）

望远行

勾尉有所眄，为太守所猜。兼此生有所爱，住马湖。马湖出丁香核荔枝，常以遗生，故戏及之。

自见来，虚过却、好时好日。
这訑尿黏腻得处煞是律。
据眼前言定，也有十分七八。
冤我无心除告佛。

管人闲底，且放我快活嘚。
便索些别茶只待，又怎不遇偎花映月。

且与一班半点，只怕你没丁香核。

◎勾尉：僰道尉勾中禼。

◎猜：怀疑。

◎詑：放肆。

◎哻：又作得，嘚。语助词。

◆此首作于元符二年己卯（1099），时山谷在戎州。（马兴荣、祝振玉《山谷词校注》）

◆乐府用谚语，诗馀亦多俳体，然未有如此可笑者。詑尿、哻、岜等字，即云是当时坊曲优伶之言，而至此俗亵，如何可入风雅乎？且经传讹已久，字画亦差，字数亦未确，愈为无理。涪翁诗固故为聱牙，当时宗尚江西，目为鼻祖，实非大雅正传，此词尤为恶道。（清李调元《雨村词话》）

忆帝京

银烛生花如红豆，占好事、如今有。
人醉曲屏深，借宝瑟、轻招手。
一阵白蘋风，故灭烛、教相就。

花带雨、冰肌相透。
恨啼鸟、辘轳声晓，柳岸微凉吹残酒。
断肠人、依旧镜中销瘦。
恐那人知后，镇把你来僝僽。

◎“银烛”句：古人以烛灯生花为吉兆。

◎夫风生于地，起于青蘋之末。（战国宋玉《风赋》）

◎玉容寂寞泪阑干，梨花一枝春带雨。（唐白居易《长恨歌》）

◎藐姑射之山，有神人居焉，肌肤若冰雪，绰约若处子。（《庄子·逍遥游》）

◎镇：常也。

忆帝京 赠弹琵琶妓

薄妆小靥闲情素，抱着琵琶凝伫。
慢捻复轻拢，切切如私语。
转拨割朱弦，一段惊沙去。

万里嫁、乌孙公主。对易水、明妃不渡。
粉泪行行，红颜片片，指下花落狂风雨。
借问本师谁，敛拨当胸住。

◎凝伫：谓专注凝神。

◎轻拢慢捻抹复挑，初为《霓裳》后《绿腰》。（唐白居易《琵琶行》）

◎小弦切切如私语。（唐白居易《琵琶行》）

◎乌孙公主：汉武帝以江都王刘建女刘解忧嫁乌孙昆弥（王），称乌孙公主。《宋书·乐志》："傅玄《琵琶赋》云：'汉遣乌孙公主嫁昆弥，念其行道思慕，故使工人裁筝、筑为马上之乐，从方俗语曰琵琶，取其易传于外国也。'"

◎本师：此指传授琵琶弹奏技能的人。

◎曲终收拨当心画。（唐白居易《琵琶行》）

◆绍圣四年（1097），山谷在黔州写过两首有关琵琶的《木兰花令》（东君未试雷霆手）、（黄金捍拨春风手），此首或为同时所作。（马兴荣、祝振玉《山谷词校注》）

忆帝京黔州张倅生日

鸣鸠乳燕春闲暇，化作绿阴槐夏。
寿斝舞红裳，睡鸭飘香麝。
醉此洛阳人，佐郡深儒雅。

况坐上、玉麟金马。更莫问、莺老花谢。
万里相依，千金为寿，未厌玉烛传清夜。
不醉欲言归，笑杀高阳社。

◎睡鸭：铜制香炉，状如睡鸭，故名。

◎“醉此”二句：前句指张诜之籍贯，后句云张诜之官职。

◎（顾）和二岁丧父，总角便有清操，族叔荣雅重之，曰：“此吾家麒麟，兴吾宗者，必此人也。”（《晋书·顾和传》）

◎金马，本汉宫门名，为学士待诏之处，此借指翰林或翰林学士。

◎郦生瞋目案剑叱使者曰：“走！复入言沛公，吾高阳酒徒也，非儒人也。”（《史记·郦生陆贾列传》）

◆此首作于绍圣三年（1096）至四年间。时山谷在黔州贬所。张倅，黔州通判张诜，字茂宗。倅是州郡长官副职的称呼。任渊《山谷年谱》：“山谷初到黔南，曹谱伯达、张诜茂宗为守贰，待之颇厚。山谷《与张叔和书》云：‘某至黔州将一月矣，曹守、张倅相待如骨肉。’又《与杨明叔书》云：‘守、倅皆京洛人。好事尚文，不易得也。’”按，山谷绍圣二年夏至黔，而张诜生日在春天，故写此词当在绍圣三、四年间。（马兴荣、祝振玉《山谷词校注》）

撼庭竹辛太和日吉州城外作

鸣咽南楼吹《落梅》，闻鸦树惊飞。

梦中相见不多时，隔城今夜也应知。
坐久水空碧，山月影沉西。

买个宅儿住着伊，刚不肯相随。
如今却被天嗔你，永落鸡群受鸡欺。
空恁恶怜伊，风日损花枝。

◎《落梅》:《落梅花》，又名《梅花落》，羌族乐曲名。

◎野田田而虚翠，水湛湛而空碧。（南朝江淹《水上神女赋》）

◎刚，犹偏也；硬也，亦犹云只也。（张相《诗词曲语辞汇释》）

◎空恁：白白如此。

◎映野烟波浮动日，损花风雨寂寥春。（唐薛能《题平湖》）

◆此首作于元丰四年（1081）至六年（1083）间。此时山谷罢北京教官后，改官知吉州太和县。宋王象之《舆地纪胜》卷三一《江南西路》载吉州为“隋置”，宋代“隶江南西道，今领县八，治庐陵”。太和“在（吉州）州南八十里，本汉庐陵县治，后汉改曰西昌，隋并永新、广兴入焉。开皇十一年改曰太和”。（马兴荣、祝振玉《山谷词校注》）

下水船

总领神仙侣，齐到青云岐路。
丹禁风微，咫尺谛闻天语。
尽荣遇。
看即如龙变化，一掷灵梭风雨。

真游处。
上苑寻春去，芳草芊芊迎步。
几曲笙歌，樱桃艳里欢聚，瑶觞举。

回祝尧龄万万，端的君恩难负。

◎神仙：原指得道长生不死者，此谓风采不凡之人。

◎青云：喻高官显位。

◎丹禁：帝王所居的禁城。

◎天语：指帝王诏谕。

◎（陶）侃少时渔于雷泽，网得一织梭，挂于壁。有顷雷雨，身化为龙而去。（《晋书·陶侃传》）

◎上苑：即上林苑，汉武帝建元三年开上林苑，为天子射猎之所。后泛指帝王游赏之园林。

◎芊芊：草木茂盛貌。

◎樱桃艳：指科举时代庆贺进士及第而举行的樱桃宴，始于唐僖宗时。五代王定保《唐摭言·慈恩寺题名游赏赋咏杂纪》："新进士尤重樱桃宴。乾符四年，永宁刘公第二子覃及第……于是独置是宴，大会公卿。时京国樱桃初出，虽贵达未适口，而覃山积铺席，复和以糖酪者，人享蛮榼一小盎，亦不啻数升。"

◎尧龄：传说尧寿逾百岁，故后世多以"尧龄"祝颂帝王长寿。

◎端的：真的。

◆此首或作于治平四年丁未（1067）。是岁山谷登张唐卿榜第三甲进士第。词中云"樱桃艳里欢聚"云云，当是及第后景况。（马兴荣、祝振玉《山谷词校注》）

归田乐引

暮雨濛阶砌，
漏渐移、转添寂寞，点点心如碎。
怨你又恋你，恨你，惜你，
毕竟教人怎生是。

前欢算未已，奈向如今愁无计。
为伊聪俊，销得人憔悴。
这里诮睡里，
诮睡里梦里心里，一向无言但垂泪。

◎怎生：如何，怎样。

◎奈向：奈何。

◎衣带渐宽终不悔，为伊销得人憔悴。（宋柳永《凤栖梧》）

◎诮：完全，简直。

归田乐引

对景还销瘦。
被个人、把人调戏，我也心儿有。
忆我又唤我，见我，嗔我，
天甚教人怎生受。

看承幸厮勾，又是尊前眉峰皱。
是人惊怪，冤我忒撋就。
拚了又舍了，
一定是这回休了，及至相逢又依旧。

◎个人：犹言那人。

◎甚：犹正，真。

◎看承：护持，看待。

◎厮勾：相近、相亲。

◎忒：太过于。

◎撋就：温存。

离亭燕次韵答黎功略见寄

十载尊前谈笑，天禄故人年少。
可是陆沉英俊地，看即锁窗批诏。
此处忽相逢，潦倒秃翁同调。

西顾郎官湖渺，事看庾楼人小。
短艇绝江空怅望，寄得诗来高妙。
梦去倚君傍，胡蝶归来清晓。

◎天禄：天禄阁，汉殿阁名。《三辅黄图》下：“天禄阁，藏典籍之所。汉宫殿疏云：‘天禄骐麟阁，萧何造，以藏秘书，处贤才也。’”按，山谷在神宗元丰八年（1085）四月以秘书省校书郎召。哲宗元祐元年（1086）十月除神宗实录检讨官，集贤校理。次年除著作佐郎，至元祐六年（1091）六月丁家艰离任。

◎方且与世违，而心不屑与之俱，是陆沉者也。（《庄子·则阳》）

◎武安侯（田蚡）已罢朝，出止车门，召韩御史大夫（安国）载，怒曰：“与长孺共一老秃翁，何为首鼠两端？”（《史记·魏其武安侯列传》）

◎郎官湖：故址在今湖北省武汉市汉阳。

◎庾楼：即庾公楼，在今江西省九江市，传为晋代庾亮镇江州时所建。按，晋庾亮尝为江、荆、豫州刺史，治武昌，曾与僚吏殷浩、王胡之等登南楼赏月，谈咏竟夕。事见《世说新语·容止》及《晋书》本传。后江州州治移浔阳，好事者遂于此建楼，名为庾公楼。

◎昔者庄周梦为胡蝶，栩栩然胡蝶也，自喻适志与，不知周也。俄然觉，则蘧蘧然周也。（《庄子·齐物论》）

◆此首作于建中靖国元年辛巳（1101），时山谷遇赦放还，在荆南待命。词中忆及十年前在秘书省与黎功略相聚，十年后在湖北汉阳郎官湖畔重逢，旋又别离，故有此作。黎功略，待考。（马兴荣、祝振玉《山谷词

校注》)

千秋岁

少游得谪，尝梦中作词云："醉卧古藤阴下，了不知南北。"竟以元符庚辰，死于藤州光华亭上。崇宁甲申，庭坚窜宜州，道过衡阳，览其遗墨，始追和其《千秋岁》词。

苑边花外，记得同朝退。
飞骑轧，鸣珂碎。
齐歌云绕扇，赵舞风回带。
严鼓断，杯盘狼藉犹相对。

洒泪谁能会，醉卧藤阴盖。
人已去，词空在。
兔园高宴悄，虎观英游改。
重感慨，波涛万顷珠沉海。

◎少游得谪：清秦瀛重编《淮海先生年谱》："（绍圣元年）春三月……先生坐党籍，改馆阁校勘，出为杭州通判。"又宋李焘《续资治通鉴长编拾补》卷一〇："四月乙酉……秦观落馆阁校勘，添差监处州茶盐酒税。"绍圣三年，又自处州削秩徙郴州（据《宋史》本传）。四年二月，又诏"郴州编管秦观，移横州编管。"（《续资治通鉴长编·补遗》卷一四）。

◎梦中作词：绍圣二年（1095），秦观在处州作《好事近·梦中作》："春路雨添花，花动一山春色。行到小溪深处，有黄鹂千百。　飞云当面化龙蛇，夭矫转空碧。醉卧古藤阴下，了不知南北。"（马兴荣、祝振玉《山谷词校注》）

◎死于藤州：清秦瀛重编《淮海先生年谱》：元符三年庚辰（1100），

“先生遂以七月启行而归，逾月至藤州，尚无恙，因醉卧光化亭，忽索水饮，家人以一盂注水进，先生笑视之而卒。实八月十二日也”。藤州，今广西壮族自治区藤县。（马兴荣、祝振玉《山谷词校注》）

◎庭坚窜宜州：据任渊《山谷年谱》，崇宁二年癸未（1103），“初，山谷在荆州，作承天院塔记，转运判官陈举承执政赵挺之风旨，摘其间数语，以为幸灾谤国，遂除名，编隶宜州。”崇宁三年甲申（1104），“是岁二月，过洞庭，经潭、衡、永、桂等州，五、六月间至宜州贬所。”（马兴荣、祝振玉《山谷词校注》）

◎《千秋岁》词：秦观于绍圣二年（1095）作《千秋岁》词云：“水边沙外，城郭春寒退。花影乱，莺声碎。飘零疏酒盏，离别宽衣带。人不见，碧云暮合空相对。　忆昔西池会，鹓鹭同飞盖。携手处，今谁在？日边清梦断，镜里朱颜改。春去也，落红万点愁如海。”（马兴荣、祝振玉《山谷词校注》）

◎苑：指琼林苑。宋乾德二年（964）置，在汴京新郑门外，与金明池相对，为皇帝赐宴新科进士之处。故址在今河南开封县城西。（马兴荣、祝振玉《山谷词校注》）

◎同朝退：一同上朝退朝。哲宗元祐年间，山谷任神宗实录检讨官，迁著作佐郎，加集贤校理，时秦观为秘书省正字兼国史院编修官。（马兴荣、祝振玉《山谷词校注》）

◎鸣珂：贵者之马以玉为饰，行则作响，谓之鸣珂。

◎齐歌：齐国人善歌，因以齐歌指动听之歌。

◎赵舞：赵国女子善舞，因以赵舞指美妙的舞蹈。

◎严鼓：急促的鼓声。宋代汴京有宵禁，以击鼓为号。此即指宵禁之鼓声。

◎兔园：汉梁孝王所筑，又称梁苑、梁园，为游赏与延宾之所。此借指汴京游赏盛地金明池。

◎虎观：指白虎观，汉代宫观。后泛指宫廷讲学处。

◎珠沉海：此指秦观逝世。

◆此首作于崇宁三年甲申(1104)。是岁二月,山谷过洞庭,经潭、衡、永、桂等州,于五、六月间至宜州贬所。词即作于是年二月过衡阳时。(马兴荣、祝振玉《山谷词校注》)

◆先叙同官之乐,后言长别之悲,结句极沉痛。(清俞陛云《唐五代两宋词选释》)

千秋岁

世间好事,恰恁厮当对。
乍夜永,凉天气。
雨稀帘外滴,香篆盘中字。
长入梦,如今见也分明是。

欢极娇无力,玉软花欹坠。
钗罥袖,云堆臂。
灯斜明媚瞢,汗浃瞢腾醉。
奴奴睡,奴奴睡也奴奴睡。

◎厮,犹相也。(张相《诗词曲语辞汇释》)

◎乍:恰,正也。

◎近世尚奇者作香篆,其文准十二辰,分一百刻,凡然一昼夜已。(宋洪刍《香谱》)

◎瞢腾:同懵腾,谓醉态朦胧迷糊。

◎奴奴:奴婢自称。

◆乐府女人自称只言奴,惟山谷词始有“奴奴睡,奴奴睡也奴奴睡”句。后始用双字,亦犹称人为人人之意。(清李调元《雨村词话》)

江城子忆别

画堂高会酒阑珊。倚阑干，霎时间。
千里关山，常恨见伊难。
及至而今相见了，依旧似，隔关山。

倩人传语问平安。省愁烦，泪休弹。
哭损眼儿，不似旧时单。
寻得石榴双叶子，凭寄与，插云鬟。

◆倚阑干，在此味深。不但不似当时，俊矣。（明沈际飞《草堂诗馀四集·续集》）

◆山谷于诗词多失之生硬，而词尤伤雅。其在当时，固以柳七、黄九并称。此词“单”字韵句犹较可，若再一纵笔，便恐去恶道不远。（清先著《词洁》）

江城子

新来曾被眼奚搐。不甘伏，怎拘束。
似梦还真，烦乱损心曲。
见面暂时还不见，看不足，惜不足。

不成欢笑不成哭。戏人目，远山蹙。
有分看伊，无分共伊宿。
一贯一文跷十贯，千不足，万不足。

◎奚搐：戏弄。

◎心曲：内心深处。

◎惜：爱惜，怜悯。

◎（卓）文君姣好，眉色如望远山。（旧题汉刘歆《西京杂记》）

◎（唐）宪宗朝，吴元济、王承宗拒命，经费尽竭。皇甫鏄建议，内外用钱，每缗垫二十，民间垫陌至七十。穆宗即位来，米盐每陌钱垫七八，所在用钱垫不一，诏从风俗所宜。则跷垫之起，自唐皇甫鏄也。今俗谓明除者为跷，暗除者为垫。（宋高承《事物纪原》一〇《布帛杂事·跷垫》）

两同心

巧笑眉颦，行步精神。
隐隐似、朝云行雨，弓弓样、罗袜生尘。
尊前见，玉槛雕笼，堪爱难亲。

自言家住天津，生小从人。
恐舞罢、随风飞去，顾阿母、教窣珠裙。
从今去，惟愿银缸，莫照离尊。

◎巧笑倩兮，美目盼兮。（《诗经·卫风·硕人》）

◎行步：走动。

◎朝云行雨：见前《满庭芳》（明眼空青）注。

◎凌波微步，罗袜生尘。（三国魏曹植《洛神赋》）

◎玉槛雕笼：喻处所华贵。

◎天津：指天津桥，古桥名。故址在今河南洛阳市西南。隋大业元年（六〇五）建，以洛水贯都，有天汉津梁气象，故名。

◎阿母：鸨母。

两同心

一笑千金，越样情深。
曾共结、合欢罗带，终愿效、比翼纹禽。
许多时，灵利惺惺，蓦地昏沉。

自从官不容针，直至而今。
你共人、女边着子，争知我、门里挑心。
记携手，小院回廊，月影花阴。

◎合欢罗带：以绣带结成双结叫合欢结或合欢带，示男女情好。

◎惺惺：机灵。

◎官不容针：隐语。意谓私通。

◎女边着子：即“好”字。

◎门里挑心：即“闷”字。

◆ 山谷“女边着子，门里安心”，鄙俚不堪入诵。如齐梁乐府“雾露隐芙蓉，明灯照空局”，何等蕴藉，乃沿为如此矣乎。（清彭孙遹《金粟词话》）

◆山谷有《两同心》词云：“你共人、女边着子，争知我、门里挑心。”字谜入词始此，乃“好闷”二字也。（清李调元《雨村词话》）

两同心

秋水遥岑，妆淡情深。
尽道教、心坚穿石，更说甚、官不容针。
霎时间，雨散云归，无处追寻。

小楼朱阁沉沉，一笑千金。

你共人、女边着子，争知我、门里挑心。
最难忘，小院回廊，月影花阴。

◎秋水：喻指眼波。

◎遥岑：远山。此指女子之眉。见前《江城子》（新来曾被眼奚搐）注。

◎沉沉：深邃貌。

少年心

对景惹起愁闷，染相思、病成方寸。
是阿谁先有意，阿谁薄倖，
斗顿恁、少喜多嗔。

合下休传音问，你有我、我无你分。
似合欢桃核，真堪人恨。
心儿里、有两个人人。

◎方寸：指心。

◎阿谁：犹言何人。

◎薄倖：犹言薄情，负心。

◎斗顿：顿时，突然。

◎合下：即时，当下。

◎人人：对亲昵者之称。

◆温飞卿小诗云："合欢桃核真堪恨，里许元来别有人。"山谷演之曰："你有我、我无你分。似合欢桃核，真堪人恨。心儿里、有两个人人。"拙矣。（清贺裳《皱水轩词筌》）

◆他无作者，自是创制。（清秦巘《词系》）

少年心添字

心里人人，暂不见、霎时难过。
天生你要憔悴我。
把心头从前鬼，着手摩挲，
抖擞了百病销磨。

见说那厮脾鳖热，大不成我便与拆破。
待来时鬲上与厮噷则个，
温存着且教推磨。

◎见说：犹言听说。

◎噷：亲吻。

◎则个：句末语气助词，同着、者。

◎天旁转如推磨而左行，日月右行，随天左转。（《晋书·天文志上》。推磨：此借指消磨时光。）

◆山谷《少年心》后段词云："便与拆破。待来时鬲上与厮噷则个，温存着且教推磨。"字字令人粲齿。按，字书无"噷"字。（清李调元《雨村词话》）

青玉案至宜州次韵上酬七兄

烟中一线来时路，极目送、归鸿去。
第四《阳关》云不度。
山胡新啭，子规言语，正是人愁处。

忧能损性休朝暮，忆我当年醉时句。
渡水穿云心已许。

暮年光景，小轩南浦，同卷西山雨。

◎归鸿：此借喻北归的黄大临。

◎第四《阳关》：指《阳关曲》（王维《送元二使安西》）中的“劝君更尽一杯酒”句。宋苏轼《仇池笔记》卷上“阳关三叠”云：“旧传《阳关三叠》，今歌者每句再叠而已，若通一首，又是四叠，皆非是。每句三唱，似应三叠，以应三叠，则丛然无复节奏。有文勋者，得古本《阳关》，每句皆再唱，而第一句不叠，乃知唐本三叠如此。乐天诗云：‘相逢且莫推辞醉，听唱《阳关》第四声。’‘劝君更尽一杯酒’，以此验之，若一句再叠，则此句为第五声，今为第四，则一句不叠审矣。”

◎秦青抚节悲歌，声振林木，响遏行云。（《列子·汤问》）

◎山胡：鸟名。

◎子规：即杜鹃鸟。

◎“忆我”句句下原注：“旧诗云：我自只如常日醉，满川风月替人愁。”按“旧诗”即作者《夜发分宁寄杜涧叟》，原诗前两句是：“《阳关》一曲水东流，灯火旌阳一钓舟。”

◎画栋朝飞南浦云，珠帘暮卷西山雨。（唐王勃《滕王阁》诗）

◆此首作于崇宁四年乙酉（1105）。七兄，黄大临，字元明，号寅庵，山谷长兄。按，崇宁三年（1104）十二月二十七日，黄大临自永州来宜州看望山谷。次年二月六日，山谷与诸人饮饯大临于十八里津。（马兴荣、祝振玉《山谷词校注》）

◆贺方回为《青玉案》词，山谷尤爱之，故作小诗以纪其事。及谪宜州，山谷兄元明和以送之云（略）。山谷和云（即此词，略）。（宋吴曾《能改斋漫录》）

◆西山南浦相期暮年，而卒死南服，竟不如志。呜呼，“归去诚可怜，天涯住亦得”。岂非终身谶耶？（明陈霆《渚山堂词话》）

青玉案寅庵解萍实宰作。今附此。

行人欲上来时路，破晓雾、轻寒去。
隔叶子规声暗度。
十分酒满，舞裀歌袖，沾夜无寻处。

故人近送旌旗暮，但听《阳关》第三句。
欲断离肠馀几许。
满天星月，看人憔悴，独泪垂如雨。

◎《阳关》第三句：即王维《送元二使安西》诗第三句“劝君更尽一杯酒”。

◆此首作于崇宁四年乙酉（1105）。是年二月，黄大临看望其弟后，由宜州回湖南，或为大临解萍实宰之时。山谷作此首以寄其情。萍实，萍乡之别名。《太平寰宇记》卷一〇九：“楚昭王渡江，获萍实于此，今县北有萍实里、楚王台，因以名县。”（马兴荣、祝振玉《山谷词校注》）

喝火令

见晚情如旧，交疏分已深。
舞时歌处动人心。
烟水数年魂梦，无处可追寻。

昨夜灯前见，重题《汉上襟》。
便愁云雨又难寻。
晓也星稀，晓也月西沉。
晓也雁行低度，不会寄芳音。

◎秦王跽曰:“先生不幸教寡人乎?”范雎谢曰:“非敢然也。臣闻始时吕尚之遇文王也,身为渔父而钓于渭阳之滨耳,若是者,交疏也。”(《战国策·秦策三》。交疏:交情疏浅;交往不深。)

◎《汉上襟》:唐段成式、温庭筠、余知古有《汉上题襟集》十卷。见《新唐书·艺文志四》,为三人唱和诗集。此借用为题诗。

◎云雨:朝云暮雨。见前《昼夜乐》(夜深记得临歧路)注。

◆此首中云“晚情”、“烟水数年”,当是晚岁羁留他乡时作。(马兴荣、祝振玉《山谷词校注》)

品 令 送黔守曹伯达供备

败叶霜天晓。渐鼓吹、催行棹。
栽成桃李未开,便解银章归报。
去取麒麟图画,要及年少。

劝君醉倒。别语怎、醒时道。
楚山千里暮云,镇锁离人怀抱。
记取江州司马,座中最老。

◎鼓吹:本北方民族乐名,为军中之乐。汉有《朱鹭》等十八曲。多用于典礼、出游、行军等场合。魏晋以后,官宦舟行,亦用鼓吹催行相送。

◎银章:银质印章。

◎麒麟图画:《汉书·苏武传》云:汉宣帝甘露三年,画功臣霍光、张安世、韩增、赵充国、魏相、丙吉、杜延年、刘德、梁丘贺、萧望之、苏武等十一人图像于麒麟阁。

◎座中泣下谁最多,江州司马青衫湿。(唐白居易《琵琶行》)

◆此首作于绍圣三年丙子(1096)。曹伯达,见前《水龙吟》(早秋明

月新圆）注。（马兴荣、祝振玉《山谷词校注》）

品　令茶词

凤舞团团饼。恨分破、教孤令。
金渠体净，只轮慢碾，玉尘光莹。
汤响松风，早减了、二分酒病。

味浓香永。醉乡路、成佳境。
恰如灯下，故人万里，归来对影。
口不能言，心下快活自省。

◎凤舞团团饼：指印有凤纹的茶饼。宋徽宗《大观茶论》："本朝之兴，岁修建溪之贡，龙团凤饼，名冠天下。"参见前《满庭芳》（北苑龙团）注。

◎孤令：孤单，孤独。

◎"金渠"二句：金渠，或指碾茶之槽。只轮，指碾茶之轮。

◎酒嫩倾金液，茶新碾玉尘。（唐白居易《游宝称寺》）

◎蟹眼已过鱼眼生，飕飕欲作松风鸣。（宋苏轼《试院煎茶》）

◎醉乡：见前《逍遥乐》（春意渐浓归芳草）注。

◎自省：自然明白。

◆此首作于元祐年间山谷在史局时。龙凤团茶乃贡品，当在京师才有；又此词末数句显然从苏轼诗（见注）变化而来，而苏轼此诗作于熙宁六年（1073）在杭州通判任上，此时苏、黄尚未相见，故本词作年必在此以后的元祐年间苏、黄游从时。（马兴荣、祝振玉《山谷词校注》）

◆鲁直诸茶词，余谓《品令》一词最佳，能道人所不能言，尤在结尾三四句。（宋胡仔《苕溪渔隐丛话·前集》）

◆诗词虽同一机杼，而词家意象，亦或与诗略有不同。句欲敏，字欲捷，长篇须曲折三致意而气自流贯乃得。近读宋人咏茶词云（即山谷此首，略），真亦可谓妙于声韵者也。（明朱存爵《存馀堂诗话》）

◆东坡见鲁直《赠晁无咎小龙团》诗曰："黄九恁地，怎得不穷。"我见此词则曰："彼固乐此，不为疲也。"（明沈际飞《草堂诗馀四集·正集》）

◆黄九时出俚语，如"口不能言，心下快活"，可谓伧父之甚。（清贺裳《皱水轩词筌》）

◆首阕"凤舞"至"玉尘"，言茶之形象也。"汤响"二句，言茶之功用也。二阕味浓。三句言茶之味也。"恰如"以下至末，言茶之性情也。凡着物题，止言其形象则满，止言其味则粗。必言其功用及性情，方有清新刻入处。苕溪称结末三四句，良是。以茶比故人，奇而确。细味过，大有清气往来。（清黄苏《蓼园词评》）

◆贺裳《皱水轩词筌》："黄九时出俚语，如'口不能言，心下快活'，可谓伧父之至。"先生批云："黄是当行，加之刻画。"（清沈曾植《兰阁琐谈手批词话三种》）

渔家傲

予尝戏作诗云："大葫芦挈小葫芦，恼乱檀那得便沽。每到夜深人静后，小葫芦入大葫芦。"又云："大葫芦干枯，小葫芦行沽。一往金仙宅，一往黄公垆。有此通大道，无此令人老。不问恶与好，两葫芦俱倒。"或请以此意倚声律作词，使人歌之。为作《渔家傲》。

踏破草鞋参到老，等闲拾得衣中宝。
遇酒逢花须一笑。
重年少，俗人不用嗔贫道。

是处青旗夸酒好，醉乡路上多芳草。

提着葫芦行未到。
风落帽，葫芦却缠葫芦倒。

◎“大葫芦”以下五句：此数句出自山谷《葫芦颂》。

◎金仙：即如来。

◎王濬冲（戎）为尚书令，着公服，乘轺车，经黄公酒垆下过，顾谓后车客：“吾昔与嵇叔夜（康）、阮嗣宗（籍）共酣饮此垆。竹林之游，亦预其末。自嵇生夭、阮公亡以来，便为时所羁绁，今日视此虽近，邈若山河。”（南朝刘义庆《世说新语·伤逝》）

◎（孟嘉）后为征西桓温参军，温甚重之。九月九日，温燕龙山，僚佐毕集。时佐吏并着戎服，有风至，吹嘉帽堕落，嘉不之觉。温使左右勿言，欲观其举止。嘉良久如厕，温令取还之，命孙盛作文嘲嘉，着嘉坐处。嘉还见，即答之，其文甚美，四座嗟叹。（《晋书·孟嘉传）》

渔家傲

江宁江口阻风，戏效宝宁勇禅师作古《渔家傲》。王环中云，卢山中人，颇欲得之。试思索，始记四篇。

万水千山来此土，本提心印传梁武。
对朕者谁浑不顾。
成死语，江头暗折长芦渡。

面壁九年看二祖，一花五叶亲分付。
只履提归葱岭去。
君知否，分明忘却来时路。

◎宝宁勇禅师：即金陵保宁仁勇禅师，临济宗南岳下十二世杨岐方会禅师法嗣。俗姓竺，四明人。曾作述古德《渔家傲》，分咏禅门大德八人。

《五灯会元》卷一九有其小传。

◎古《渔家傲》：佛家唱道之辞。宋吴曾《能改斋漫录》卷二《八相太常引》："京师僧念《梁州》、《八相太常引》、《三皈依》、《柳含烟》等，号'唐赞'；而南方释子作《渔父》、《拨棹子》、《渔家傲》、《千秋岁》，唱道之辞。盖本《毗奈耶》云：'王舍城南方，有乐人名腊婆，取菩萨八相，缉为歌曲，令敬信者，闻生欢喜。'"

◎王环中：山谷友人，生平不详。山谷有《赠王环中》诗，见宋史容《山谷外集诗注》。

◎初祖菩提达磨大师者，南天竺香至王第三子也。姓刹帝利，本名菩提多罗，后遇二十七祖般若多罗至本国受王供养，知师密迹，因试令与二兄辨所施法宝，发明心要。既而尊者谓曰："汝于诸法，已得通量。夫达磨者，通大之义也。宜名达磨。"因改号菩提达磨。祖乃告尊者曰："我既得法，当往何国而作佛事？愿垂开示。"尊者曰："汝既得法，未可远游，且止南天。待吾灭后六七十载，当往震旦，设大法药，直接上根。"……祖泛重溟，凡三周寒暑，达于南海，实梁普通七年丙午岁九月二十一日也。广州刺史萧昂具主礼迎接，表闻武帝。帝览奏，遣使赍诏迎请，当大通元年丁未岁也。十月一日至金陵。帝问曰："朕即位以来，造寺写经，度僧不可胜纪，有何功德？"祖曰："净无功德。"帝曰："何以无功德？"祖曰："此但人天小果，有漏之因，如影随形，虽有非实。"帝曰："如何是真功德？"祖曰："净智妙圆，体自空寂，如是功德，不以世求。"帝又问："如何是圣谛第一义？"祖曰："廓然无圣。"帝曰："对朕者谁？"祖曰："不识。"帝不领悟。祖知机不契，是月十九日，潜回江北。（《景德传灯录》卷三《东土祖师初祖菩提达磨祖师》）

◎十一月二十三日，届于洛阳。当魏孝明帝孝昌三年也，寓止于嵩山少林寺，面壁而坐，终日默然……越九年。（《景德传灯录》卷三《东土祖师初祖菩提达磨祖师》）

◎二祖：即亲传达磨衣钵的慧可，世称东土禅宗二祖。宋释普济《五灯会元》载其本"武牢人也。姓姬氏……自幼志气不群，博涉诗书，尤精玄理”。后改名神光，于嵩山见面壁达磨后，自断左臂，以示坚诚。达磨遂易其名曰慧可，以正法眼藏付之。

◎吾本来此土，传法救迷情。一花开五叶，结果自然成。（《景德传灯录》卷三《东土祖师初祖菩提达磨祖师》。此谓禅宗以初祖达磨为一花，后分别出曹洞、临济、云门、沩仰、法眼五派为五叶。）

◎“只履”句：据《景德传灯录》卷三、《五灯会元》卷一，西魏文帝大统二年（536）十二月二十八日，葬达磨于熊耳山，起塔于定林寺。后三岁，宋云使西域回，遇师于葱岭，见手携只履，翩翩独逝。云问：“师何往？”师曰：“西天去。”云返，奏其事，帝令启圹，内仅存革履一只。葱岭，汉书西域传：“东则接汉，阸以玉门、阳关，西则限以葱岭。”葱岭，其地为今帕米尔高原和昆仑山、喀喇昆仑山脉西部诸山。

◆此首及以下三首均作于元丰三年庚申（1080），是年山谷改官知吉州太和县。秋，山谷自汴京归江南，经江宁（今南京市），旅次尚有《阻风长芦寺》、《金陵》、《阻风铜陵》等诗。（马兴荣、祝振玉《山谷词校注》）

◆鲁直少时，使酒玩世，喜造纤淫之句。法秀道人诫云：“笔墨劝淫，应堕犁舌地狱。”鲁直答曰：“空中语耳！”晚年来亦间作小词，往往借题棒喝，拈示后人，如效宝宁勇禅师《渔家傲》几阕，岂其与《桃叶》、《团扇》斗妖艳耶？（明毛晋《汲古阁刊宋六十家词山谷词跋》）

◆会得此意，直是临去秋波那一转，应许老僧共参也。（清冯金伯《词苑萃编》）

渔家傲

三十年来无孔窍，几回得眼还迷照。
一见桃花参学了。
呈法要，无弦琴上《单于》调。

摘叶寻枝虚半老，拈花特地重年少。
今后水云人欲晓。
非玄妙，灵云合破桃花笑。

◎福州灵云志勤禅师，本州长谿人也。初在沩山，因见桃花悟道。有偈曰："三十年来寻剑客，几回叶落又抽枝。自从一见桃花后，直至如今更不疑。"（《景德传灯录》卷一一《福州灵云志勤禅师》）

◎得眼：盲而重见光明。比喻由迷昧而醒悟。

◎法要：佛法之要谛。

◎（陶）渊明不解音律，而蓄无弦琴一张，每酒适，辄抚弄以寄其意。（南朝萧统《陶靖节传》）

◎《单于》：曲调名。

◎摘叶寻枝即不问，如何是直截根源？师曰："蚊子上铁牛。"（《五灯会元》卷一九《金陵保宁仁勇禅师》。此喻渐悟之法。）

◎世尊在灵山会上，拈花示众。是时众皆默然，唯迦叶尊者破颜微笑。世尊曰："吾有正法眼藏，涅槃妙心，实相无相，微妙法门，不立文字，教外别传，付嘱摩诃迦叶。"（《五灯会元》卷一《释迦牟尼佛》）

◎水云：原指行脚僧，因其踪迹如行云流水而得名。此指禅僧。

渔家傲

忆昔药山生一虎，华亭船上寻人渡。
散却夹山拈坐具。
呈见处，系驴橛上合头语。

千尺垂丝君看取，离钩三寸无生路。
蓦口一桡亲子父。
犹回顾，瞎驴丧我儿孙去。

◎药山：山名，在今湖南省常德市北。唐高僧惟俨道场。

◎生一虎：指药山惟俨传法于德诚船子和尚。虎喻其精进勇猛。

◎“华亭”句：《五灯会元》卷五《秀州华亭船子德诚禅师》载，德诚禅师为高僧药山俨禅师法嗣，在药山尽道三十年以后，至华亭洙泾（今属上海市），驾一小舟，接送四方往来者，随缘度日，时人莫知其高蹈，因号船子和尚。

◎夹山：夹山善会，俗姓廖，广州岘亭人，住江苏镇江鹤林寺。创院于澧州夹山。嗣船子德诚禅师法。

◎坐具：僧人用来护衣、护身、护床席卧具的布巾。此指住寺修行。

◎师曰：“一句合头语，万劫系驴橛。”（《五灯会元》卷五《秀州华亭船子德诚禅师》）

◎师又问：“垂丝千尺，意在深潭；离钩三寸，子何不道。”（《五灯会元》卷五《秀州华亭船子德诚禅师》）

◎师与云岩游，山腰间刀响，岩问：“甚么物作声？”师抽刀蓦口作斫势。（《五灯会元》卷五《澧州药山惟俨禅师》。蓦口，蓦然，陡然。）

◎（夹）山拟开口，被师一桡打落水中。（《五灯会元》卷五《秀州华亭船子德诚禅师》。桡，船桨。）

◎（夹）山辞行，频频回顾。（《五灯会元》卷五《秀州华亭船子德诚禅师》）

◎瞎驴：佛教喻最蠢之人。

渔家傲

百丈峰头开古镜，马驹踏杀重苏醒。
接得古灵心眼净。
光炯炯，归来藏在袈裟影。

好个佛堂佛不圣，祖师沉醉犹看镜。

却与斩新提祖令。
方猛省，无声三昧天皇饼。

◎百丈峰：即百丈山，在今江西南昌市。原名大雄山。唐僧怀海住百丈山，因称百丈怀海禅师。怀海所著《禅门规式》亦称《百丈清规》。

◎马驹踏：《景德传灯录》："六祖谓南岳曰：'汝足下出一马驹，踏杀天下人。'厥后江西传法佈于天下，时号'马祖'。"马驹即指马祖道一，唐高僧，百丈怀海乃其弟子。

◎古灵：指古灵神赞禅师，百丈怀海禅师法嗣。

◎袈裟：梵语，即僧衣。

◎其本师问曰："汝离吾在外，得何事业？"曰："并无事业。"遂执役一日，因澡身，命师去垢，师乃拊背曰："好所佛堂而佛不圣。"（《五灯会元》卷四《古灵神赞禅师》）

◎斩新：即崭新。

◎师告众曰："汝等诸人，还识无声三昧否？"众曰："不识。"师曰："汝等静听，莫别思惟。"众皆侧聆。师俨然顺寂。塔存本山。（《五灯会元》卷四《古灵神赞禅师》）

丑奴儿

得意许多时，长醉赏、月下花枝。
暴风急雨年年有，
金笼锁定，莺雏燕友，不被鸡欺。

红旆转逶迤，悔无计、千里追随。
再来重绾泸南印，
而今目下，悽惶怎向，日永春迟。

◎绾：掌握。

◎悽惶：烦恼不安貌。

◎闾宇静无娱，端坐愁日永。（晋郭璞《夏》）

◆词中有“再来重绾泸南印”句，可知是元符元年（1098）六月至元符三年（1100）谪戎州时期所作。（马兴荣、祝振玉《山谷词校注》）

丑奴儿

济楚好得些，憔悴损、都是因它。
那回得句闲言语，
傍人尽道，你管又还，鬼那人吵。

得过口儿嘛，直勾得、风了自家。
是即好意也毒害，
你还甜杀人了，怎生申报孩儿。

◎济楚：整齐，整洁。

◎憔悴损，此犹云憔悴煞。（张相《诗词曲语辞汇释》）

◎鬼：狡黠。

定风波 次高左藏使君韵

万里黔中一漏天，屋居终日似乘船。
及至重阳天也霁，
催醉，鬼门关近蜀江前。

莫笑老翁犹气岸，
君看，几人白发上华颠。

戏马台前追两谢，
驰射，风情犹拍古人肩。

◎黔中：郡名。治今四川彭水苗族土家族自治县。

◎漏天：喻天雨不止。

◎鬼门关：又名石门关，在今四川奉节县东，两山夹峙如门，故名。

◎气岸：气概高傲。

◎华颠：白头。

◎戏马台在（彭城）县东南二里。项羽所造，戏马于此。宋公九日登戏马台，即此。（《元和郡县志·徐州》）

◎两谢：指南朝著名诗人谢灵运、谢瞻。晋安帝义熙十二年（四一六），刘裕北征，至彭城，九月九日会将佐群僚于戏马台赋诗宴乐，谢灵运、谢瞻均有赋诗。

◎拍古人肩：表示追随古人，欲与古人同游。

◆此首作于绍圣四年丁丑（1097），时山谷在黔南。高左藏，名羽。于本年来黔代曹谱（伯达）为黔州守。左藏，官名，即左藏库使。山谷《与王泸州书》：“前守曹供备已解官去，新守高羽左藏，丹之弟也，老练廉勤，往亦久在场屋，不易得也。虽闲居与郡中不相关，亦托庇焉。”（马兴荣、祝振玉《山谷词校注》）

定风波

把酒花前欲问溪，问溪何事晚声悲。
名利往来人尽老，
谁道，溪声今古有休时。

且共玉人斟玉醑，
休诉，笙歌一曲黛眉低。

情似长溪长不断，
君看，水声东去月轮西。

◎休诉：此指莫推辞饮酒。

◆此首作年同前。（马兴荣、祝振玉《山谷词校注》）

定风波

小院难图云雨期，幽欢浑待赏花时。
到得春来君却去，
相误，不须言语泪双垂。

密约尊前难嘱付，
偷顾，手搓金橘敛双眉。
庭榭清风明月媚，
须记，归时莫待杏花飞。

定风波次左藏韵

自断此生休问天，白头波上泛胶船。
老去文章无气味，
憔悴，不堪驱使菊花前。

闻道使君携将吏，
高会，参军吹帽晚风颠。
千骑插花秋色暮，
归去，翠娥扶入醉时肩。

◎左藏：即高左藏。见前《定风波》（万里黔中一漏天）注。

◎（周）昭王在位五十一年，以德衰南征，及济于汉，楚人恶之，乃以胶船进王。王御船至中流，胶液船解，王及祭公俱没于水中而崩。（晋皇甫谧《帝王世纪》。胶船，用胶黏合的船。后喻指无济于事。）

◎气味：喻意趣或情调。

◎使君：见前《雨中花慢》（政乐中和）注。

◎参军吹帽：见前《渔家傲》（踏破草鞋参到老）注。

◆此首作于绍圣四年丁丑（1097），时山谷在黔州。（马兴荣、祝振玉《山谷词校注》）

定风波

晚岁监州闻荔枝，赤英垂坠压阑枝。
万里来逢芳意歇，
愁绝，满盘空忆去年时。

涧草山花光照座，
春过，等闲枯李又累累。
辜负寒泉浸红皱，
销瘦，有人花病损香肌。

◎闻荔枝：据任渊《山谷年谱》：“山谷有戎州锁水磨崖留题云：元符三年五月戊寅，太守刘广之率宾僚来赏锁江荔支。”山谷同年并作有《廖致平送绿荔支王公权送荔支绿酒》诗。

◎赤英：此指荔枝果实。

◎红皱：此指荔枝。

◎香肌：本指女子肌肤。此喻去壳后的荔枝。

◆此首及后首均作于元符三年庚辰（1100）。据任渊《山谷年谱》，是

岁五月,山谷复宣德郎,监鄂州在城盐税。词中首句“晚岁监州”,当指此。(马兴荣、祝振玉《山谷词校注》)

定风波

准拟阶前摘荔枝，今年歇尽去年枝。
莫是春光厮料理，
无比，譬如痎疟有休时。

碧甃朱阑情不浅，
向晚，来年枝上报累累。
雨后园林坐清影，
苏醒，红裳剥尽看香肌。

◎准拟:定可,打算。

◎厮料理,犹云相帮助也。(张相《诗词曲语辞汇释》)

定风波

上客休辞酒浅深，素儿歌里细听沉。
粉面不须歌扇掩，
闲静，一声一字总关心。

花外黄鹂能密语，
休诉，有花能得几时斟。
画作远山临碧水，
明媚，梦为胡蝶去登临。

◎上客：尊贵的客人。

◎太帝使素女鼓五十弦瑟。（《史记·封禅书》。素儿即素女。）

◎休诉：见前《定风波》（把酒花前欲问溪）注。

◎梦为胡蝶：见前《离亭燕》（十载尊前谈笑）注。

定风波

客有两新鬟善歌者，请作送汤曲，因戏前二物。

歌舞阑珊退晚妆，主人情重更留汤。
冠帽斜欹辞醉去，
邀定，玉人纤手自磨香。

又得尊前聊笑语，
如许，短歌宜舞小红裳。
宝马促归朱户闭，
人睡，夜来应恨月侵床。

◎新鬟：新的侍女。

◎物：人。

◎如许，犹云这样或如此也。（张相《诗词曲语辞汇释》）

河　传

有士大夫家，歌秦少游"瘦杀人，天不管"之曲。以"好"字易"瘦"字，戏为之作。

心情老懒，对歌对舞，犹是当时眼。
巧笑靓妆，近我衰容华鬓。
似扶着，卖卜算。

思量好个当年见。
催酒催更，只怕归期短。
饮散灯稀，背锁落花深院。
好杀人，天不管。

◎巧笑倩兮，美目盼兮。（《诗经·卫风·硕人》）

◆秦观，字少游。所引曲为所作《河传》："恨眉醉眼，甚轻轻觑着，神魂迷乱。常记那回，小曲阑干西畔。鬓云鬆，罗袜刬。　丁香笑吐娇无限，语软声低，道我何曾惯。云雨未谐，早被东风吹散。瘦杀人，天不管。"按，此词末第二句惟清道光丁酉（1837）王敬之高邮刻《淮海集》中之《淮海词》作"瘦杀人"，其馀各本淮海词均作"闷损人"。（马兴荣、祝振玉《山谷词校注》）

◆万氏《词律》《河传》词末句云："闷损人，天不管。"山谷和秦尾句云："好杀人，天不管。"自注云："因少游词，戏以'好'字易'瘦'字。"是秦词应作"瘦杀人"，盖未见山谷词也。然巧拙亦于此一字见之。黄九不敌秦七，亦是一证。（清李调元《雨村词话》）

拨棹子

归去来，归去来，携手旧山归去来。
有人共、对月尊罍。
横一琴、甚处逍遥不自在。

闲世界，无利害，何必向、世间甘幻爱。
与君钓、晚烟寒濑，
蒸白鱼稻饭，溪童供笋菜。

◎旧山：故乡，旧居。

◎白鱼：鲦鱼，小而好群游。

蝶恋花

海角芳菲留不住。笔下风生，吹入青云去。
仙籍有名天赐与，致君事业安排取。

要识世间平坦路。当使人人，各有安身处。
黑发便逢尧舜主，笑人白首耕南亩。

◎仙籍：古代把科举考试及第喻为登仙。因而把及第者的姓名籍贯称为仙籍。

◎致君尧舜上，再使风俗淳。（唐杜甫《奉赠韦左丞丈二十二韵》）

◎南亩：泛指农田。

步蟾宫

虫儿真个恶灵利，恼乱得、道人眼起。
醉归来、恰似出桃源，但目断、落花流水。

不如随我归云际，共作个、住山活计。
照清溪，匀粉面，插山花，算终胜、风尘滋味。

◎虫儿：对歌伎舞女的昵称。

◎落花流水：形容残春景象。

◎活计：生计。

踏莎行茶 词

画鼓催春，蛮歌走饷，火前一焙争春长。
低株摘尽到高株，高株别是闽溪样。

碾破春风，香凝午帐，银瓶雪衮翻匙浪。
今宵无睡酒醒时，摩围影在秋江上。

◎蛮歌：西南少数民族古称蛮夷，当地所唱民歌称为蛮歌。

◎走饷：往田间送饭。

◎茶之佳品，摘造在社前，其次则火前，谓寒食前也。（宋王观国《学林》）

◎闽溪：即建溪，水名。在今福建闽江北源，周围以产茶闻名。

◎碾破：将茶碾碎。

◎春风：指茶。

◎摩围：见前《水龙吟》（早秋明月新圆）注。

◆此首作于绍圣三年（1096）或四年（1097），时山谷在黔州贬所，寓摩围阁。（马兴荣、祝振玉《山谷词校注》）

踏莎行

临水夭桃，倚墙繁李，长杨风掉青骢尾。
尊中有酒且酬春，更寻何处无愁地。

明日重来，落花如绮，芭蕉渐展山公启。
欲将心事寄天公，教人长寿花前醉。

◎桃之夭夭，灼灼其华。（《诗经·周南·桃夭》）

◎芭蕉不展丁香结，同向春风各自愁。（唐李商隐《代赠二首》其一。此反其意用之。）

◎（山）涛再居选职十有馀年，每一官缺，辄启拟数人，诏旨有所向，然后显奏，随帝意所欲为先……涛所奏甄拔人物，各为题目，时称“山公启事”。（《晋书·山涛传》）

◆此首作于元符三年庚辰（1100），时山谷在戎州。（马兴荣、祝振玉《山谷词校注》）

◆“尊酒酬春”二句，山谷有悟。余亦慨慷。谓“腐语”者，矮人见也。（明沈际飞《草堂诗馀四集·正集》）

◆山谷词每多名理之言，令人惺悟。（明杨慎批点《草堂诗馀》）

◆辞旨浓郁。结二句虽近纤新，而辞旨亦自沉郁有致。（清黄苏《蓼园词评》）

醉落魄

旧有一曲云：“醉醒醒醉，凭君会取这滋味。浓斟琥珀香浮蚁。一入愁肠，便有阳春意。　须将幕席为天地，歌前起舞花前睡。从它兀兀陶陶里。犹胜醒醒，惹得闲憔悴。”此曲亦有佳句，而多斧凿痕，又语高下不甚入律，或传是东坡语，非也。与蜗角虚名、解下痴絛之曲相似，疑是王仲父作。因戏作二篇，呈吴元祥、黄中行，似能厌道二公意中事。

陶陶兀兀，尊前是我华胥国。
争名争利休休莫。
雪月风花，不醉怎归得。

邯郸一枕谁忧乐，新诗新事困闲适。
东山小妓携丝竹。
家里乐天，村里谢安石。石曼卿自嘲云：“村里黄幡绰，家中白侍郎。”

◎陶陶兀兀大醉于青冥白昼间，任他上是天下是地。（唐罗隐《芳树》）

◎王仲父：字明之，号逐客。官翰林。有《冠卿集》，不传。

◎吴元祥：眉山人。得意于酒，不问世事，山谷称其为“陶兀居士”，又作《陶兀居士赞》记其行事。

◎黄中行，蜀中奇士，山谷在戎州与之相识。

◎华胥国：寓言中的理想国。见前《逍遥乐》（春意渐归芳草）注。

◎咄，诺，休休休，莫莫莫，伎两虽多性灵恶，赖是长教闲处着。休休休，莫莫莫，一局棋，一炉药，天意时情可料度。白日偏催快活人，黄金虽买堪骑鹤。若曰尔何能，答言耐辱莫。（唐司空图《题休休亭》）

◎邯郸一枕：见前《促拍满路花》（秋风吹渭水）注。

◎东山：山名。在浙江上虞县西南，晋谢安早年隐居于此。

◎乐天：唐代著名诗人白居易，字乐天，晚年居洛阳香山，号香山居士。

◎谢安石：谢安，字安石，晋阳夏人。少有重名，隐居东山，屡召不起。每游赏，必携妓以从。受桓温请为司马，后为尚书仆射，领吏部，加后将军，拜太保，卒赠太傅。

◎石曼卿：石延年，字曼卿，宋城人，官至太子中允。与欧阳修为至交。

◎黄繙绰：一作“黄旛绰”、“黄幡绰”。唐人，擅长参军戏，供奉朝廷，曾讽谏玄宗疼爱其子，勿在马上打球，得玄宗赏识。

◎白侍郎：即白居易，曾官刑部侍郎，故称。

◆此首及以下同调三首，皆作于元符二年己卯（1099）。时山谷在戎州贬所。（马兴荣、祝振玉《山谷词校注》）

醉落魄

陶陶兀兀，人生无累何由得。
杯中三万六千日。
闷损旁观，我但醉落托。

扶头不起还颓玉，日高春睡平生足。
谁门可款新篘熟。
安乐春泉，玉醴荔枝绿。亲贤宅四酒名。

◎陶陶兀兀：见前首注。

◎百年三万六千日，一日须倾三百杯。（唐李白《襄阳歌》）

◎落托：穷困失意，景况零落。

◎扶头：早晨饮少量淡酒以清醒头脑叫扶头。

◎新篘：篘为漉酒竹器，此代指酒。

◎安乐、春泉、玉醴、荔枝：据句下注，为四种酒名。

醉落魄

老夫止酒十五年矣，到戎州，恐为瘴疠所侵，故晨举一杯。不相察者乃强见酌，遂能作病，因复止酒。用前韵作二篇，呈吴元祥。

陶陶兀兀，人生梦里槐安国。
教公休醉公但莫。
盏倒垂莲，一笑是赢得。

街头酒贱民声乐，寻常行处逢欢适。
醉看檐雨森银竹。

我欲忧民，渠有二千石。

◎陶陶兀兀：见前首注。

◎止酒十五年：作者四十岁时（1084）过泗州僧伽塔，作《发愿文》，戒酒肉女色。至元符二年己卯（1099），正好十五年。

◎戎州：州名，州治在僰道（今四川宜宾市西南）。

◎槐安国：唐李公佐《南柯太守传》记东平淳于棼梦至大槐安国，国王招为驸马，命为南柯太守。荣耀显赫，极一时之盛。梦觉，寻梦中出入之处，乃宅南槐树下蚁穴。喻人生如梦，富贵无常。

◎画幕灯前细雨，垂莲盏里清歌。（宋周紫芝《西江月》）

◎白雨映寒山，森森似银竹。（唐李白《宿鰕湖诗》）

◎二千石：州郡长官代称。

醉落魄

陶陶兀兀，醉乡路远归不得。
心情那似当年日。
割爱金荷，一碗淡不托。

异乡薪桂炊香玉，摩挲经笥须知足。
明年小麦能秋熟。
不管经霜，点尽鬓边绿。

◎陶陶兀兀：见前首注。

◎醉乡：见前《逍遥乐》（春意渐浓归芳草）注。

◎金荷：见前《念奴娇》（断虹霁雨）注。

◎不托：同不托，即汤面。

◎楚国之食贵于玉，薪贵于桂。（《战国策·楚策三》）

◎经笥：装经书的箱子。

◎沉忧能伤人，绿鬓成霜鬓。（唐李白《怨歌行》）

玉楼春

当涂解印后一日，郡中置酒，呈郭功甫。

凌歊台上青青麦，姑熟堂前馀翰墨。
暂分一印管江山，稍为诸公分皂白。

江山依旧云空碧，昨日主人今日客。
谁分宾主强惺惺，问取矶头新妇石。

◎当涂解印：崇宁元年（1102）六月初九日，山谷领太平州（今安徽当涂县）事，九日而罢。

◎郭功甫：郭祥正，字功甫，当涂人。少有诗名，梅尧臣称之为太白后身。举进士，支持王安石变法。后以殿中丞致仕，隐居当涂青山。有《青山集》。

◎凌歊台：在城北黄山之颠，宋孝武（刘裕）大明七年，南游登台，建离宫。（宋王象之《舆地纪胜》。故址在今安徽当涂。）

◎姑熟堂在当涂之清和门外，下临姑溪。（宋王象之《舆地纪胜》。在今安徽当涂。）

◎惺惺：见前《两同心》（一笑千金）注。

◎新妇石在当涂县。昔人往楚，累岁不还，其妻登此山望夫，乃化为石。（宋王象之《舆地纪胜》）

◆此首作于崇宁元年壬午（1102）。（马兴荣、祝振玉《山谷词校注》）

玉楼春 窜易前词

翰林本是神仙谪，落帽风流倾座席。
坐中还有赏音人，能岸乌纱倾大白。

江山依旧云横碧，昨日主人今日客。
谁分宾主强惺惺，问取矶头新妇石。

◎“翰林”句：见前《水调歌头》（瑶草一何碧）注。

◎“落帽”句：见前《渔家傲》（踏破草鞋参到老）注。

◎岸：推起冠帽，露出额头。

◎大白：大酒杯。

◆此首作年同前首。（马兴荣、祝振玉《山谷词校注》）

玉楼春 次前韵再呈功甫

青壶乃似壶中谪，万象光辉森宴席。
红尘闹处便休休，不是个中无皂白。

歌烦舞倦朱成碧，春草池塘凌谢客。
共君商略老生涯，归种玉田秧白石。

◎休休：安闲貌。

◎个中：此中。

◎康乐（谢灵运）每对（谢）惠连，辄得佳语。后在永嘉西堂，思诗竟日不就，寤寐间忽见惠连，即成“池塘生春草”。故常云：“此语有神助，非我语也。”（南朝锺嵘《诗品》引《谢氏家录》。谢客，谢灵运小字客儿，时称谢客。）

◎商略：商量、探讨。

◎杨公伯雍，洛阳县人也，本以侩卖为业。性笃孝，父母亡，葬于无终山，遂家焉。山高八十里，上无水，公汲水，作义浆于坂头，行者皆饮之。三年，有一人就饮，以一斗石子与之，使至高平好地有石处种之，云："玉当生其中……"语毕不见。乃种其石，数岁，时时往视，见玉子生石上，人莫知也。（晋干宝《搜神记》）

◆此首作年同前首。功甫，即郭功甫，见前《玉楼春》"当涂解印后一日"注。（马兴荣、祝振玉《山谷词校注》）

玉楼春

庚元镇四十兄，庭坚四十年翰墨故人。庭坚假守当涂，元镇穷，不出入州县。席上作乐府长句劝酒。

庾郎三九常安乐，使有万钱无处着。
徐熙小鸭水边花，明月清风都占却。

朱颜老尽心如昨，万事休休休莫莫。
尊前见在不饶人，欧舞梅歌君更酌。欧、梅，当时二妓也。

◎庾杲之，字景行，新野人也。……（官）尚书驾部郎。清贫自业，食唯有韭菹、瀹韭、生韭杂菜，或戏之曰："谁谓庾郎贫，食鲑常有二十七种。"言三九也。（《南齐书·庾杲之传》）

◎徐熙：五代南唐钟陵人。善写生，常游园圃间，遇景辄留，故传写物态，富有生意。长于画花果虫鸟。

◎朱颜：指青春美好的容貌。

◎咄，诺，休休休，莫莫莫，伎俩虽多性灵恶，赖是长教闲处着。休休休，莫莫莫，一局棋，一炉药，天意时情可料度。白日偏催快活人，黄金虽

买堪骑鹤。若曰尔何能，答言耐辱莫。（唐司空图《题休休亭》）

◎见在：犹现在。

◎欧靓腰支柳一涡，大梅催拍小梅歌。舞馀细点梨花雨，奈此当涂风月何。（黄庭坚《太平州二首》其一）

◆事固有幸不幸者，其来已久，卓然自起，足以见称而有托，特无有力者以发明之，则沦落湮没，遂同腐草者，固不少。如苏小、真娘、念奴、阿买辈，不知其人物技能果何如，而偶借文士一时笔次，夤缘以至不朽，则所谓幸者，讵不谅哉！如欧、梅者，斯又幸之甚者焉。（宋李之仪《跋山谷二词》）

◆此首作于崇宁元年壬午（1101），时山谷在太平州。庾元镇，山谷故友，生平不详。山谷有《道中寄景珍兼简庾元镇》诗云："传语濠州贤刺史，隔年诗债几时还。因循樽俎疏相见，弃掷光阴只等闲。心在青云故人处，身行红雨乱花间。遥知别后多狂醉，恼杀江南庾子山。"（马兴荣、祝振玉《山谷词校注》）

玉楼春 用前韵赠郭功甫

少年得意从军乐，晚岁天教闲处着。
功名富贵久寒灰，翰墨文章新讳却。

是非不用分今昨，云月孤高公也莫。
喜欢为地醉为乡，饮客不来但自酌。

◎冠盖散为烟雾尽，金舆玉座成寒灰。（唐李白《金陵歌送别范宣》）

◎喜欢为地：佛教大乘菩萨十地，第一地即为欢喜地。

◆此首作年同前首。（马兴荣、祝振玉《山谷词校注》）

玉楼春

风开冰面鱼纹皱，暖入芳心犀点透。
乍看晴日弄柔条，忆得章台人姓柳。

心情老大痴成就，不复淋浪沾翠袖。
早梅献笑尚窥龄，小蜜窃香如遗寿。

◎犀点透：旧说以犀为神兽，犀角有白纹，感应灵敏。因以喻心意相通。

◎章台人姓柳：唐韩翃有姬柳氏，安史乱，两人奔散，柳出家为尼。韩为平卢节度使侯希逸书记，使人寄柳诗曰："章台柳，章台柳，昔日青青今在否？纵使长条似旧垂，亦应攀折他人手。"后柳为番将沙吒利所劫，翃以虞侯许俊以计夺还，重得团圆。事见唐许尧佐《柳氏传》等。

◎献笑：露出笑容。此喻花开。

◎窃香如遗寿：晋贾充女钟情韩寿，武帝以西域所进奇香赐充，充女盗以赠寿，充觉，即以女嫁寿。见南朝刘义庆《世说新语·惑溺》。

◆此首作于绍圣四年丁丑（1097），时山谷在黔南。（马兴荣、祝振玉《山谷词校注》）

◆"寿"字绝。（明卓人月《古今词统》）

玉楼春

东君未试雷霆手，洒雪开春春锁透。
帝台应点万年枝，穷巷偏欺三径柳。

峰排群玉森相就，中有摩围为领袖。
凝香窗下与谁看，一曲琵琶千万寿。

◎东君：司春之神。

◎万年枝，指年代久远的大树。

◎群玉：谓群山覆雪，莹白如玉。

◎摩围：见前《踏莎行》(画鼓催春)注。

◆此首作年同前。(马兴荣、祝振玉《山谷词校注》)

玉楼春

新年何许春光漏，小院闲门风日透。
酥花入座颇欺梅，雪絮因风全是柳。

使君落笔春词就，应唤歌檀催舞袖。
得开眉处且开眉，人世可能金石寿。

◎酥花：此指用有色绢或纸制成的花。

◎谢太傅(安)寒雪日内集，与儿女讲论文义。俄而雪骤，公欣然曰："白雪纷纷何所似？"兄子胡儿曰："撒盐空中差可拟。"兄女(谢道蕴)曰："未若柳絮因风起。"公大笑乐。(南朝刘义庆《世说新语·言语》)

◎使君：当指黔州新守高羽，见前《定风波》(万里黔中一漏天)注。

◎人生非金石，岂能长寿考。(《古诗十九首》)

◆此首作年同前。(马兴荣、祝振玉《山谷词校注》)

玉楼春

黄金捍拨春风手，帘幕重重音韵透。
梅花破萼便春回，似有黄鹂鸣翠柳。

晓妆未惬梅添就，玉笋捧杯离细袖。
会拚千日笑尊前，他日相思空损寿。

◎金捍拨在琵琶面上当弦，或以金涂为饰，所以捍护其拨也。（宋叶廷珪《海录碎事·音乐部·琵琶》）

◎两个黄鹂鸣翠柳。（唐杜甫《绝句》）

◎玉笋：此喻美女之手。

◆此首作年同前。（马兴荣、祝振玉《山谷词校注》）

玉楼春

黔中士女游晴昼，花信轻寒罗绮透。
争寻穿石道宜男，更买江鱼双贯柳。

《竹枝》歌好移船就，依倚风光垂翠袖。
满倾芦酒指摩围，相守与郎如许寿。

◎花信：开花的信息。

◎宜男：祝颂多子之词。

◎摩围：见前《水龙吟》（早秋明月新圆）注。

◎如许：这样，如此。

◆此首作年同前。（马兴荣、祝振玉《山谷词校注》）

玉楼春

可怜翡翠随鸡走，学绾双鬟年纪小。
见来行待恶怜伊，心性娇痴空解笑。

红蕖照映霜林来，杨柳舞腰风嫋嫋。
衾馀枕剩尽相容，只是老人难再少。

◎翡翠：鸟名。

◎娇痴：谓娇小天真，不谙世故。

◎红蕖：荷花。

◎嫋嫋：轻盈柔美貌。

◆此首末句云“只是老人难再少”，当是晚年所作。考山谷崇宁元年（1102）有《好事近》记小妓杨姝弹琴送酒，崇宁三年有赠衡阳妓陈湘词，姑系于此两年中。（马兴荣、祝振玉《山谷词校注》）

虞美人至当涂呈郭功甫

平生本爱江湖住，鸥鹭无人处。
江南江北水云连，莫笑醯鸡歌舞、瓮中天。

当涂舣棹蒹葭外，赖有宾朋在。
此身无路入修门，惭愧诗翁清些、与招魂。

◎醯鸡：小虫名。《庄子·田子方》：“丘之于道也，其犹醯鸡与。”注：“醯鸡者，瓮中之蠛蠓。”

◎蒹葭：芦苇。

◎修门：此指都城门。

◎些：语气词，楚人在招魂时用于句末。宋沈括《梦溪笔谈》：“今夔、峡、湖、湘及南北江僚人，凡禁咒句尾皆称‘些’，此乃楚人旧俗。”

◆此首作于崇宁元年壬午（1102），时山谷在太平州。郭功甫，见前《玉楼春》（凌歊台上青青麦）注。（马兴荣、祝振玉《山谷词校注》）

虞美人宜州见梅作

天涯也有江南信，梅破知春近。
夜阑风细得香迟，不道晓来开遍、向南枝。

玉台弄粉花应妒，飘到眉心住。
平生个里愿杯深，去国十年老尽、少年心。

◎天涯：此指词人所在的宜州贬地。

◎夜阑：夜残，夜将尽时。

◎武帝女寿阳公主人日卧于含章檐下，梅花落公主额上，成五出之花，拂之不去，皇后留之。自后有梅花妆，后人多效之。（《太平御览》引《宋书》）

◎个里：这里，其中。

◎去国十年：指离开汴京十年。按，山谷责授涪州别驾，黔州安置，在宋哲宗绍圣元年（1094）。宋徽宗崇宁二年（1103）被除名，编隶宜州，次年五六月间至宜州贬所，恰已十年，故云。

◆此首作于崇宁四年乙酉（1105）。时山谷在宜州贬所。（马兴荣、祝振玉《山谷词校注》）

◆山谷受谴之日，投床酣卧，人服其德性坚定。此词殊方逐客，重见梅花，仅感叹少年，而绝无怨尤之语。诵其词，可知其人矣。上阕“夜阑风细”二句，殊清婉有致。（清俞陛云《唐五代两宋词选释》）

南乡子重九日涪陵作示知命弟

落帽晚风回，又报黄花一番开。
扶杖老人心未老，咍哉，谩有才情付与谁。

芳意正徘徊，传语西风且慢吹。
明日馀尊还共倒，重来，未必秋香一夜衰。

◎落帽：见前《渔家傲》（踏破草鞋参到老）注。

◎黄花：菊花。

◎咍：嗤笑。

◎自缘今日人心别，未必秋香一夜衰。（唐郑谷《十月菊》）

◆此首作于元符元年戊寅（1098），时山谷避外兄张向嫌移戎州。据任渊《山谷年谱》，绍圣四年丁丑（1097），"其春，知命往见嗣直（山谷从兄黄叔向）于涪州"。涪陵，即涪州，治今四川涪陵市。知命，名叔达，山谷弟。（马兴荣、祝振玉《山谷词校注》）

南乡子

今年重九，知命已向成都。感之，复次前韵。

招唤欲千回，暂得尊前笑口开。
万水千山还么去，悠哉，酒向黄花欲醉谁。

顾影且徘徊，立到斜风细雨吹。
见我未衰容易去，还来，不道年年即渐衰。

◎么即这么、那么、甚么之么，亦可解为这么、那么、甚么之省文。为指点兼形容之辞，与疑问口气之么字异义。……"万水千山还么去，悠哉。"言万水千山还那么远的去也。（张相《诗词曲语辞汇释》）

◎容易，犹云轻易也；草草也；疏忽也。（张相《诗词曲语辞汇释》）

◆此首作于元符二年己卯（1099），时山谷在戎州。（马兴荣、祝振玉《山谷词校注》）

南乡子

未报贾船回，三径荒锄菊卧开。
想得邻舟野笛罢，沾衣，不为涪翁更为谁。

风力嫋萸枝，酒面红鳞惬细吹。
莫笑插花和事老，摧颓，却向人间耐盛衰。

◎山谷谪涪州别驾，因自号涪翁。（宋无名氏《爱日斋丛钞》引《复斋漫录》）

◎萸枝：茱萸。

◎摧颓：蹉跎，失意。

◆此首作于山谷谪黔期间（1095–1097），时山谷自号涪翁。（马兴荣、祝振玉《山谷词校注》）

南乡子

黄菊满东篱，与客携壶上翠微。
已是有花兼有酒，良期，不用登临恨落晖。

满酌不须辞，莫待无花空折枝。
寂寞酒醒人散后，堪悲，节去蜂愁蝶不知。

◎漉酒有巾无黍酿，负他黄菊满东篱。（唐司空图《五十》）

◎江涵秋影雁初飞，与客携壶上翠微。（唐杜牧《九日齐山登高》）

◎有花有酒有笙歌，其奈难逢亲故何。（唐白居易《寄明州于驸马使君三绝句》之一）

◎但将酩酊酬佳节，不用登临恨落晖。（唐杜牧《九日齐山登高》）

◎花开堪折直须折，莫待无花空折枝。（唐杜秋娘《金缕衣》）

◎节去蜂愁蝶不知，晓庭环绕折残枝。（唐郑谷《十月菊》）

南乡子

重阳日寄怀永康彭道微使君，用东坡韵。

卧稻雨馀收，处处游人簇远洲。
白发又挨红袖醉，戎州，乱摘黄花插满头。

青眼想风流，画出西楼一幨秋。
却忆去年欢意舞，《梁州》，塞雁西来特地愁。

◎霜降水痕收，浅碧鳞鳞露远洲。酒力渐消风力软，飕飕。破帽多情却恋头。　佳节若为酬，但把清尊断送秋。万事到头都是梦，休休。明日黄花蝶也愁。（苏轼《南乡子·重九涵辉楼呈徐君猷》）

◎今夜还先醉，应烦红袖扶。（唐白居易《对酒吟》）

◎（阮）籍又能为青白眼，见礼俗之士，以白眼对之。及嵇喜来吊，籍作白眼，喜不怿而退。喜弟（嵇）康闻之，乃赍酒挟琴造焉，籍大悦，乃见青眼。（《晋书·阮籍传》）

◎ 幨：同“帧”。

◎《梁州》：乐曲名。

◆此首作于元符二年己卯（1099），时山谷在戎州。永康，永康军，宋置。见宋王象之《舆地纪胜》卷一五一《成都府路》。治今四川都江堰市。彭道微，戎州守。山谷《与侄朴书》：“初到戎，彭道微作守，甚有亲亲之意。道微既去，刘滋崇仪作守。”（马兴荣、祝振玉《山谷词校注》）

南乡子

重阳日宜州城楼宴集，即席作。

诸将说封侯，短笛长歌独倚楼。
万事尽随风雨去，休休，戏马台南金络头。

催酒莫迟留，酒味今秋似去秋。
花向老人头上笑，羞羞，白发簪花不解愁。

◎残星数点雁横塞，长笛一声人倚楼。（唐赵嘏《长安秋望》）

◎戏马台：见前《定风波》（万里黔中一漏天）注。

◎年老簪花不自羞，花应笑上老人头。（宋苏轼《吉祥寺赏牡丹》）

◎簪花：即簪花。

◆此首作于崇宁四年乙酉（1105），乃山谷词之绝笔。宜州，见前《蓦山溪》（稠花乱蕊）注。（马兴荣、祝振玉《山谷词校注》）

◆此与东坡云“人老簪花不自羞，花应笑上老人头”，康节云“花见白头人莫笑，白头人见好花多”，自叹自乐，善于处老。（明沈际飞《草堂诗馀四集·别集》）

鹊桥仙 次东坡《七夕》韵

八年不见，清都绛阙，望银汉、溶溶漾漾。
年年牛女恨风波，算此事、人间天上。

野麋丰草，江鸥远水，老夫唯便疏放。
百钱端往问君平，早晚具、归田小舫。

◎乘槎归去，成都何在，万里江沱汉漾。与君各赋一篇诗，留织女、

鸳鸯机上。　还将旧曲，重赓新韵，须信吾侪天放。人生何处不儿戏，看乞巧、朱楼彩舫。（宋苏轼《鹊桥仙·七夕和苏坚》）

◎八年不见：山谷于绍圣元年甲戌（1094）相遇苏轼于彭蠡江上，至此连首尾正好八年。

◎清都：天帝所居。

◎天河之东有织女，天帝之女也。年年机杼劳役，织成云锦天衣。帝怜其独处，许嫁河西牵牛郎，遂废织纫。天帝怒，责令归河东，唯每年七月七日夜渡河一会。（南朝宗懔《荆楚岁时记》）

◎此由禽鹿少见驯育，则服从教制；长而见羁，则狂顾顿缨，赴汤蹈火，虽饰以金镳，飨以嘉肴，逾思长林而志在丰草也。（晋嵇康《与山巨源绝交书》）

◎海上之人有好沤（鸥）鸟者，每旦之海上，从沤鸟游，沤鸟之至者百住而不止。其父曰："吾闻沤鸟皆从汝游，汝取来，吾玩之。"明日之海上，沤鸟群舞而不下也。（《列子·黄帝》）

◎疏放：任意，无拘束。

◎（严）君平卜筮于成都市，以为"卜筮者贱业，而可以惠众人。有邪恶非正之问，则依蓍龟为利害。与人子言依于孝，与人弟言依于顺，与人臣言依于忠。各因势导之以善，从吾言者，已过半矣"。裁日阅数人，得百钱足自养，则闭肆下帘而授《老子》。（《汉书·王贡两龚鲍传》）

◎端，犹准也；真也；究也。又犹应也；须也。（张相《诗词曲语辞汇释》）

◎问：馈赠。

◎凭将百钱卜，漂泊问君平。（唐杜甫《公安送李二十九弟晋肃入蜀》）

◆此首作于建中靖国元年辛巳（1101），时山谷在荆南待命。（马兴荣、祝振玉《山谷词校注》）

鹊桥仙 席上赋七夕词

朱楼彩舫，浮瓜沉李，报答春风有处。
一年尊酒暂时同，别泪作、人间晓雨。

鸳鸯机综，能令侬巧，也待乘槎仙去。
若逢海上白头翁，共一访、痴牛騃女。

◎浮甘瓜于清泉，沉朱李于寒水。（三国魏曹丕《与朝歌令吴质书》）

◎旧说云：天河与海通。近世有人居海渚者，年年八月，有浮槎来去，不失期。人有奇志，立飞阁于槎上，多赍粮，乘槎而去。至一处，有城郭状，屋舍甚严，遥望宫中多织妇，见一丈夫牵牛渚次饮之。此人问此是何处，答曰："君还至蜀郡问严君平则知之。"（晋张华《博物志》）

◎海上白头翁：此指苏轼，时苏轼66岁，已于上年敕复朝奉郎由儋州渡海南还。山谷期待与苏轼相会。

◎痴牛与騃女，不肯勤农桑。徒劳含淫思，旦夕遥相望。（唐卢仝《月蚀》）

◆此首作于建中靖国元年辛巳（1101）。（马兴荣、祝振玉《山谷词校注》）

◆"手扳桥柱豆，泪滴天河满。"未若"晓雨"句蕴藉。（明卓人月《古今词统》）

鹧鸪天

玄真子咏渔父云："西塞山边白鹭飞，桃花流水鳜鱼肥。青箬笠，绿蓑衣，斜风细雨不须归。"东坡尝以《浣溪沙》歌之矣。表弟李如篪云："以《鹧鸪天》歌之，更叶音律，但少数句耳。"

因以玄真子遗事足之。宪宗时，画玄真子像，访之江湖不可得，因令集其歌诗上之。玄真之兄松龄惧玄真放浪而不返也，和答其《渔父》云："乐在风波钓是闲，草堂松桂已胜攀。太湖水，洞庭山，狂风浪起且须还。"此余续成之意也。

西塞山边白鸟飞，桃花流水鳜鱼肥。
朝廷尚觅玄真子，何处如今更有诗。

青箬笠，绿蓑衣，斜风细雨不须归。
人间底事风波险，一日风波十二时。

◎张志和字子同，婺州金华人。始名龟龄。……著《玄真子》，亦以自号。(《新唐书·张志和传》)

◎李如篪：字季牖。崇德(今浙江嘉兴)人。少游上庠，晚以特科官桐乡丞。

◎(李)德裕顷在内庭，伏睹宪宗皇帝写真求访玄真子《渔歌》，叹不能致。(唐李德裕《玄真子渔歌记》)

◎底事：何事。

◆山谷晚年，亦悔前作[按，指《浣溪沙》(新妇矶头眉黛愁)]之未工。……因以宪宗画像求玄真子文章，及玄真之兄松龄劝归之意，足前数句云(即此词，略)。东坡笑曰："鲁直乃欲平地起风波耶？"(宋吴曾《能改斋漫录》引徐师川云)

◆世上风波不易江上风波，作意可怜。《东坡集》有此词自序云：玄真子尝以《浣溪沙》歌之矣，季如篪言以《鹧鸪天》歌之甚叶音律，但词少声多，因以宪宗访求玄真子文章，及其兄劝归之意足前后数句。未知谁是捉刀人。(明沈际飞《草堂诗馀四集·正集》)

◆即张志和词妆点几句，便是出蓝。末句见破世情语。(明杨慎批点《草堂诗馀》)

◆按山谷生遇坎坷，文字之祸兢于心。将志和原词，每阕添两句，神

理迥然大异，便少优游自得之致矣。然亦其遇然也。（清黄苏《蓼园词评》）

◆鲁直檃括子同《渔父词》为《鹧鸪天》，以记西塞山前之胜，见《山谷词》。是真简而文矣。（清沈雄《古今词话》）

鹧鸪天 重九日集句

塞雁初来秋影寒，霜林风过叶声干。
龙山落帽千年事，我对西风犹整冠。

兰委佩，菊堪餐，人情时事半悲欢。
但将酩酊酬佳节，更把茱萸仔细看。

◎龙山落帽：见前《渔家傲》（踏破草鞋参到老）注。

◎扈江离与辟芷兮，纫秋兰以为佩。（战国屈原《离骚》）

◎朝饮木兰之坠露兮，夕餐秋菊之落英。（战国屈原《离骚》）

◎但将酩酊酬佳节，不用登临叹落晖。（唐杜牧《九日齐山登高》）

◎明年此会知何处，醉把茱萸仔细看。（唐杜甫《九日蓝田崔氏庄》）

◆此首作于元符二年己卯（1099），时山谷在戎州。集句，谓辑前人诗句以成篇。宋沈括《梦溪笔谈·艺文一》："荆公始为集句诗，多者至百韵，皆集合前人之句。"按，此首所集之句，因年代久远，今多不传，谨存待查。（马兴荣、祝振玉《山谷词校注》）

鹧鸪天

坐中有眉山隐客史应之和前韵，即席答之。

黄菊枝头生晓寒，人生莫放酒杯干。

风前横笛斜吹雨，醉里簪花倒着冠。

身健在，且加餐，舞裙歌板尽情欢。
黄花白发相牵挽，付与傍人冷眼看。

◎山季伦（简）为荆州，时出酣畅，人为之歌曰："山公时一醉，径造高阳池。日暮倒载归，茗艼无所知。复能乘骏马，倒着白接篱。"（南朝刘义庆《世说新语·任诞》）

◎弃捐勿复道，努力加餐饭。（《古诗十九首》）

◆此首作于元符二年己卯（1099）。史应之，名铸，眉山（今属四川省）人。客游于泸、戎间。宋哲宗元符元年六月至三年六月间，山谷在戎州与史应之时相唱和。并作有《史应之赞》，称其"爱酒而滑稽"。（马兴荣、祝振玉《山谷词校注》）

◆横笛簪花，仙仙。（明沈际飞《草堂诗馀四集·正集》）

◆此词全担老杜诗翻出自钞。（明杨慎批点《草堂诗馀》）

◆东坡"破帽多情却恋头"翻龙山事，特新。山谷"风前横笛斜吹雨，醉里簪花倒着冠"，尤用得幻。（清沈谦《东江集钞》）

◆山谷此词颇似稼轩率意之作。（清陈廷焯《放歌集》）

◆菊称其耐寒则有之，曰"破寒"，更写得精神出。曰"斜风吹"、"倒着冠"，则有傲兀不平气在。末二句，尤有牢骚。然自清迥出，骨力不凡。（清黄苏《蓼园词评》）

◆词为重九登高而作，凡二首，皆同韵。前首"冠"字韵云"我对西风犹整冠"，"看"字韵云"更把茱萸仔细看"，不及此押"冠"、"看"二字，风趣殊胜。（清俞陛云《唐五代两宋词选释》）

鹧鸪天 明日独酌自嘲呈史应之

万事令人心骨寒，故人坟上土新干。

淫坊酒肆闲居士，李下何妨也整冠。

金作鼎，玉为餐，老来亦失少时欢。
茱萸菊蕊年年事，十日还将九日看。

◎史应之：见前《鹧鸪天》（黄菊枝头生晓寒）注。

◎淫坊酒肆：妓院酒店。

◎君子防未然，不处嫌疑间。瓜田不纳履，李下不整冠。（乐府歌辞《君子行》）

◎玉为餐：古代相传椎玉为屑，日日服食可以延寿。

◆此首作年同前首。（马兴荣、祝振玉《山谷词校注》）

鹧鸪天

紫菊黄花风露寒，平沙戏马雨声干。
且看欲尽花经眼，休说弹冠与整冠。

甘酒病，废朝餐，何人得似醉中欢。
十年一觉扬州梦，为报时人洗眼看。

◎戏马：驰马取乐。

◎且看欲尽花经眼，莫厌伤多酒入唇。（唐杜甫《曲江二首》）

◎十年一觉扬州梦，赢得青楼薄倖名。（唐杜牧《遣怀》）

◎洗眼：洗清眼目，指仔细观看。

◆此首作年同前首。（马兴荣、祝振玉《山谷词校注》）

鹧鸪天

节去蜂愁蝶不知，晓庭环绕折残枝。
自然今日人心别，未必秋香一夜衰。

无闲事，即芳期，菊花须插满头归。
宜将酩酊酬佳节，不用登临送落晖。

◎“节去”二句：见前《南乡子》（黄菊满东篱）注。

◎“宜将”二句：见前《南乡子》（黄菊满东篱）注。

鹧鸪天

闻说君家有翠蛾，施朱施粉总嫌多。
背人语处藏珠履，戏得羞时整玉梭。

拖远岫，压横波，何时传酒更传歌。
为君写就《黄庭》了，不要山阴道士鹅。

◎翠蛾：此指美女。

◎东家之子，增之一分则太长，减之一分则太短。着粉则太白，施朱则太赤。（战国楚宋玉《登徒子好色赋》）

◎玉梭：玉簪之类的发饰。

◎（卓）文君姣好，眉色如望远山。（旧题汉刘歆《西京杂记》。远岫，即远山。）

◎眉连娟以增绕兮，目流睇而横波。（东汉傅毅《舞赋》）

◎（王）羲之爱鹅，山阴有一道士养好鹅，羲之往观焉，意甚悦，因求市之。道士云，为写《道德经》，当举群相赠耳。羲之欣然写毕，笼鹅而

归，甚以为乐。其任率如此。（《晋书·王羲之传》）

◆唐李白送《贺宾客归越》诗："山阴道士如相见，应写《黄庭》换白鹅。"按，《晋书·王羲之传》谓写《道德经》换白鹅，而李白诗谓写《黄庭经》换白鹅，可能当时传闻不同而已。山谷此词亦据李白诗云写《黄庭》。《黄庭》即《黄庭经》，道教经书名。包括《太上黄庭内景经》和《太上黄庭外景经》两种。今传王羲之所书《黄庭经》，为《太上黄庭外景经》。（马兴荣、祝振玉《山谷词校注》）

鹧鸪天

吉祥长老设长松汤，为作。有僧病痂癞，尝死金刚窟。有人见者，教服长松汤，遂复为完人。

汤泛冰甆一坐春，长松林下得灵根。
吉祥老子亲拈出，个个教成百岁人。

灯焰焰，酒醺醺，壑源曾未破醒魂。
与君更把长生碗，略为清歌驻白云。

◎"有僧病痂癞"以下五句：宋王辟之《渑水燕谈录》卷八：释普明，晚游五台，得风疾，眉发俱堕，百骸腐溃，哀号苦楚，人不忍闻。忽有异人教服长松，告云："长松，长古松下，取根饵之，皮色如荠苨，长三五寸，味微苦，类人参，清香可爱，无毒，服之益人，兼解诸虫毒。"明采服，不旬日，发复生，颜貌如故。

◎金刚窟：在山西五台山东台楼观谷之左崖，深不可测。三世诸佛供养之具多藏于此。传佛陀波利曾在此被文殊接化。

◎冰甆：洁白如冰的瓷碗。甆，瓷的别体。古人茶碗，以如玉似冰者为贵。

◎壑源：指壑源茶。

◎(秦青)抚节悲歌,声振林木,响遏行云。(《列子·汤问》)

鼓笛令 戏咏打揭

酒阑命友闲为戏,打揭儿、非常惬意。
各自输赢只赌是。赏罚采、分明须记。

小五出来无事,却跋翻和九底。
若要十一花下死,那管十三、不如十二。

◎打揭:古代以双陆为戏具的一种博戏。

◎赌是,黄庭坚《鼓笛令》词:"各自输赢只赌是,赏罚采、分明须记。"意犹云各人自己明白或各自注意。(张相《诗词曲语辞汇释》)

◎"下片"数句:皆云输赢之道,因年久失传,不详待考。

鼓笛令

宝犀未解心先透,恼杀人、远山微皱。
意淡言疏情最厚,枉教作、着作官柳。

小雨勒花时候,抱琵琶、为谁清瘦。
翡翠金笼思珍偶,忽拚与、山鸡僝僽。

◎宝犀:犀角。

◎恼杀人:言撩拨煞人。

◎远山:见前《江城子》(新来曾被眼奚搐)注。

◎官柳:官府种植在大道旁的柳树。

◎勒花:阻止开花。宋欧阳修《初春》:"雾色初含柳,馀寒尚勒花。"

◎翡翠：见前《玉楼春》（可怜翡翠随鸡走）注。

◎山鸡：即锦鸡。传说其甚爱自己的羽毛，常照水而舞。

◎僝僽：折磨，烦恼。

鼓笛令

见来两两宁宁地，眼厮打、过如拳踢。
恰得尝些香甜底，苦杀人、遭谁调戏。

腊月望州坡上地，冻着你、影鬾村鬼。
你但那些一处睡，烧沙糖、管好滋味。

◎见来：料想，想像。

◎宁宁：宁静，安定。

◎鬾：音义未详，待考。

鼓笛令

见来便觉情于我，厮守着、新来好过。
人道他家有婆婆，与一口、管教㞎磨。

副靖传语木大，鼓儿里、且打一和。
更有些儿得处啰，烧沙糖、香药添和。

◎一口：一人。

◎㞎磨：坐立不安貌。

◎副靖：亦作“副净”，传统戏剧中角色名。唐参军戏中叫“参军”，宋杂剧、金院本中称“副净”。

◎木大，呆头呆脑人物。亦为戏剧中角色名。金院本有《呆木大》。

◎一和：一会，一番。

浪淘沙 荔枝

忆昔谪巴蛮，荔子亲攀。
冰肌照映柘枝冠。
日擘轻红三百颗，一味甘寒。

重入鬼门关，也似人间。
一双和叶插云鬟。
赖得清湘燕玉面，同倚阑干。

◎巴蛮：山谷贬地黔、戎等州，古属巴国。

◎冰肌：喻指去壳荔枝。

◎日啖荔枝三百颗，不辞长作岭南人。（宋苏轼《食荔枝》）

◎鬼门关：见前《定风波》（万里黔中一漏天）注。

◎燕赵多佳人，美者颜如玉。（《古诗十九首》）

◆此首作于建中靖国元年辛巳（1101），是年山谷遇赦北归，三月至峡州，四月至荆南。（马兴荣、祝振玉《山谷词校注》）

留春令

江南一雁横秋水，叹咫尺、断行千里。
回纹机上字纵横，欲寄远，凭谁是。

谢客池塘春都未，微微动、短墙桃李。
半阴才暖却清寒，是瘦损人天气。

◎窦滔妻苏氏，始平人也。名蕙，字若兰。善属文。滔，苻坚时为秦州刺史，被徙流沙。苏氏思之，织锦为《回文璇玑图》诗以赠滔。宛转循环以读之，词甚凄惋，凡八百四十字。（《晋书·列女传》）

◎谢客池塘：见前《玉楼春》（青壶乃似壶中谪）注。

◎细雨裛残千颗泪，轻寒瘦损一分肌。（宋苏轼《红梅》之二）

南歌子

槐绿低窗暗，榴红照眼明。
玉人邀我少留行，无奈一帆烟雨画船轻。

柳叶随歌皱，梨花与泪倾。
别时不似见时情，今夜月明江上酒初醒。

◎湿槐仍足绿，沾桃更上红。（北齐刘逖《对雨》）

◎五月榴花照眼明。（唐韩愈《题张十一旅舍三咏》）

◎柳叶：指女子双眉。

◎玉容寂寞泪阑干，梨花一枝春带雨。（唐白居易《长恨歌》）

◆婉而有韵，丽而能雅。（清俞陛云《唐五代两宋词选释》）

南歌子

诗有渊明语，歌无《子夜》声。
论文思见老弥明，坐想罗浮山下羽衣轻。

何处黔中郡，遥知隔晚晴。
雨馀风急断虹横，应梦池塘春草若为情。

◎“诗有”句：苏轼于绍圣二年抵惠州贬所后，作了不少和陶（渊明）诗，计有《和陶归田园居》六首、《和陶读山海经》十三首、《和陶贫士》七首等。

◎《子夜歌》者，晋曲也。晋有女子名子夜，造此声，声过哀苦。（《旧唐书·音乐志》）

◎“论文”句：唐韩愈《石鼎联句诗序》：元和七年十二月四日，衡山道士轩辕弥明与进士刘师服、校书郎侯喜相与赋诗，刘、侯二人见其老，不知其能文也，俱思竭不能续。弥明曰：“此宁为文耶，吾就子所能而作耳，非吾之所学于师而能者也。吾所能者，子皆不足以闻也。”

◎罗浮山：在今广东增城、博罗、河源等县境间。

◎羽衣轻：《汉书·郊祀志上》：“五利将军亦衣羽衣。”颜师古注：“羽衣，以鸟羽为衣，取其神仙飞翔之意也。”后常以道士或神仙所着衣为羽衣。苏轼《和陶读山海经》（其十三）：“携手葛与陶，归哉复归哉。”故此句为山谷谑指苏轼在罗浮山下修炼学仙。

◎黔中郡：见前《定风波》（万里黔中一漏天）注。

◎“应梦”句：见前《玉楼春》（青壶乃似壶中谪）注。

◎若为情，犹云何以为情或难以为情也。（张相《诗词曲语辞汇释》）

◆此首作于绍圣三年丙子（1096），时山谷在黔南贬所。绍圣二年四月，苏轼在惠州贬所，作《桄榔杖寄张文潜一首时初闻黄鲁直迁黔南范淳父九疑也》诗，十二月，又撰《与鲁直书》。考此词中有“诗有渊明语”及“坐想罗浮山下羽衣轻”等句，当为山谷收信后寄怀苏轼之作。（马兴荣、祝振玉《山谷词校注》）

南歌子

东坡过楚州，见净慈法师，作《南歌子》。用其韵，赠郭诗翁二首。

郭大曾名我，刘翁复是谁？
入廛能作和锣槌，特地干戈相待使人疑。

秋浦横波眼，春窗远岫眉。
普陀岩畔夕阳迟，何似金沙滩上放憨时。

◎楚州：治今江苏淮安市。

◎净慈法师：指杭州净慈寺善本禅师。

◎东坡镇钱塘，无日不在西湖。尝携妓谒大通禅师，师愠形于色。东坡作长短句，令妓歌之曰："师唱谁家曲，宗风嗣阿谁。借君拍板与门槌，我也逢场作戏莫相疑。　溪女方偷眼，山僧莫皱眉。却嫌弥勒下生迟，不见阿婆三五少年时。"（宋胡仔《苕溪渔隐丛话·前集》卷五七引《冷斋夜话》。按，此词本事与此首小序所云地点不合，姑存备考。）

◎郭诗翁：指山谷友人郭祥正。

◎郭大：即郭太（泰），字林宗，东汉太原界休人。博通经典，居家教授，弟子至千人。尝举有道，不就。生平好品题人物，而不为危言覈论。故党锢祸起，太独得免。及卒，蔡邕为撰碑铭。蔡自谓其所撰碑铭，惟于郭太无愧色。

◎刘翁：不详所指，待考。

◎入廛：入民居。

◎圆熟乃是无是无非，无可无否乡愿之徒。此等阿媚取悦，窃富贵，盗名声，无益于国家之盛衰存亡，今所谓"和锣槌"者是也。（宋阳枋《辨惑》）

◎干戈：古武舞。按，以上二句当为禅宗机锋。

◎远岫眉：见前《鹧鸪天》（闻说君家有翠蛾）注。此指远山如眉。

◎释氏书：昔有贤女马郎妇于金沙滩上施一切人淫，凡与交者，永绝其淫。死葬后，一梵僧来云："求我侣。"掘开乃锁子骨，梵僧以杖挑起，升之而去。（宋叶廷珪《海录碎事》）

◎上堂，拈柱杖曰："临济小厮儿，未曾当头道着，今日全身放憨也。"（宋释普济《五灯会元》）

◆此首当作于元祐元年丙寅（1086）之后，因该年山谷与东坡始相见并有酬唱。（马兴荣、祝振玉《山谷词校注》）

南歌子

万里沧江月，清波说向谁。
顶门须更下金椎，只恐风惊草动又生疑。

金雁斜妆颊，青螺浅画眉。
庖丁有底下刀迟，直要人牛无际是休时。

◎顶门：头顶的前部，因其中央有囟门，故称。

◎金雁：女子发饰。

◎青螺：古代妇女用以画眉的颜料。

◎庖丁释刀对曰："臣之所好者道也，进乎技矣。始臣之解牛之时，所见无非牛者。三年之后，未尝见全牛也。……彼节者有间，而刀刃者无厚；以无厚入有间，恢恢乎其于游刃必有馀地矣，是以十九年而刀刃若新发于硎。虽然，每至于族，吾见其难为，怵然为戒，视为止，行为迟。动刀甚微，謋然已解，如土委地。提刀而立，为之四顾，为之踌躇满志，善刀而藏之。"（《庄子·养生主》）

◆此首作年同前首。（马兴荣、祝振玉《山谷词校注》）

望江东

江水西头隔烟树，望不见、江东路。
思量只有梦来去，更不怕、江阑住。

灯前写了书无数，算没个、人传与。
直饶寻得雁分付，又还是、秋将暮。

◎阑：阻隔。

◎直饶：即使。

◆较梦不怕险，飞过大江，宛些，活些，幽些。欲不为词，不可得矣。（明沈际飞《草堂诗馀四集·别集》）

◆笔力奇横是山谷独绝处。人只见其用笔之奇倔，不知其一片深情往复不置，缠绵之至也。（清陈廷焯《放歌集》）

◆黄鲁直词，乖僻无理，桀傲不驯。然亦间有佳者，如《望江东》（词略）笔力奇横无匹，中有一片深情往复不置，故佳。（清陈廷焯《白雨斋词话》）

一落索

谁道秋来烟景素，任游人不顾。
一番时态一番新，到得意、皆欢慕。

紫萸黄菊繁华处，对风庭月露。
愁来即便去寻芳，更作甚、悲秋赋。

◎万里风烟接素秋。（唐杜甫《秋兴》之六）

◎悲哉秋之为气也，萧瑟兮草木摇落而变衰。（战国楚宋玉《九辩》）

西江月

老夫既戒酒不饮，遇宴集，独醒其傍。坐客欲得小词，援笔为赋。

断送一生唯有，破除万事无过。
远山微影蘸横波，不饮傍人笑我。

花病等闲瘦恶，春来没个遮阑。
杯行到手莫留残，不道月明人散。

◎断送一生惟有酒，寻思百计不如闲。（唐韩愈《遣兴》）

◎杯行到君莫停手，破除万事无过酒。（唐韩愈《赠郑兵曹》）

◎不道：犹云不奈或不堪。

◆此首当与前数首《醉落魄》词为同时期作品。（马兴荣、祝振玉《山谷词校注》）

◆黄词云："断送一生惟有，破除万事无过。"盖韩诗有云："断送一生惟有酒"，"破除万事无过酒"。才去一字，遂为切对，而语益峻。又云："杯行到手更留残，不道月明人散。"谓思相离之忧，则不得不尽。而俗士改为"留连"，遂使两句相失。正如论诗云"一方明月可中庭"，"可"不如"满"也。（宋陈师道《后山诗话》）

◆黄太史《西江月》词云："断送一生唯有，破除万事无过。"此皆韩退之诗也。太史集之，乃天生一联。陈无己以为切对，而语益峻，盖其服膺如此。（宋袁文《瓮牖闲评》）

◆用昌黎诗两句，每句去下"酒"字，便成绝对。"莫留残"，谓忧其相离，则不得不尽饮。改为"留连"，上下文义俱失。此老戒酒，乃复深于酒。（明沈际飞《草堂诗馀四集·正集》）

◆山谷《西江月》云"断送一生惟有，破除万事无过"，似歇后句。"远山横黛蘸秋波"，不甚联属。"不饮傍人笑我"，亦谓全该。南宋人谓其突兀之句，翻成语病。（清沈雄《古今词话·词品》）

◆"断送一生，破除万事"，涪翁忽作歇后郑五，何哉？（清王士禛《花草蒙拾》）

◆起二句咏酒，而用成句作歇后语，为词中创格。（清俞陛云《唐五

代两宋词选释》)

西江月 茶词

龙焙头纲春早，谷帘第一泉香。
已醺浮蚁嫩鹅黄，想见翻匙雪浪。

兔褐金丝宝碗，松风蟹眼新汤。
无因更发次公狂，甘露来从仙掌。

◎龙焙头纲：谓首批运往京都的龙焙茶。

◎龙焙今年绝品，谷帘自古珍泉。（宋苏轼《西江月》。谷帘，泉名，在江西庐山康王谷中。）

◎浮蚁：谓浮于茶面的细沫。

◎鹅黄：谓淡黄茶色。

◎“兔褐”句：指黄黑无光的茶盏。

◎松风：见前《品令》（凤舞团团饼）注。

◎蟹眼：见前《满庭芳》（北苑龙团）注。

◎宽饶字次公，性刚猛。尝在宣帝许后父平恩侯许广汉座上，拒绝广汉敬酒，说：“无多酌我，我乃酒狂。”（《汉书·盖宽饶传》）

◎（汉武帝时）祭太乙，升通天台以俟神灵。上有承露盘，仙人掌擎玉杯，以承云表之露。（《三辅黄图·台榭》引《汉武故事》）

西江月

崇宁甲申，遇惠洪上人于湘中，洪作长短句见赠云：“大厦吞风吐月，小舟坐水眠空。雾窗春色翠如葱，睡起云涛正拥。往事回头笑处，此生弹指声中。玉笺佳句敏惊鸿，闻道衡阳价重。”次韵酬之。时余方谪宜阳，而洪归分宁龙安。

月侧金盆堕水，雁回醉墨书空。
君诗秀色雨园葱，想见衲衣寒拥。

蚁穴梦魂人世，杨花踪迹风中。
莫将社燕等秋鸿，处处春山翠重。

◎惠洪上人：惠洪（1071–1128），又名德洪，自称洪觉范，筠州新昌（今江西宜丰）人。俗姓喻（一作彭）。著有《石门文字禅》、《冷斋夜话》等。

◎宜阳：即宜州。见前《蓦山溪》（稠花乱蕊）注。

◎分宁：今江西省修水县。

◎夜阑接软语，落月如金盆。（唐杜甫《赠蜀僧闾丘师兄》）

◎书空：大雁在空中列队飞行，形如“一”和“人”字，故称书空。

◎“蚁穴”句：见前《醉落魄》（陶陶兀兀，人生梦里槐安国）注。

◎社燕：燕子春社来，秋社去，故谓社燕。

◆此首作于崇宁三年甲申（1104）。（马兴荣、祝振玉《山谷词校注》）

◆山谷南迁，与余会于长沙，留碧湘门一月，李子光以官舟借之，为憎疾者腹诽，因携十六口买小舟。余以迫窄为言，山谷笑曰：“烟波万顷，水宿小舟，与大厦千楹醉眠一榻何所异，道人缪矣。”即解牵去。闻留衡阳作诗写字，因作长短句寄之曰（词即小序所引惠洪词，略）。时余方还江南。山谷和其词云云（词如上录，略）。（宋胡仔《苕溪渔隐丛话前集》引《冷斋夜话》）

西江月

别梦已随流水，泪巾犹裛香泉。
相如依旧是癯仙，人在瑶台阆苑。

花雾萦风缥缈，歌珠滴水清圆。
娥眉新作十分妍，去马归来便面。

◎癯仙：骨姿清瘦的仙人。

◎瑶台：传说中仙人所居处。

◎阆苑：阆风之苑，传说中仙人所居之地。

◎歌珠：言歌声圆润如珠玉。

◎便面：《汉书·张敞传》："敞无威仪，时罢朝会，走马过章台街，使御史驱，自以便面拊马。"注："便面，所以障面，盖扇之类也。不欲见人，以此自障面，则得其便，故曰便面，亦曰屏面。今之沙门所持竹扇，上袤而下圜，即古之便面也。"

西江月

宋玉短墙东畔，桃源落日西斜。
浓妆下着绣帘遮，鼓笛相催清夜。

转眄惊翻长袖，低徊细踏红靴。
舞馀犹颤满头花，娇学男儿拜谢。

◎天下之佳人，莫若楚国；楚国之丽者，莫若臣里；臣里之美者，莫若东家之子。然此女登墙窥臣三年，至今未许。（战国宋玉《登徒子好色赋》）

◎低徊：徘徊。

◆子野亦云："舞彻《梁州》，头上宫花颤未休。"末句妖。（明沈际飞《草堂诗馀四集·别集》）

桃源忆故人

碧天露洗春容净，淡月晓收残晕。
花上密烟飘尽，花底莺声嫩。

云归楚峡厌厌困，两点遥山新恨。
和泪暗弹红粉，生怕人来问。

◎风吹数蝶乱，露洗百花鲜。（唐郑愔《春怨》）

◎间关莺语花底滑。（唐白居易《琵琶行》）

◎厌厌：同“恹恹”，精神不振貌。

◎遥山：即远山，喻女子眉形。见前《江城子》（新来曾被眼奚搐）注。

◆柔曼。古来才人即方正难犯，作艳词偏深于一切荡子。（明沈际飞《草堂诗馀四集·别集》）

画堂春

摩围小隐枕蛮江，蛛丝闲锁晴窗。
水风山影上修廊，不到晚来凉。

相伴蝶穿花径，独飞鸥舞溪光。
不因送客下绳床，添火炷炉香。

◎摩围：见前《踏莎行》（画鼓催春）注。

◎小隐：隐居山林。

◎蛮江：此指流经黔州的乌江。

◎不到，犹云不道，不道有不觉义。“不到晚来凉”，犹言不觉晚来凉

也。(张相《诗词曲语辞汇释》)

◎绳床:即交椅,也叫胡床。

◆此首作于绍圣三年丙子(1096)或下一年春。(马兴荣、祝振玉《山谷词校注》)

贺圣朝

脱霜披茜初登第,名高得意。
樱桃荣宴玉墀游,领群仙行缀。

佳人何事轻相戏,道得之何济。
君家声誉古无双,且均平居二。

◎脱霜披茜:谓脱去布衣,换着官服。

◎樱桃荣宴:见前《下水船》(总领神仙侣)注。

◎行缀:队列。

◎"君家"二句:此为佳人相戏之语,谓山谷虽中进士,与黄香相比,仅居其次。《后汉书·文苑传》:黄香,字文彊,江夏安陆人。九岁失母,思慕憔悴,殆不免丧,乡人称其至孝。年十二,太守闻而召之,署门下孝子。博学经典,究精道术,能文章,京师号曰:"天下无双,江夏黄童。"

◆此首或作于治平四年丁未(1067),时山谷登张唐卿榜第三甲进士第。(马兴荣、祝振玉《山谷词校注》)

阮郎归

曾萬文既眄陈湘,歌舞便出其类,学书亦进。来求小楷,作《阮郎归》词付之。

盈盈娇女似罗敷,湘江明月珠。

起来绾髻又重梳，弄妆仍学书。

歌调态，舞工夫，湖南都不如。
它年未厌白髭须，同舟归五湖。

◎曾㬊文：不详，待考。

◎陈湘：衡阳妓。见前《蓦山溪》（鸳鸯翡翠）注。

◎盈盈：美好貌。指人的风姿仪态。

◎罗敷：古代美女。晋崔豹《古今注·音乐》："秦氏，邯郸人。有女名罗敷，为邑人千乘王仁妻。仁后为越（赵）王家令，罗敷出采桑于陌上，赵王登台见而悦之，因饮酒欲夺焉。罗敷乃弹筝，作《陌上》歌以自明焉。"

◎吴亡后，西施复归范蠡，同泛五湖而去。（《越绝书》）

◆此首作于崇宁三年甲申（1104）。（马兴荣、祝振玉《山谷词校注》）

阮郎归 效福唐独木桥体作茶词

烹茶留客驻雕鞍，有人愁远山。
别郎容易见郎难，月斜窗外山。

归去后，忆前欢，画屏金博山。
一杯春露莫留残，与郎扶玉山。

◎福唐独木桥体：清万树《词律》卷四："黄山谷此词全用'山'字为韵，辛弃疾作《柳梢青》词全用'难'字为韵，注云：'福唐体即独木桥体也。'"并谓："其源出于《楚辞》，今南北曲亦演之。"

◎别时容易见时难。（南唐李煜《浪淘沙》）

◎金博山：金属香炉。

◎春露：春酒。

◆《寒食对月》："无家对寒食，有泪如金波。斫却月中桂，清光应更多。仳离放红蕊，想像嚬青蛾。牛女漫愁思，秋期犹渡河。"此杜子美诗也。其法颔联虽不拘对偶，疑非声律，然破题引韵已的对矣；谓之偷春格，言如梅花偷春色而先开也。山谷尝用此法作茶词曰（即此首，略），盖下押四"山"字，上"鞍"、"难"、"欢"、"残"皆有韵，如是乃知其工也。（宋释惠洪《天厨禁脔》）

◆一字自相为韵，出于汤铭盘。而韵上日字亦韵。四韵皆山，前句四韵亦叶盘铭之□。（明沈际飞《草堂诗馀四集·正集》）

◆翻"别时容易见时难"之句，山谷有茶诗云："曲几蒲团听煎汤，煎成车声绕羊肠。"东坡见之云："黄九凭地怎得不穷。"（明卓人月《古今词统》）

阮郎归 茶词

歌停檀板舞停鸾，高阳饮兴阑。
兽烟喷尽玉壶干，香分小凤团。

雪浪浅，露花圆，捧瓯春笋寒。
绛纱笼下跃金鞍，归时人倚阑。

◎高阳饮兴：见前《忆帝京》（鸣鸠乳燕春闲暇）注。

◎兽烟：兽形熏炉喷出的香烟。

◎小凤团：宋建安贡茶。小片印有凤纹的团茶。

◎春笋：此喻指女子之手。

◆观者叹服此词。八句状八景，音律一同，殊不散乱，人争宝之，刻之琬琰，挂于堂室之间也。（明洪武本《草堂诗馀》引《古今词话》）

◆山谷多茶词，如"馀清搅夜眠"、"兔褐金丝宝碗"、"松风蟹眼

新汤”，悉臻妙境，不独此调及《品令》为佳。（明沈际飞《草堂诗馀四集·正集》）

阮郎归 茶词

摘山初制小龙团，色和香味全。
碾声初断夜将阑，烹时鹤避烟。

消滞思，解尘烦，金瓯雪浪翻。
只愁啜罢水流天，馀清搅夜眠。

◎摘山：指采茶。

◎小龙团：见上首注及前《满庭芳》（北苑龙团）注。

◎洁性不可污，为饮涤尘烦。（唐韦应物《喜园中茶生》）

阮郎归 茶词

黔中桃李可寻芳，摘茶人自忙。
月团犀胯斗圆方，研膏入焙香。

青箬裹，绛纱囊，品高闻外江。
酒阑传碗舞红裳，都濡春味长。

◎月团：白色团茶。

◎犀胯：銙（通胯）茶，以形同犀角所制带銙（銙为古人附于腰带上的扣版）而得名。

◎焙香：谓焙茶香。

◎茶宜箬叶而畏香药，喜温燥而忌湿冷。故收藏之家，以箬叶封裹

入焙中。(宋蔡襄《茶录·茶论·藏茶》)

◎自景祐已后,洪州双井白芽渐盛,近岁制作尤精,囊以红纱。(宋欧阳修《归田录》)

◎外江:旧称长江以南为外江,也称江外。此指黔中郡以外之地。

◎都濡:黔州地名。

◎鹿门病客不归去,酒渴更知春味长。(唐郑谷《峡中尝茶》)

◆此首作于绍圣三年丙子(1096)或下一年春。黔中,见前《定风波》(万里黔中一漏天)注。(马兴荣、祝振玉《山谷词校注》)

阮郎归

退红衫子乱蜂儿,衣宽只为伊。
为伊去得忒多时,教人直是疑。

长睡晚,理妆迟,愁多懒画眉。
夜来算得有归期,灯花则甚知。

◎退红:粉红色。衫子,妇女短上衣,又名半衣。

◎衣带渐宽终不悔,为伊消得人憔悴。(宋柳永《凤栖梧》)

◎懒起画蛾眉,弄妆梳洗迟。(唐温庭筠《菩萨蛮》)

◎灯花:旧时以灯花为喜事预兆。

◎则甚,犹云做甚或为甚。怎字即则甚之切音也。向子諲《浣溪沙》词:“人意天公则甚知?故教小雨作深悲。”(张相《诗词曲语辞汇释》)

阮郎归

贫家春到也骚骚,琼浆注小槽。
老夫不出长蓬蒿,邻墙开碧桃。

木芍药，品题高，一枝烦剪刀。
传杯犹似少年豪，醉红侵雪毛。

◎骚骚：急迫貌。

◎木芍药：牡丹别名。

◎雪毛：此指白发。

◆此首约作于元符二年己卯（1099），时山谷在戎州贬所。山谷五十四岁时始破戒饮酒（见前《醉落魄》），此首云“醉红侵雪毛”，当是开戒后情形。（马兴荣、祝振玉《山谷词校注》）

更漏子 咏馀甘汤

庵摩勒，西土果，霜后明珠颗颗。
凭玉兔，捣香尘，称为席上珍。

号馀甘，无奈苦，临上马时分付。
管回味，却思量，忠言君但尝。

◎馀甘：果实名。青如山李。

◎庵摩勒：梵语āmalaka的音译，义释为无垢果。宋宋祁《益部方物略记》：“黄葩翠叶，圆实而泽，咀久还甘，或号菴勒。右馀甘子，生戎、泸等州山，树大，叶细似槐，实若李而小，咀之，前苦后歆歆有味，故号为馀甘。核有棱，或六或七，解硫黄毒，即《本草》所谓菴摩勒者。”

◎西土果：唐玄奘《大唐西域记》卷八：“阿摩洛迦（庵摩勒之同音异译），印度药果之名也。”

◆此首作于元符三年庚辰（1100），时山谷在戎州，已起复。宋岳珂《桯史》卷一二《味谏轩》：“戎州有蔡次律者，家于近郊，山谷尝过之。延以饮，有小轩极华洁，槛外植馀甘子数株，因乞名焉，题之曰‘味谏’。

后王子予以橄榄遗山谷，有诗曰：'方怀味谏轩中果，忽见金盘橄榄来。想共馀甘有瓜葛，苦中真味晚方回。'时盖徽祖始登极，国论稍还，是以有此句云。"此词当与上引诗作于同时。（马兴荣、祝振玉《山谷词校注》）

更漏子

体妖娆，鬟婀娜，玉甲银筝照座。
危柱促，曲声残，王孙带笑看。

休休休，莫莫莫，愁拨个丝中索。
了了了，玄玄玄，山僧无碗禅。

◎玉甲：此指美人的指甲。

◎危柱：琴弦柱。

◎休休休，莫莫莫。伎俩虽多性灵恶，赖是长教闲处着。（唐司空图《耐辱居士歌》）

◎了了了时无可了，玄玄玄处亦须呵。（《五灯会元》卷二十《南岳下十五世龙门远禅师法嗣》）

◎无碗禅：其义不明。

清平乐

黄花当户，已觉秋容暮。
云梦南州逢笑语，心在歌边舞处。

使君一笑眉开，新晴照酒尊来。
且乐尊前见在，休思走马章台。

◎使君：见前《雨中花慢》（政乐中和）注。

◎走马章台：见前《西江月》（别梦已随流水）注。

◆据词中“云梦南州”云云，此首或作于建中靖国元年辛巳（1101），山谷遇赦放还途经荆州时。（马兴荣、祝振玉《山谷词校注》）

清平乐

休推小户，看即风光暮。
萸糁菊英浮碗醑，报答风光有处。

几回笑口能开，少年不肯重来。
借问牛山系马，今为谁姓池台？

◎犹嫌小户长先醒，不得多时住醉乡。（唐白居易《醉后》）

◎萸糁：以茱萸煮成之饭。

◎尘世难逢开口笑，菊花须插满头归。（唐杜牧《九日齐山登高》）

◎古往今来只如此，牛山何必独沾衣。（唐杜牧《九日齐山登高》）

清平乐

舞鬟娟好，白发黄花帽。
醉任旁观嘲潦倒，扶老偏宜年小。

舞回脸玉胸酥，缠头一斛明珠。
日日《梁州》《薄媚》，年年金菊茱萸。

◎缠头：古代歌舞艺人表演毕，客以罗锦为赠，称缠头。后来又作为赠送妓女财物的通称。此借用，言赏赉之厚。

◎《梁州》：见前《南乡子》（卧稻雨馀收）注。

◎《薄媚》：唐教坊曲调名。

清平乐示知命

乍晴秋好，黄菊欹乌帽。
不见清谈人绝倒，更忆添丁小小。

蜀娘谩点花酥，酒槽空滴真珠。
兄弟四人别住，他年同插茱萸。

◎绝倒：佩服之至。《晋书·卫玠传》："瑯邪王澄有高名，每闻玠言，辄叹息绝倒。故时人为之语曰：'卫玠谈道，平子绝倒。'"

◎添丁：此指知命之子小牛。

◎天公点酥作梅花，此有腊梅禅老家。（宋苏轼《腊梅》）

◆据任渊《山谷年谱》，绍圣四年丁丑（1097），山谷在黔南。其春，知命往见嗣直于涪州，生一子，名为小牛。词中云"添丁小小"指此。则此首当作于该年或稍后。知命，即其弟黄叔达。（马兴荣、祝振玉《山谷词校注》）

清平乐

春归何处，寂寞无行路。
若有人知春去处，唤取归来同住。

春无踪迹谁知，除非问取黄鹂。
百啭无人能解，因风吹过蔷薇。

◎百啭：形容鸟声悦耳多变。宋王安石《独卧三首》之二："百啭黄鹂看不见，海棠无数出墙头。"

◆山谷词云："春归何处，寂寞无行路。若有人知春去处，唤取归来同住。"王逐客云："若到江南赶上春，千万和春住。"体山谷语也。（宋胡仔《苕溪渔隐丛话·后集》）

◆何等壮杰。（明卓人月《古今词统》）

◆"赶上""和春住"，"唤取归来同住"，千古一对情痴，可思而不可解。（明沈际飞《草堂诗馀四集·别集》）

◆山谷云："春归何处，寂寞无行路。若有人知春去处，唤取归来同住。"通叟云："若到江南赶上春，千万和春住。"碧山云："怕此际、春归也过吴中路。君行到处，便快折，河边千条翠柳，为我系春住。"三词同一意，山谷失之笨，通叟失之俗，碧山差胜。（清吴衡照《莲子居词话》）

◆黄山谷《清平乐》（春归何处）词，亦寓言也。（清李佳《左庵词话》）

◆全篇宛转一意，但何以特提出黄鹂呢？冯贽《云仙杂记》卷二引《高隐外书》："戴颙携黄柑斗酒，人问何之，曰：'往听黄鹂声。此俗耳针砭，诗肠鼓吹，汝知之乎？'"这里借寓自己身份怀抱，恐亦非泛泛之笔。（俞平伯《唐宋词选释》）

清平乐

冰堂酒好，只恨银杯小。
新作金荷工献巧，图要连台拗倒。

《采莲》一曲清歌，急檀催卷金荷。
醉里香飘睡鸭，更惊罗袜凌波。

◎承平时，滑州冰堂酒为天下第一。（宋陆游《老学庵笔记》）

◎金荷：见前《念奴娇》（断虹霁雨）注。

◎龙朔年已来，百姓饮酒作令，云："子母相去离，连台拗倒。"子母者，盏与盘也；连台者，连盘；拗倒，盏也。（唐张鷟《朝野佥载》）

◎香飘睡鸭：见前《忆帝京》（鸣鸠乳燕春闲暇）注。

◎罗袜凌波：见前《两同心》（巧笑眉颦）注。

好事近汤词

歌罢酒阑时，潇洒座中风色。
主礼到君须尽，奈宾朋南北。

暂时分散总寻常，难堪久离拆。
不似建溪春草，解留连佳客。

◎风色：风神颜色。

◎建溪春草：指建溪春茶。建溪，闽江北源，在福建省北部，其流域以产茶著名。

好事近太平州小妓杨姝弹琴送酒

一弄醒心弦，情在两山斜叠。
弹到古人愁处，有真珠承睫。

使君来去本无心，休泪界红颊。
自恨老来憎酒，负十分金叶。

◎真珠：即珍珠。

◎金叶：酒杯名。金蕉叶的省称。

◆此首作于崇宁元年壬午(1102)夏,时山谷在太平州。太平州,宋太平兴国二年(977)置,辖当涂、芜湖、繁昌三县。杨姝,当涂妓。《山谷外集》卷一七《太平州二首》其二:“千古人心指下传,杨姝烟月过年年。不知心向谁边切,弹尽松风欲断弦。”又山谷《豫章先生遗文》卷一〇《题太平州后园石室壁》:“郭功父、黄鲁直、高太忠、冯彦择同酌桂浆于此,杨姝弹《风入松》、《醉翁吟》,有林下之意。琴罢,宝熏郁郁,似非人间。崇宁之元季夏之丁未。”(马兴荣、祝振玉《山谷词校注》)

好事近

不见片时霎,魂梦镇相随着。
因甚近新无据,误窃香深约。

思量模样忔憎儿,恶又怎生恶。
终待共伊相见,与佯佯奚落。

◎片时霎:谓极短时间。
◎镇:见前《沁园春》(把我身心)注。
◎窃香:见前《玉楼春》(风开冰面鱼纹皱)注。
◎忔憎儿:犹云可爱。
◎佯佯:假装。

谒金门 示知命弟

山又水,行尽吴头楚尾。
兄弟灯前家万里,相看如梦寐。

君似成蹊桃李,入我草堂松桂。

莫厌岁寒无气味，馀生吾已矣。

◎吴头楚尾：江西的代称。

◎夜阑更秉烛，相对如梦寐。（唐杜甫《羌村三首》之一）

◎成蹊桃李：见前《蓦山溪》（稠花乱蕊）注。

◎偶吹草堂，滥巾北岳。诱我松桂，欺我云壑。（《文选·孔稚珪〈北山移文〉》）

◆此首作于元符二年己卯（1099），时山谷在戎州贬所。知命，山谷弟黄叔达。（马兴荣、祝振玉《山谷词校注》）

好女儿 张宽夫园赏梅

小院一枝梅，冲破晓寒开。
偶到张园游戏，沾袖带香回。

玉酒覆银杯，尽醉去、犹待重来。
东龄何事，惊吹怨曲，雪片成堆。

◎雪片：喻指飘落的梅花。此指东龄吹奏《梅花落》曲，使梅花飘落如雪。

◆此首作于元符元年戊寅（1098）。张宽夫，见前《念奴娇》（断虹霁雨）注。（马兴荣、祝振玉《山谷词校注》）

好女儿

春去几时还，问桃李无言。
燕子归栖风劲，梨雪乱西园。

唯有月婵娟，似人人、难近如天。
愿教清影常相见，更乞取团圆。

◎清影：月影。

好女儿

粉泪一行行，啼破晓来妆。
懒系酥胸罗带，羞见绣鸳鸯。

拟待不思量，怎奈向、目下恓惶。
假饶来后，教人见了，却去何妨。

◎怎奈向：怎奈，无奈。

◎假饶：假使。

减字木兰花登巫山县楼作

襄王梦里，草绿烟深何处是。
宋玉台头，暮雨朝云几许愁。

飞花漫漫，不管羁人肠欲断。
春水茫茫，要渡南陵更断肠。

◎南陵：县名。南朝梁置，在今安徽省东南部，芜湖市南。山谷至峡州后，诏命改知舒州（治今安徽潜山），其时山谷弟知命刚客死荆州，故有“要渡南陵更断肠”云云。

◆此首作于建中靖国元年辛巳（1101），时山谷于出川途中至峡州。

巫山县，在四川省东部，隋置，《旧唐书·地理志》："汉巫县，属南郡。隋加'山'字，以巫山峡为名。"（马兴荣、祝振玉《山谷词校注》）

◆四六体。（明沈际飞《草堂诗馀四集·续集》）

减字木兰花

距施州二十里，张仲谋遣骑相迎，因送所和乐府来，且约近郊相见。复用前韵先往。

使君那里，千骑尘中依约是。
拂我眉头，无处重寻庾信愁。

山云弥漫，夹道旌旗联复断。
万事茫茫，分付澄波与烂肠。

◎张仲谋：名询。山谷友人。元祐中知越州。元符初，由陕西转运使知熙州。

◎庾信愁：庾信（513–581），北周南阳新野人。字子山。初仕南朝梁，奉使西魏，被留未放还。有《哀江南赋》。

◎王方平语蔡经家人曰："吾欲赐汝辈美酒，此酒方出天厨，其味醇醲，非俗人所宜饮，饮之或能烂肠，今当以水和之。"（晋葛洪《神仙传·王远》）

◆此首作于建中靖国元年辛巳（1101），时山谷在放还途中。施州，地名。宋欧阳忞《舆地广记》卷三三《施州清江县》："（隋）义宁二年（618）立施州，为州治焉。有施王屯馀址，故以为名。"故治今湖北恩施。（马兴荣、祝振玉《山谷词校注》）

减字木兰花巫山县追怀老杜

巫山古县，老杜淹留情始见。
《拨闷》题诗，千古神交世不知。

云阳台下，更值清明风雨夜。
知道愁辛，果是当时作赋人。

◎老杜淹留：唐杜甫于唐代宗永泰元年（765）五月挈家下戎、渝、忠州，又于大历元年（766）移居夔州，至大历三年始出峡往荆南。其间杜甫作诗甚多，多抒发羁泊伤乱之情。

◎闻道云安麴米春，才倾一盏即醺人。乘舟取醉非难事，下峡销愁定几巡。长年三老遥怜汝，捩舵开头捷有神。已办清钱防雇直，当令美味入吾唇。（唐杜甫《拨闷》）

◎千古神交：指杜甫对宋玉的思慕与景仰。杜甫《咏怀古迹五首》之一："摇落深知宋玉悲，风流儒雅亦吾师。"

◎云阳台：《文选·司马相如〈子虚赋〉》："于是楚王乃登云阳之台。"李善注引孟康曰："云梦中高唐之台，宋玉所赋者。言其高出云之阳。"

◆此首作于建中靖国元年辛巳（1101），时山谷遇赦放还途经巫峡。（马兴荣、祝振玉《山谷词校注》）

减字木兰花次韵赵文仪

诗翁才刃，曾陷文场貔虎阵。
谁敢当哉，况是焚舟决胜来。

三巴春杪，客馆梦回风雨晓。

胸次峥嵘，欲共涛头赤甲平。

◎诗翁：此指赵文仪。

◎文场：科举考试之考场。

◎焚舟：与破釜沉舟同义。

◎三巴：古地名。巴郡、巴东、巴西的合称。相当今四川 嘉陵江和綦江流域以东的大部地区。

◎春杪：春末。

◎胸次：胸中。

◎赤甲：一作赤岬，在四川奉节县东北。

◆此首作于建中靖国元年辛巳（1101）。赵文仪，不详。（马兴荣、祝振玉《山谷词校注》）

◆何等壮杰。（明卓人月《古今词统》）

减字木兰花

苍崖万仞，下有奔雷千百阵。
自古危哉，谁遣西园渻么来。

猿啼云杪，破梦一声巫峡晓。
苦唤愁生，不是西园作么平。

◎奔雷：喻指泉瀑奔泻声如雷鸣。

◎噫吁嚱！危乎高哉！蜀道之难，难于上青天。（唐李白《蜀道难》）

◎渻：影子。

◎自三峡，七百里中，两岸连山……每至晴初霜旦，林寒涧肃，常有高猿长啸，属引凄异，空谷传响，哀转久绝。（北魏郦道元《水经注·江水》）

◎作么，即作甚么之省文，犹怎么也。……平者，平愁怀也。（张相《诗词曲语辞汇释》）

◆此首作于建中靖国元年辛巳（1101）。（马兴荣、祝振玉《山谷词校注》）

减字木兰花

馀寒争令，雪共腊梅相照映。
昨夜东风，已出耕牛劝岁功。

阴阴幂幂，近觉去天无几尺。
休恨春迟，桃李梢头次第知。

◎争令：怎令。

◎岁功：一年农事的收获。

◎幂幂：深浓貌。

◎连峰去天不盈尺。（唐李白《蜀道难》）

◎次第知：犹云转眼即知。

减字木兰花

终宵忘寐，好事如何犹尚未。
仔细沉吟，珠泪盈盈湿袖襟。

与君别也，愿在郎心莫暂舍。
记取盟言，闻早回程却再圆。

◎相思杳如梦，珠泪湿罗衣。（唐李白《学古思边》）

◎闻早：趁早，赶早。

减字木兰花

丙子仲秋，奉陪黔阳曹使君伯达玩月，作《减字木兰花》，兼简施州张使君仲谋。

中秋多雨，常是尊罍狼藉去。
今夜云开，须道姮娥得得来。

不知云外，还有清光同此会。
笛在层楼，声彻摩围顶上头。

◎曹使君伯达：见前《水龙吟》（早秋明月新圆）注。

◎张使君仲谋：见前《减字木兰花》（使君那里）注。

◎得得：即特特，特地。

◎清光：此指月光。

◎摩围：见前《踏莎行》（画鼓催春）注。

◆此首作于绍圣三年丙子（1096），时山谷在黔州贬所。（马兴荣、祝振玉《山谷词校注》）

减字木兰花

中秋无雨，醉送月衔西岭去。
笑口须开，几度中秋见月来。

前年江外，儿女传杯兄弟会。
此夜登楼，小谢清吟慰白头。

◎清风弄水月衔山，幽人夜渡吴王岘。（宋苏轼《武昌山上闻黄州鼓角》）

◎“前年”二句：据黄畲《山谷年谱》，绍圣元年甲戌（1094），山谷寓家太平州芜湖。又山谷《池州斋山焦笔岩题名》：“江西黄大临，弟庭坚、叔献、叔达、子朴、相、梲，孙杰，绍圣元年九月辛丑泛舟同来。”

◎小谢：指南齐诗人谢朓。

◆此首作于绍圣三年丙子（1096），时山谷在黔州贬所。（马兴荣、祝振玉《山谷词校注》）

◆愁苦之情出以风流放诞之笔，绝世文情。（清陈廷焯《放歌集》）

减字木兰花

浓阴骤雨，巫峡有情来又去。
今夜天开，不与姮娥作伴来。

清光无外，白发老人心自会。
何处歌楼，贪看冰轮不转头。

◎“浓阴”二句：用宋玉《高唐赋》叙楚襄王与巫山神女云雨事。

◎冰轮：明月。

减字木兰花

丙子仲秋，黔守席上，客有举杜工部《中秋》诗曰：“今夜鄜州月，闺中只独看。遥怜小儿女，未解忆长安。”因戏作。

举头无语，家在月明生处住。
拟上摩围，最上峰头试望之。

偏怜络秀，苦淡同甘谁更有。
想见牵衣，月到愁边总未知。

◎黔守：此指黔州太守曹谱。见前《水龙吟》（早秋明月新圆）注。

◎杜工部《中秋》诗：即唐杜甫《月夜》，原诗为：“今夜鄜州月，闺中只独看。遥怜小儿女，未解忆长安。香雾云鬟湿，清辉玉臂寒。何时倚虚幌，双照泪痕干。”

◎摩围：见前《踏莎行》（画鼓催春）注。

◎络秀：《晋书·列女传》：周顗母李氏，字络秀。顗父浚出猎遇雨，止络秀家。络秀为具数十馔，甚精，浚因求为妾。络秀父兄不许。络秀曰：“门户殄瘁，连姻贵族，庶有大益。”因许之。后生顗、嵩及谟，由是李氏遂得方雅之族。山谷在词中乃指子相之生母，其妾李庆（见任渊《山谷年谱》）。

◎拔剑东门去，舍中儿母牵衣啼。（古乐府《东门行》）

◆此首作于绍圣三年丙子（1096），时山谷在黔南。（马兴荣、祝振玉《山谷词校注》）

◆何等凄淡。（明卓人月《古今词统》）

减字木兰花戏答

月中笑语，万里同依光景住。
天水相围，相见无因梦见之。

诸儿娟秀，儒学传家渠自有。
自作秋衣，渐老先寒人未知。

◎儒学传家：山谷之家从曾祖黄中理开始，便倡儒学筑书馆以教子孙。宋袁燮《絜斋集》卷一四称黄氏“一门兄弟共学于修水上芝台书院，道义相磨，才华竞爽，时人谓之十龙。后登第者强半”。山谷祖黄湜、父黄庶皆登进士第。

◎渠：他。

◆此首作于绍圣三年丙子（1096）。（马兴荣、祝振玉《山谷词校注》）

减字木兰花用前韵示知命弟

常年夜雨，头白相依无去住。
儿女成围，欢笑尊前月照之。

阿连高秀，千万里来忠孝有。
岂谓无衣，岁晚先寒要弟知。

◎阿连：南朝宋谢灵运族弟惠连有才悟，灵运甚爱之，称为阿连。后因称弟为“阿连”。

◎岂曰无衣，与子同袍。（《诗经·秦风·无衣》）

◆此首作于绍圣三年丙子（1096）。知命弟，见前《南乡子》（落帽晚风回）注。（马兴荣、祝振玉《山谷词校注》）

诉衷情

小桃灼灼柳鬖鬖，春色满江南。
雨晴风暖烟淡，天气正醺酣。

山泼黛，水挼蓝，翠相搀。
歌楼酒旆，故故招人，权典青衫。

◎桃之夭夭，灼灼其华。(《诗经·周南·桃夭》)

◎晴烟漠漠柳毵毵。(唐韦庄《古离别》。毵毵，纷披下垂貌。)

◎醺酣：指春日天气宜人，令人陶醉。

◎群峰郁初霁，泼黛若鬟沐。(唐顾况《华山西冈游赠隐玄叟》)

◎直似挼蓝新汁色，与君南宅染罗裙。(唐白居易《池上》。挼，搓揉。)

◎故故：屡屡。

◎朝回日日典春衣，每日江头尽醉归。(唐杜甫《曲江二首》之二。青衫：唐制，文官八品、九品服以青。)

诉衷情

在戎州，登临胜景，未尝不歌渔父家风，以谢江山。门生请问先生家风如何，为拟金华道人，作此章。

一波才动万波随，蓑笠一钩丝。
金鳞政在深处，千尺也须垂。

吞又吐，信还疑，上钩迟。
水寒江净，满目青山，载月明归。

◎渔父家风：自唐张志和作《渔父》词五首，其格调被称为渔父家风。

◎金华道人：即唐张志和，号玄真子，东阳金华人。

◎千尺丝纶直下垂，一波才动万波随。夜静水寒鱼不食，满船空载月明归。(《五灯会元》卷五载秀州华亭船子德诚禅师《拨棹歌》六首之二)

◎金鳞：指鱼。

◆此首约作于元符二年己卯(1099)，时山谷在戎州贬所。山谷至戎后有《与宋子茂书》："此方米面皆胜黔中，食饱饭，摩腹婆娑，以卒岁月。闲居亦强作文字，有乐府长短句数篇，后信写寄。"戎州，见前《醉落魄》（陶陶兀兀，人生梦里槐安国）注。（马兴荣、祝振玉《山谷词校注》）

◆华亭船子和尚有偈曰："千尺丝纶直下垂，一波才动万波随。夜静水寒鱼不食，满船空载月明归。"丛林盛传，想见其为人。山谷倚曲音歌成长短句曰（词即此首，略）。（宋彭乘《墨客挥犀》）

◆山谷又取船子和尚诗为《诉衷情》，而《冷斋》亦载之。予谓此皆为蛇画足耳，不作可也。（金王若虚《滹南诗话》）

诉衷情

旋揎玉指着红靴，宛宛斗弯讹。
天然自有殊态，愁黛不须多。

分远岫，压横波，妙难过。
自欹枕处，独倚阑时，不奈颦何。

◎弯讹：疑为"弯蛾"之误。弯蛾，美女眉。

◎黛：古时女子以青黛画眉，故常以黛代称眉。

◎"分远岫"二句：见前《鹧鸪天》（闻说君家有翠蛾）注。

采桑子 送彭道微使君移知永康军

荔枝滩上留千骑，桃李阴繁。
宴寝香残，画戟森森镇八蛮。

永康又得风流守，管领江山。
少讼多闲，烟霭楼台舞翠鬟。

◎荔枝滩：地名。黄罃《山谷年谱》：元符元年三月，离黔州，过涪陵。五月戊午，上荔枝滩。六月，抵戎州，寓居南寺。

◎令公桃李满天下，何用堂前更种花。（唐白居易《春和令功绿野堂种花》）

◎宴寝：周制，王有六寝，一为正寝，馀五寝通称燕寝。此泛指内室。

◎八蛮：古谓南方八蛮国。后泛指西南少数民族。

◎从今却笑风流守，画戟空凝宴寝香。（宋苏轼《苏州闾丘江君家雨中饮酒二首》）

◎翠鬟：妇女发式的美称。

◆此首作于元符二年己卯（1099）。时山谷在戎州。（马兴荣、祝振玉《山谷词校注》）

采桑子

虚堂密候参同火，梨枣枝繁。
深锁三关，不要樊姬与小蛮。

遥知风雨更阑夜，犹梦巫山。
浓丽清闲，晓镜新梳十二鬟。

◎参同火：意以《周易》、《黄老》、炉火三家相参同。此引为炼内丹或外丹之火，故言“不要樊姬与小蛮”。

◎贫居烟火湿，岁熟梨枣繁。（唐韦应物《答僩奴重阳二甥》）

◎《三关章》：口为天关，手为人关，脚为地关。（宋叶廷珪《海录碎事》）

◎白尚书（白居易）姬人樊素善歌，妓人小蛮善舞。尝为诗曰：“樱桃樊素口，杨柳小蛮腰。”（唐孟棨《本事诗·事感》）

◎梦巫山：见前《满庭芳》（明眼空青）注。

◎十二鬟：喻指巫山十二峰。

◆此首作年同前首。（马兴荣、祝振玉《山谷词校注》）

采桑子

投荒万里无归路，雪点鬓繁。
度鬼门关，已拚儿童作楚蛮。

黄云苦竹啼归去，绕荔枝山。
蓬户身闲，歌板谁家教小鬟。

◎投荒：贬谪、流放至荒远之地。

◎鬼门关：见前《定风波》（万里黔中一漏天）注。

◎拚：割舍之辞，亦甘愿之辞。

◎苦竹：竹的一种，竿矮小，四月中生笋，味苦不能食。

◎啼归去：指杜鹃啼鸣，声如“不如归去”。

◆此首作年同前首。（马兴荣、祝振玉《山谷词校注》）

采桑子

马湖来舞钗初赐，笳鼓声繁。
贤将开关，威竦西山八诏蛮。

南溪地逐名贤重，深锁群山。
燕喜公闲，一斛明珠两小鬟。

◎马湖：见前《望远行》（自见来）注。

◎八诏者，隋时永昌、姚州闻有蒙舍诏、蒙嶲诏、越析诏、浪穹诏、施浪诏、遵赕诏，又有(时)傍、矣川罗识二族，通号八诏。其后二族为阁罗凤所灭，独有六诏。南方之夷，惟南诏最大。夷语谓王为诏；或曰，当六诏皆在，岁有事，天子各赐一诏，故曰八诏。(宋周煇《清波别志》)

◎南溪：县名。在四川南部、长江北岸。

◎吉甫燕喜，既多受祉。(《诗经·小雅·六月》。燕喜，宴饮喜乐。)

◆此首作年同前首。(马兴荣、祝振玉《山谷词校注》)

采桑子 戏赠黄中行

宗盟有妓能歌舞，宜醉尊罍。
待约新醅，车上危坡尽要推。

西邻三弄争秋月，邀勒春回。
个里声催，铁树枝头花也开。

◎宗盟：同宗、同姓。此指黄中行。

◎新醅：新酿酒。

◎“车上”句：盖喻己年衰不胜酒量。

◎邀勒：强迫、逼勒。

◎个里：这里。

◆此首作于元符二年己卯(1099)，时山谷在戎州贬所。黄中行，见前《醉落魄》(陶陶兀兀，尊前是我华胥国)注。(马兴荣、祝振玉《山谷词校注》)

采桑子

夜来酒醒清无梦，愁倚阑干。

露滴轻寒，两行芙蓉泪不干。

佳人别后音尘悄，销瘦难拚。
明月无端，已过红楼十二间。

◎文君姣好，……脸际常若芙蓉。（《西京杂记》）

◎拚：舍弃，不顾一切。

◎红楼：泛指华丽的楼房，多富家妇女所居。

◆“瘦尽”、“难拚”，情切。忽有此境，不是语言文字。（明沈际飞《草堂诗馀四集·续集》）

采桑子

樱桃着子如红豆，不管春归。
闻道开时，蜂惹香须蝶惹衣。

楼台灯火明珠翠，酒恋歌迷。
醉玉东西，少个人人暖被携。

◎王禹玉丞相《寄程公闢》诗云：“舞急锦腰迎十八，酒酣玉盏照东西。”乐府《六么曲》有《花十八》，古有玉东西杯，其对甚新也。（宋张邦基《墨庄漫录》）

◎人人：见前《少年心》（对景惹起愁闷）注。

采桑子

城南城北看桃李，依倚年华。
杨柳藏鸦，又是无言飐落花。

春风一面长含笑，偷顾羞遮。
分付谁家，把酒花前试问他。

◎暂出白门前，杨柳可藏乌。（南朝乐府民歌《读曲歌》）

归田乐令

引调得，甚近日心肠不恋家，
宁宁地、思量他，思量他。

两情各自肯，甚忙咱。
意思里、莫是赚人啰。
噷奴真个嘚，共人嘚。

◎甚，犹是也，正也，真也。词中每用以领句，与甚么之甚作怎字、何字义者异。（张相《诗词曲语辞汇释》）

◎赚人：骗人。啰：语助词。

◎噷：吻。见前《少年心》（心里人人）注。

◎嘚：音得。方言，在此词中义不明。

卜算子

要见不得见，要近不得近。
试问得君多少怜，管不解、多于恨。

禁止不得泪，忍管不得闷。
天上人间有底愁，向个里、都谙尽。

菩萨鬘

王荆公新筑草堂于半山，引八功德水作小港，其上垒石作桥。为集句云："数间茅屋闲临水，窄衫短帽垂杨里。花是去年红，吹开一夜风。　梢梢新月偃，午醉醒来晚。何物最关情，黄鹂三两声。"戏效荆公作。

半烟半雨溪桥畔，渔翁醉着无人唤。
疏懒意何长，春风花草香。

江山如有待，此意陶潜解。
问我去何之，君行到自知。

◎八功德水：佛教谓须弥山下大海中有八功德水。

◎半烟半雨溪桥畔，映红映桃山路中。（唐郑谷《柳》）

◎渔翁醉着无人唤，过午醒来雪满船。（唐韩偓《醉著》）

◎无人觉来往，疏懒意何长。（唐杜甫《西郊》）

◎迟日江山丽，春风花草香。（唐杜甫《绝句二首》）

◎江山如有待，花柳自无私。（唐杜甫《后游》）

◎此意陶潜解，吾生后汝期。（唐杜甫《可惜》）

◎君问去何之，贱身难自保。（唐孟郊《怨别》）

◎"君行"句：出处未详。

◆元丰二年己未（1079），王安石退居钟山，营建半山园。其《示元度》诗："今年钟山南，随分作圃囿。凿池构吾庐，碧水寒可漱。……更待春日长，黄鹂弄清昼。"自注："营居半山园作。"其《菩萨蛮》词亦作于此时。又元丰三年庚申（1080），王安石封荆国公，则此首当作于本年或稍后。半山，宋周必大《二老堂杂记·金陵登览》："出白门五里，至报宁寺，本王介甫旧宅。元丰中，奏舍为寺，赐今额。兵火后败屋数间，土人但呼半山寺，言自城去蒋山十里，此适半途也。"（马兴荣、祝振玉《山谷

词校注》)

◆王荆公筑草堂于半山,引八功德水作小港,其上叠石作桥。为集句填《菩萨蛮》云(词同前,略),其后豫章效其体云(即前词,其中“君行到自知”作“君行即自知”,略)。(宋吴曾《能改斋漫录》)

菩萨鬘

淹泊平山堂,寒食节,固陵录事参军表弟周元固惠酒,为作此词。

细腰宫外清明雨,云阳台上烟如缕。
云雨暗巫山,流人殊未还。

阿谁知此意,解遣双壶至。
不是白头新,周郎旧可人。

◎固陵:古地名。故址在今河南淮阳西北之柳林。

◎录事参军:官名。晋置。亦称录事参军事。为王、公、大将军之属员,掌总录众曹文簿,举弹善恶。宋京府置司录参军,各州置录事参军。

◎楚灵王好细腰,而国中多饿人。(《韩非子·二柄》)

◎云阳台:见前《减字木兰花》(巫山古县)注。

◎阿谁:犹何人。

◎白头新:《史记·鲁仲连邹阳列传》:“谚曰:‘有白头如新,倾盖如故。’”司马贞《索隐》引服虔云:“人不相知,自初交至白头,犹如新也。”

◎周郎:此指惠酒的固陵录事参军周元固。

◆此据小序首当作于元丰七年甲子(1084)。据黄罃《年谱》,先生是年春过扬州,见俞清老。平山堂,在扬州,欧阳修所建,见《避暑录话》卷上。然此词中“细腰宫”、“云阳台”、“巫山”等,皆蜀中古迹景物,又有“流人殊未还”句非先生在扬州时所能道,故予存疑。(马兴荣、祝振玉

《山谷词校注》)

雪花飞

携手青云路稳，天声迤逦传呼。
袍笏恩章乍赐，春满皇都。

何处难忘酒，琼花照玉壶。
归娲丝梢竞醉，雪舞郊衢。

◎青云：此指及第。

◎天声：原指朝廷声威。后引申为皇帝的德音。

◎迤逦：连绵至远处。

◎恩章：即章服。

◎雪舞：喻柳絮飞扬。

◆词中云“携手青云”、“袍笏恩章乍赐”，当是初及第时语，姑系于治平四年丁未(1067)。雪花飞，《词律》卷三、《词谱》卷四均收此调。《词谱》注：“此调仅见山谷一词，无别首可校。”秦巘《词系》卷一四亦云：“此以词意为名，他无作者。”(马兴荣、祝振玉《山谷词校注》)

浣溪沙

飞鹊台前晕翠蛾，千金新买帝青螺，
最难如意为情多。

几处泪痕留醉袖，一春愁思近横波，
远山低尽不成歌。

◎昔有夫妇将别，破镜，人执半以为信。其妻与人通，其镜化鹊，飞至夫前，其夫乃知之。后人因铸镜为鹊安背上，自此始也。（宋李昉等《太平御览》引《神异经》。飞鹊台，即镜台。）

◎翠蛾：美人之眉修长如蛾，以黛画之，故称。

◎帝青螺：女子描眉用的天青色螺黛。帝青，原指青天。螺，即螺子黛。唐颜师古《隋遗录》："螺子黛出波斯国，每颗直十金。"

◎横波、远山：见前《鹧鸪天》（闻说君家有翠蛾）注。

浣溪沙

一叶扁舟卷画帘，老妻学饮伴清谈，
人传诗句满江南。

林下猿垂窥涤砚，岩前鹿卧看收帆，
杜鹃声乱水如环。

◎清谈：清雅的言谈、议论。

浣溪沙

新妇矶头眉黛愁，女儿浦口眼波秋，
惊鱼错认月沉钩。

青箬笠前无限事，绿蓑衣底一时休，
斜风细雨转船头。

◎新妇矶边月明，女儿浦口潮平。沙头鹭宿鱼惊。（唐顾况《渔父》。新妇矶，即望夫山，在今江西德安县长江边。）

◎西塞山前白鹭飞，桃花流水鳜鱼肥。青箬笠，绿蓑衣，斜风细雨不须归。（唐张志和《渔歌子》）

◆宋人诸家笔记如吴坰《五总志》、吴曾《能改斋漫录》均载此词为与东坡唱和之作，且东坡有讥评云云。按山谷与东坡交游酬唱，集中在元祐三、四年同供职史局期间，词当作于此时。（马兴荣、祝振玉《山谷词校注》）

◆东坡跋云："鲁直此词，清新婉丽。问其最得意处，以山光水色替却玉肌花貌，真得渔父家风也。然才出新妇矶，又入女儿浦，此渔父无乃太澜浪乎？"（宋曾慥《乐府雅词》）

◆山谷《渔父》词："新妇矶头新月明，女儿浦口暮潮平，沙头露宿戏鱼惊。"此三句本顾况《夜泊江浦》六言，山谷每句添一字而已。"新月"、"暮潮"、"戏鱼"，乃山谷所添也。（宋曾季狸《艇斋诗话》）

◆乐天云："眉月晚生神女浦，脸波春傍窕娘堤。"涪翁用此意作《渔父》词云："新妇矶边眉黛愁，女儿浦口眼波秋。"然"新妇矶"、"女儿浦"，顾况六言已作对矣。（宋吴聿《观林诗话》）

◆鲁直两《渔父》词俱见道。东坡云："闻鲁直以水光山色替却玉肌花貌为得意，然才出新妇矶，又入女儿浦，此渔父毋乃太澜浪耶？"余谓"新妇"二句，自双起语，不可合看。（明沈际飞《草堂诗馀四集·正集》）

◆鲁直两《渔父》词俱见道语，可以警世，新妇矶、女儿浦，天然绝对。（明杨慎批点《草堂诗馀》）

◆按前一阕，写得山水有声有色，有情有态，笔笔清奇。第二阕"无限事"、"一时休"，写渔父情怀，未免语含愤激。涪翁一生坎壈，托兴于《渔父》，欲为恬适，终带牢骚。结句与张志和"斜风细雨不须归"句，亦自神理迥别。张句是无心任远，涪翁句是有心避患也。细味当自得之。（清黄苏《蓼园词评》）

点绛唇

重九日寄怀嗣直弟。时再游涪陵，用东坡馀杭九日《点绛唇》旧韵二首。

浊酒黄花，画帘十日无秋燕。
梦中相见，似作枯禅观。

镜里朱颜，又减心情半。
江山远，登高人健，寄语东飞雁。

◎东坡馀杭九日《点绛唇》旧韵：即苏轼《点绛唇》（我辈情钟）及（不用悲秋）二首。

◎枯禅：佛教谓静坐参禅为枯禅，又称枯木禅。

◆此首及后一首均作于绍圣四年丁丑（1097）。任渊《山谷年谱》云："是岁山谷在黔南。其春知命往见嗣直于涪州。"嗣直弟，山谷从弟，名叔向，字嗣直。叔父黄廉子。（马兴荣、祝振玉《山谷词校注》）

点绛唇

几日无书，举头欲问西来燕。
世情梦幻，复作如斯观。

自叹人生，分合常相半。
戎虽远，念中相见，不托鱼和雁。

◎戎：晋宋间人谓从弟为"阿戎"，至唐犹然。此指从弟嗣直。

◎鱼和雁：古代传说鱼、雁都能传递书信，后即用以指代书信。

◆此首作年同前首。（马兴荣、祝振玉《山谷词校注》）

点绛唇

罗带双垂，妙香长恁携纤手。
半妆红豆，各自相思瘦。

闻道伊家，终日眉儿皱。
不能勾、泪珠轻溜，裛损揉蓝袖。

◎长恁：长久这样。

◎妃以帝眇一目，每知帝将至，必为半面妆以待，帝见，则大怒而出。（《南史·梁元帝徐妃传》）

◎伊家：同伊。家，语尾助词。

◎裛：沾湿。

调笑令并诗

海上神仙字太真，昭阳殿里称心人。犹思一曲《霓裳》舞，散作中原胡马尘。方士归来说风度，梨花一枝春带雨。分钗半钿愁杀人，上皇倚阑独无语。

无语，恨如许。
方士归时肠断处，梨花一枝春带雨。
半钿分钗亲付。
天长地久相思苦，渺渺鲸波无路。

◎忽闻海上有仙山，山在虚无缥缈间。楼阁玲珑五云起，其中绰约多仙子。中有一人字太真，雪肤花貌参差是。（唐白居易《长恨歌》。太真即杨贵妃。）

◎昭阳殿里恩爱绝。（唐白居易《长恨歌》）

◎风吹仙袂飘飖举，犹似《霓裳羽衣舞》。（唐白居易《长恨歌》）

◎胡马尘：指唐天宝末安史之乱。

◎临邛道士鸿都客，能以精诚致魂魄。为感君王辗转思，遂教方士殷勤觅。（唐白居易《长恨歌》）

◎玉容寂寞泪阑干，梨花一枝春带雨。（唐白居易《长恨歌》）

◎惟将旧物表深情，钿合金钗寄将去。钗留一股合一扇，钗擘黄金合分钿。（唐白居易《长恨歌》）

◎上皇：指唐玄宗。

◎天长地久有时尽，此恨绵绵无绝期。（唐白居易《长恨歌》）

◎鲸波：喻江海巨浪。

宴桃源 书赵伯充家小姬领巾

天气把人僝僽，落絮游丝时候。
茶饭可曾炊，镜中赢得消瘦。
生受，生受，更被养娘催绣。

◎僝僽：见前《鼓笛令》（宝犀未解心先透）注。

◎落絮：飘落的杨花。南朝梁萧子显《春日贻刘孝绰》诗："新禽争弄响，落絮乱从风。"游丝，昆虫所吐之丝被风吹扬于空中。南朝梁沈约《会圃临春风》诗："游丝暖如烟，落花雰如雾。"

◆此首作于元祐二年丁卯（1087）。据黄畲《山谷年谱》，山谷是年在秘书省兼史局，作《赵伯充劝莫学书及为席子泽解嘲》、《同子瞻韵和赵伯充团练》等诗。赵伯充，名叔盎，宋宗室。（马兴荣、祝振玉《山谷词校注》）

◆（词略）右山谷先生《催绣词帖》真迹一卷。先生平生语庄，此帖故游戏耳。观其序晏小山词，有曰："余少时间作乐府，使酒玩世，道人法秀独罪余以笔墨劝淫，于我法中，当下犁舌之狱。"其悔雕篆至矣。此岂自放豪楮间，三生结习，犹有未忘者耶？旧出众帖中，亦别而系之者。赞曰：词以寓意，何适非理，游戏翰墨，亦或张弛。此篇所传，观蜡之比，众而不淫，庶几在此。（宋岳珂《宝真斋法书赞》卷一五《黄鲁直催绣词帖》）

◆不但情怀倦绣，纵含情刺锦，岂由催促，如养娘之不解事何。（明沈际飞《草堂诗馀四集·续集》）

补 遗

满庭芳茶

北苑春风，方圭圆璧，万里名动京关。
碎身粉骨，功合上凌烟。
尊俎风流战胜，降春睡、开拓愁边。
纤纤捧，研膏溅乳，金缕鹧鸪斑。

相如虽病渴，一觞一咏，宾有群贤。
为扶起灯前，醉玉颓山。
搜搅胸中万卷，还倾动、三峡词源。
归来晚，文君未寝，相对小窗前。

◎北苑：见前《满庭芳》（北苑龙团）注。

◎春风：指茶。

◎方圭圆璧：茶压模后之形状，亦喻其珍贵。

◎碎身粉骨：喻碾茶先将茶块捶碎。

◎凌烟：凌烟阁。参见前《水龙吟》（早秋明月新圆）注。

◎尊俎：古代盛酒肉之器，此借指盛茶之器。

◎饮真茶，令人少眠睡。（晋张华《博物志》）

◎纤纤：见前《满庭芳》（北苑龙团）注。

◎贞元中，常衮为建州刺史，始蒸焙而研之，谓之研膏茶。（宋吴曾《能改斋漫录》卷一五引《画墁录》）

◎溅乳：谓点茶时茶汤洁白如乳翻腾。

◎“金缕”句：见前《满庭芳》（北苑龙团）注。

◎群贤毕至，少长咸集。……引以为流觞曲水，列坐其次，虽无丝竹管弦之盛，一觞一咏，亦足以畅叙幽情。（晋王羲之《兰亭集序》）

◎三碗搜枯肠，惟有文字五千卷。（唐卢仝《走笔谢孟谏议寄新茶》）

◎词源倒流三峡水，笔阵横扫千人军。（唐杜甫《醉歌行》。三峡词源，喻文思汹涌如三峡急流。）

◎文君：见前《满庭芳》（北苑龙团）注。

◆豫章先生少时尝为茶词，寄《满庭芳》云：“北苑龙团，江南鹰爪，万里名动京关。碾深罗细，琼蕊冷生烟。一种风流气味，如甘露、不染尘烦。纤纤捧，冰瓷弄影，金缕鹧鸪斑。　相如方病酒，银瓶蟹眼，惊鹭涛翻。为扶起尊前，醉玉颓山。饮罢风生两腋，醒魂到、明月轮边。归来晚，文君未寝，相对小窗前。”其后增损其辞，止咏建茶云：“北苑研膏，方圭圆璧，万里名动天关。碎身粉骨，功合在凌烟。尊俎风流战胜，降春梦、开拓愁边。纤纤捧，香泉溅乳，金缕鹧鸪斑。　相如虽病渴，一觞一咏，宾有群贤。便扶起灯前，醉玉颓山。搜搅胸中万卷，还倾动、三峡词源。归来晚，文君未寝，相对小妆残。”词意益工也。后山陈无己同韵和之云：“北苑先春，琅函宝韫，帝所分落人间。绮窗纤手，一缕破双团。云里游龙舞凤，香雾霭，飞入雕盘。华堂静，松风云竹，金鼎沸潺湲。　门阑车马动，浮黄嫩白，小袖高鬟。便胸臆轮囷，肺腑生寒。唤起谪仙醉倒，翻湖海、倾写涛澜。笙歌散，风帘月幕，禅榻鬓丝斑。”（宋吴曾《能改斋漫录》）

画堂春

东风吹柳日初长，雨馀芳草斜阳。
杏花零落燕泥香，睡损红妆。

宝篆烟销龙凤，画屏云锁潇湘。
夜寒微透薄罗裳，无限思量。

◎暗牖悬蛛网，空梁落燕泥。（隋薛道衡《昔昔盐》）

◎宝篆：形容香炉之烟屈折上升，状如篆字。

画堂春

画堂西畔有池塘，使君棐几明窗。
日西人吏散东廊，蒲苇送轻凉。

翠管细通岩溜，小峰重叠山光。
近池催置琵琶床，衣带水风香。

◎棐几：用榧木做的案几。

◎岩溜：山岩上的小股流水。

菩萨蛮 闺情

轻风袅断沉烟炷，霏微尽日寒塘雨。
残绣没心情，鸟啼花外声。

离愁难自制，年少乖盟誓。
寂寞掩朱门，罗衣空泪痕。

◎霏微：濛濛细雨。

◆宛然。（明沈际飞《草堂诗馀四集·续集》）

诉衷情

珠帘绣幕卷轻霜，呵手试梅妆。
都缘自有离恨故，画作远山长。

思往事，惜流水，恨难忘。
未歌先敛，欲笑还颦，最断人肠。

◎珠帘：用珍珠缀饰的帘子。

◎绣幕：彩绣帷幕。

◎梅妆：见前《虞美人》（天涯也有江南信）注。

◎远山：见前《江城子》（新来曾被眼奚揞）注。

浣溪沙

张志和《渔父》云："西塞山边白鹭飞，桃花流水鳜鱼肥。青箬笠，绿簑衣，斜风细雨不须归。"此语妙绝，恨今人莫能歌者，故增数语，令以《浣溪沙》歌之。

西塞山边白鸟飞，散花洲外片帆微，
桃花流水鳜鱼肥。

自庇一身青箬笠，相随到处绿簑衣，
斜风细雨不须归。

◎西塞山：此西塞山与张志和词中的西塞山不同。此山在今湖北大冶东。

◎散花洲：又名散花滩，在西塞山侧，滨临长江。

醉落魄

苍颜华发，故乡归路无因得。
旧交新贵音书绝。唯有家人，犹作殷勤别。

离亭欲去歌声咽，潇潇细雨凉生颊。
泪珠不用罗巾裛。弹在罗衣，图得见时说。

虞美人

波声拍枕长淮晓，缺月窥人小。
无情江水自东流，只载一船离恨向西州。

竹阴花坞曾同醉，酒味多于泪。
若教金鉴在尘埃，酝造一场烦恼送人来。

◎金鉴：宝镜。

青玉案（残句）

弃我之官穷海上，鲸吞舟辑，
蜃嘘楼观，落笔添清壮。

◆宋王象之《舆地纪胜》卷一二二《广南西路宜州人物》："区革仕至从事郎，与山谷先生交游。后赴琼州秋掾，鲁直以《青玉案》送之，有'弃我之官穷海上，鲸吞舟辑，蜃嘘楼观，落笔添清壮'之句。"（马兴荣、祝振玉《山谷词校注》）

总　评

陈师道《后山诗话》　今代词手，惟秦七（观）、黄九（庭坚）尔，唐诸人不逮也。

吴曾《能改斋漫录》引晁补之评本朝乐章　黄鲁直间作小词，固高妙，然不是当行家语，是着腔子唱好诗。

李清照《词论》　乃知别是一家，知之者少。后晏叔原、贺方回、秦少游、黄鲁直出，始能知之。又晏苦无铺叙，贺苦少典重。秦即专主情致，而少故实。譬如贫家女，虽极妍丽丰逸，而终乏富贵态。黄即尚故实而多疵病。譬如良玉有瑕，价自减半矣。

王灼《碧鸡漫志》　晁无咎、黄鲁直皆学东坡，韵制得七八。黄晚年闲放于狭邪，故有少疏荡处。

朱熹《朱子语类》　黄山谷慈祥之意甚佳，然殊不严重。书简皆及婢妮，艳词小诗。先已定以悦人，忠信孝弟之言不入矣。

胡仔《苕溪渔隐丛话》前集　《冷斋夜话》云："法云秀老，关西人，面目严冷，能以礼折人。……黄鲁直作艳语，人争传之，秀呵曰：'翰墨之妙，甘施于此乎？'鲁直笑曰：'又当置我于马腹中邪。'秀曰：'公艳语荡天下淫心，不止于马腹中，正恐生泥犁耳。'鲁直颔应之，故一时公卿伏帅之善巧也。"苕溪渔隐曰：余读鲁直所作晏叔原《小山集序》云："余少时间作乐府，以使酒玩世界，道人法秀独罪余以笔墨劝淫，于我法中当下犁舌之狱，特未见叔原之作邪。"观鲁直此语，似有憾于法秀，不若旧时之能伏善也。

又后集卷　苕溪渔隐曰：无已称："今代词手，惟秦七、黄九耳，唐诸人不逮也。"无咎称："鲁直词不是当家语，自是着腔子唱好诗。"二公在当时，品题不同如此。自今视之，鲁直词亦有佳者，第无多首耳。少游词虽婉美，然格力失之弱。二公之言，殊过誉也。

沈谦《填词杂说》　山谷喜为艳曲，秀法师以泥犁吓之，月痕花影亦坐深文，吾不知以何罪待谗谄之辈。

俞彦《爰园词话》　佛有十戒，口业居四，绮语、诳语与焉。诗词皆绮语，词较甚。山谷喜作小词，后为泥犁狱所慑，罢作，可笑也。绮语小过，此下尚有无数等级罪恶，不知泥犁下那得无数等级地狱，髡何据作此诳语，不自思当堕何等地狱耶！文人多不达，见忌真宰，理或有之。不达已足蔽辜，何至深文重比，令千古文士短气。

王士禛《花草蒙拾》　"断送一生，破除万事。"涪翁忽作歇后郑五，何哉？

贺裳《皱水轩词筌》　黄九时出俚语，如"口不能言，心下快活"，可谓伧父之甚。然如"钗罥袖、云堆臂。灯斜明媚眼，汗浃瞢腾醉"，前三语犹可入画，第四语恐顾、陆不能着笔耳。

又　黄又有"春未透，花枝瘦，正是愁时候"，新俏亦非秦所能作。

又　温飞卿小诗云："合欢桃核真堪恨，里许元来别有人。"山谷演之曰："你有我，我无你，分似合欢桃核，真堪人恨，心儿里有两个人人。"拙矣。

彭孙遹《金粟词话》　山谷"女边着子，门里安心"，鄙俚不堪入诵。如齐梁乐府"雾露隐芙蓉，明灯照空局"，何蕴藉乃沿为如此语乎！

陈廷焯《白雨斋词话》　秦七、黄九，并重当时。然黄之视秦，奚啻碔砆之与美玉。词贵缠绵，贵忠爱，贵沉郁，黄之鄙俚者无论矣。即以其高者而论，亦不过于倔强中见姿态耳。于倔强中见姿态，以之作诗，尚未必尽合，况以之为词耶。

又　黄九于词，直是门外汉，匪独不及秦、苏，亦去耆卿远甚。

又　黄鲁直词，乖僻无理，桀傲不驯，然亦间有佳者。如《望江东》云："江水西头隔烟树。望不见、江东路。思量只有梦来去。更不怕、江阑住。　灯前写了书无数。算没个、人传与。直饶寻来雁分付。又还是、秋将暮。”笔力奇横无匹，中有一片深情，往复不置，故佳。

刘熙载《艺概》　黄山谷词，用意深至，自非小才所能办。惟故以生字、俚语侮弄世俗，若为金、元曲家滥觞。

冯煦《宋六十家词选例言》　后山以秦七、黄九并称，其实黄非秦匹也。若以比柳，差为得之。盖其得也，则柳词明媚，黄词疏宕，而亵诨之作，所失亦均。

沈曾植《菌阁琐谈》　山谷《步蟾宫》词“虫儿真个恶灵利，恼乱得道人眼起俊”，俗语也。《乐章集》征部乐“但愿虫虫心下，把人看待，长似初相识”，直以虫虫作人人卿卿用，更奇。

胡薇元《岁寒居词话》　山谷词一卷。晁补之、陈后山皆谓今代词手惟秦七、黄九。然山谷非淮海之比，高妙处只是着腔好诗，而硬用“䯊”字、“豙”字，不典。《念奴娇》云：“老子平生，江南江北，爱听临风笛”，用方音以“笛”叶“北”，亦不入韵。

夏敬观《手批山谷词》　后山称：“今代词手，惟秦七黄九。”少游清丽，山谷重拙，自是一时敌手。至用谚语作俳体，时移世易，语言变迁，后之阅者渐不能明，此亦自然之势。试验扬子云《绝代语》，有一一释其义者乎？以市井语入词，始于柳耆卿；少游、山谷各有数篇，山谷特甚之又甚，至不可句读，若此类者，学者可不必步趋耳。曩疑山谷词太生硬，今细读，悟其不然。“超轶绝尘，独立万物之表；驭风骑气，以与造物者游”，东坡誉山谷之语也。吾于其词亦云。

胡云翼《宋名家词选》　黄庭坚、刘过失之粗野，刘克庄失之油滑，史达祖失之纤丽，吴文英失之雕琢，高观国、王沂孙才短力弱。

秦观词集

前　言

徐培均

中华民族是一个具有优秀文化传统的民族，自先秦以迄两宋，中华文化发展到一个高峰。南宋理学大师朱熹就曾自豪地说："国朝文明之盛，前世莫及。"（苏轼《服胡麻赋》注引《楚辞后语》）近人王国维也说："故天水一朝人智之活动于文化之多方面，前之汉唐，后之元明，皆所不逮也。"（《宋代之金石学》）陈寅恪更加以精确的概括："华夏民族之文化，历数千载之演进，造极于赵宋之世。"（《邓广铭宋史职官志考证序》）确实如此，赵宋一朝的文化，得到了全面的发展。就文学而言，散文中的唐宋八大家，宋代就占了六位。而别具一格的宋诗，又与唐诗分庭抗礼，各领风骚。特别是宋词，更是一代文学之标志，与唐诗元曲，分别成为中国文学史上三座里程碑。说到宋词，人们自然会想到豪放与婉约两大流派。明人张綖说："词体大略有二：一体婉约，一体豪放。盖亦存乎其人，如秦少游之作，多是婉约，苏子瞻之作，多是豪放。婉约者欲其词情蕴藉，豪放者欲其气象恢弘。大抵词体以婉约为正，故东坡称少游为今之词手，后山评东坡词如教坊雷大使之舞，虽极天下之工，要非本色。"（《诗馀图谱·凡例》）由此可见，苏轼是豪放词派的宗匠，秦观是婉约词派的杰出代表。

秦观，字少游，一字太虚，别号淮海居士，扬州高邮（今属江苏）人。宋仁宗皇祐元年（1049），他出生在一个中小地主的家庭里。青少年时期，慷慨豪隽，强志盛气，慕郭子仪、杜牧之为人，决心"回幽夏之故墟，吊唐晋之遗人"（宋陈师道《淮海居士字序》）。杀敌疆埸、收复故土的愿望一时不能实现，便过了一个时期的漫游生活。三十岁前后，曾到历阳（今安徽和县）、徐州（今属江苏）、会稽（今浙江绍兴）省亲访贤，探古揽胜。家居期间，时而“杜门却扫，日以文史自娱；时复扁舟循邗沟而南，以适广陵”（秦观《与李乐天简》）；有时也寄迹青楼，以他的词作，“酬妙舞清歌”（秦观《梦扬州》词）。神宗元丰八年（1085），秦观37岁，考中进士，除定海主簿，未赴任，寻授蔡州教授。当年神宗去世，哲宗继位。翌年改元元祐，主张变法的新党代表人物王安石不久也病故。哲宗年幼，朝中大政，一切听之于高太后。于是司马光、吕公著等旧派人物当权。元祐二年（1087），苏轼以“贤良方正”荐秦观于朝，不幸为忌者所中，只得引疾回到蔡州。直到元祐五年五月，才以范纯仁之荐，再次被召到京师，除太学博士，秘书省校对黄本书籍。元祐六年，又由博士迁正字，但在洛、蜀两党的斗争中，依附蜀党的秦观遭到洛党贾易的攻击，以行为“不检”罢去正字。过了两年，方始迁为国史院编修，授宣德郎。在京三年，是秦观一生中最为得意的时期。他和黄庭坚、张耒、晁补之同游苏轼之门，人称“苏门四学士”，而苏轼“于四学士中最善少游”，对他的文章（包括词）“未尝不极口称善”（宋叶梦得《避暑录话》卷三）。

高太后去世，政局有变。绍圣元年（1094），哲宗亲政，新党重新上台，旧党遭到打击。苏轼被贬到惠州，再贬琼州。秦观也因“影附苏轼”，出为杭州通判，又因御史刘拯告他增损《神宗实录》，道贬处州，任监酒税的微职。绍圣三年，又以写佛书被罪，贬至郴州（今属湖南）。在郴州住了一年，奉诏编管横州（今广西横县），次年又自横州徙雷州（今广东海康）。在“南土四时尽热，愁人日夜俱长”（秦观《宁浦书事六首》第三首）的境遇中，他预感到生命不会久长，为自己作了挽词。可是在元符三年（1100）五月，新接位的徽宗下了一道赦令，苏轼自海南量移廉州，途经海康，和他见了一面。随即他自己也被放还。当年八月十二日，醉卧藤州（今广西藤县）光华亭上，溘然长逝。终年52岁。

秦观一生的道路坎坷曲折。他曾针对当时的内政、边防，写过不少策论，但政治上的抱负始终未能实现。后世称他的策论“灼见一代之利害，建事揆策，与贾谊、陆贽争长”（明张綖《秦少游先生淮海集序》）。然而他的成就主要却在诗词方面。现存《淮海集》中，有古近体诗四百多首。前期的诗风绮丽纤巧，被人目为“如时女步春，终伤婉弱”（宋魏庆之《诗人玉屑》卷二引敖陶孙《臞翁诗评》）。甚至被人戏称之为“小石调”（宋胡仔《苕溪渔隐丛话·前集》卷五十引《王直方诗话》：“元祐中，诸公以上巳日会西池，王仲至有二诗，文潜和之最工，云：‘翠浪有声黄帽动，春风无力彩旗垂。’至秦少游即云：‘帘幕千家锦绣垂。’仲至读之，笑曰：‘此语又待入《小石调》也。’”又宋汤衡《张紫微雅词序》：“昔东坡见少游《上巳游金明池》诗有‘帘幕千家锦绣垂’之句，曰：‘学士又入《小石调》矣。’”）、“女郎诗”（金元好问《论诗绝句》：“有情芍药含春泪，无力蔷薇卧晚枝。拈出退之《山石》句，始知渠是女郎诗。”）。后期的诗，因仕途上迭经挫折，风格为之一变，吕本中说：“少游过岭后诗，严重高古，自成一家，与旧作不同。”（宋吕本中《童蒙诗训》）然而总的说来，“少游诗似小词”（宋胡仔《苕溪渔隐丛话·前集》卷四十二引《王直方诗话》），他的诗名也为词名所掩。苏门六君子之一的陈师道说：“今代词手，惟秦七、黄九尔，唐诸人不逮也。”（宋陈师道《后山诗话》）清纪昀等修《四库全书》时也说：“观诗格不及苏黄，而词则情韵兼胜，在苏黄之上。”（《四库全书总目提要》卷一百五十四《集部·别集类七》）超过黄庭坚，这是事实；同苏轼相比，只能说各有所长。从这些评价上，可看出秦观词地位之高。

秦观词以爱情为题材的作品，约占今传《淮海词》的半数。有的词为应歌而作，多写与少女或歌妓相悦相恋的感情，如《望海潮》（其四）、《沁园春》、《一丛花》、《南歌子》（赠陶心儿）、《木兰花》（秋容老尽芙蓉院）；有的“将身世之感打并入艳情”（清周济《宋四家词选》），如《满庭芳》（山抹微云）、《水龙吟》、《长相思》、《虞美人》（高城望断尘如雾、行行信马横塘畔）、《浣溪沙》（漠漠轻寒上小楼、锦帐重重卷暮霞）。他的一部分词作所写的虽大多是歌妓，但从这些受到当时社会歧视和遗弃的女子身上，也寄寓着词人自己怀才不遇、政治上屡遭打击的一腔忧怨。值得注意的是，这些爱情词除了几首格调不高以外，大部分思想比较健康，感情比较深挚。如《鹊桥仙》：

纤云弄巧，飞星传恨，银汉迢迢暗度。金风玉露一相逢，便胜却、人间无数。　柔情似水，佳期如梦，忍顾鹊桥归路。两情若是久长时，又岂在、朝朝暮暮！

这首词通过牛郎织女一年一度相逢的故事，歌颂了坚贞的爱情，揭示了一个正确的恋爱观：爱情要经得起长久分离的考验，只要彼此真诚相爱，即使终年天各一方，也比朝夕相伴的庸情俗趣可贵得多。明代沈际飞评曰：“（世人咏）七夕，往往以双星会少离多为恨，而此词独谓情长不在朝暮，化朽腐为神奇！”（《草堂诗馀正集》卷二）确实，这种进步的恋爱观，在古代作品中是少见的；即使在拜金主义之风盛行的今天，也仍然具有一定的现实意义。

秦观写贬谪生涯的词作，成就突出，在当时产生很大的影响。对这类作品，大体上可以理出一个顺序：始则对京城怀有眷恋惜别之情；继则回归无望，渐趋伤感、沉郁。他的《江城子》（其一）和《风流子》，可能作于离京之时。前者云：

西城杨柳弄春柔，动离忧，泪难收。犹记多情曾为系归舟。碧野朱桥当日事，人不见，水空流。　韶华不为少年留，恨悠悠，几时休？飞絮落花时候一登楼。便做春江都是泪，流不尽，许多愁。

西城，指汴京西郑门外金明池一带，那是一个著名的皇家林园，每逢三月上巳，都人常去游览。秦观供职秘书省时也曾与友人在那里宴集。如今身坐党籍，在临别的时刻怎能不感到留恋。后者云：

东风吹碧草，年华换，行客老沧洲。见梅吐旧英，柳摇新绿；恼人春色，还上枝头。寸心乱，北随云黯黯，东逐水悠悠。斜日半山，暝烟两岸；数声横笛，一叶扁舟。　青门同携手，前欢记，浑似梦里扬州。谁念断肠南陌，回首西楼。算天长地久，有时有尽；奈何绵绵、此恨难休。拟待倩人说与，生怕人愁。

当系写乘船离京前往贬所的心情：此时词人北望都城，乌云笼罩；东逐汴水，前路漫长。一怀愁绪，不觉油然而生。

再如在处州时所作的《千秋岁》：

水边沙外，城郭春寒退。花影乱，莺声碎。飘零疏酒盏，离别宽衣带。人不见，碧云暮合空相对。　忆昔西池会，鹓鹭同飞盖。携手处，今谁在？日边清梦断，镜里朱颜改。春去也，飞红万点愁如海。

感情更加深沉，不仅感到昔日的西池宴集已成幻影，而且觉得重回“日边”的清梦，也缥缈难寻。最后不得不失望地悲吟：“春去也，飞红万点愁如海！”一石激起千重浪，此词一出，前后得到七位词人的赓和，形成贬谪词创作的高潮。

后来词人一贬再贬，到达郴州前后，他的心仿佛破碎了一般：“潇湘门外水平铺，月寒征棹孤。……人人尽道断肠初，那堪肠已无！”（《阮郎归》其三）“乡梦断，旅魂孤。峥嵘岁又除。衡阳犹有雁传书，郴阳和雁无。”（《阮郎归》其四）他在郴州旅舍所作的《踏莎行》一词，更饶沉郁之旨：

雾失楼台，月迷津渡。桃源望断无寻处。可堪孤馆闭春寒，杜鹃声里斜阳暮。　驿寄梅花，鱼传尺素，砌成此恨无重数。郴江幸自绕郴山，为谁流下潇湘去？

此词哀怨无端，意蕴深沉，可称千古绝唱。据说，“东坡绝爱其尾两句，自书于扇曰：‘少游已矣，虽万人何赎！’”（宋胡仔《苕溪渔隐丛话·前集》卷五十引《冷斋夜话》）这种凄切蕴藉、不便明言的深意，唯有与他“同昇而并黜”的苏轼能够理解，并在思想上产生“高山流水之悲”（清王士禛《花草蒙拾》）。一些人认为“词别是一家”，只能写身边琐事，不能反映政治情怀，婉约派词尤其如此。看了秦观表现贬谪生活的词作，这一观点不是很值得商榷吗？

除了爱情和贬谪方面的词以外，秦观的怀古、纪游之作，歌颂了祖国的大好河山和悠久历史。他的纪梦、抒情之作，表现了浪漫主义的遐想和超脱世俗的情致。传诵众口的《满庭芳》（山抹微云）词，描绘了暮冬时节的江南景色，含有浓郁的诗情画意。在《望海潮》（其一）中，词人怀着赞美的感情勾勒了扬州辽阔的疆域和美丽的景色，并对隋炀帝荒淫奢侈的行为表示一定的批判。在《望海潮》（其二）中，词人对苍翠的秦望山、潇洒的若耶溪、“千岩万壑争流”的越州山水，发出由衷的赞颂，对范蠡、西施、兰亭、梅市以及贺知章等古人遗迹，表示无限的神往。又如《望海潮》（其三）：

梅英疏淡，冰澌溶泄，东风暗换年华。金谷俊游，铜驼巷陌，新晴细履平沙。长记误随车。正絮翻蝶舞，芳思交加。柳下桃蹊，乱分春色到人家。　西园夜饮鸣笳。有华灯碍月，飞盖妨花。兰苑未空，行人渐老，重来是事堪嗟。烟暝酒旗斜。但倚楼极目，时见栖鸦。无奈归心，暗随流水到天涯。

词人将个人在党争漩流中的升沉之感糅合在京洛名园的景物上，愈发促使人们对美好生活的热爱。读了这些作品，不禁使人联想到柳永描写杭州盛况的《望海潮》（东南形胜）词，它们从各自的侧面，反映了北宋时期都市繁荣的面貌，不仅具有文学价值，而且具有一定史料意义。

词人的纪梦、抒情之作，几乎贯串他的一生。早期的《雨中花》，充满奇妙瑰丽的想象，表现了一种积极向上的浪漫色彩。以后随着仕途的失意，他渐渐消极起来，在《满庭芳》（红蓼花繁）中已开始表现一种超尘出世的思想，特别是在政治上遭受打击之后，他更感到人生无望，内心充溢着忧郁和悲愁。他希望从痛苦中解脱出来，于是就用浪漫主义的手法抒写自己的情怀，表面上似乎很旷达，骨子里却更加痛苦。如谪横州时，他醉卧海棠丛间祝姓家，醒后作《醉乡春》词云：

唤起一声人悄，衾冷梦寒窗晓。瘴雨过，海棠开，春色又添多少。　社瓮酿成微笑，半缺椰瓢共舀。觉倾倒，急投床，醉乡广大人间小。

说明在现实生活中处处受到压抑，唯有醉后忘却世事才感到舒畅自由。《好事近》（梦中作）下阕“醉卧古藤阴下，了不知南北”，更是在貌似虚无恬淡的辞句下隐藏着内心的无限痛苦，因此有人把它当作死于藤州的预兆（明郎瑛《七修类稿》卷三十：“秦观……尝于梦中作《好事近》一词（略），其后以事谪藤州，竟死于藤，此词其谶乎？”）。他的同门好友黄庭坚更为理解他内心的奥秘，特地写诗寄贺铸以申悼念之情：

少游醉卧古藤下，谁与愁眉唱一杯？解道江南肠断句，只今唯有贺方回。

秦观早期的词“盛行于淮楚”，流播于青帘红袖之间。到了汴京以后，他进一步受到歌唱艺术特别是瓦子艺人的影响，常常撰写一些唱词。《调笑令》十首，便属这类作品。还有一些俚词，如《促拍满路花》、《满园花》、《河传》（其二）、《浣溪沙》（其四）、《桃源忆故人》以及《品令》二首，语言俚俗，风格粗犷，显然是有意向民间文学学习的结果。

秦观词有很高的艺术成就，具体表现在以下几个方面：

第一，他善于发挥词的抒情特性，除了几首怀古之作外，他的词基本上不用故实，不发政论，只是“专主情致”（宋李清照《词论》）。其抒情之深挚，为词史上所少见。前人把他与晏幾道并提，说是“淮海、小山，古之伤心人也。其淡语皆有味，浅语皆有致。求之两宋词人，实罕其匹”；“故所为词，寄慨身世，闲雅有情思，酒边花下，一往而深”（清冯煦《蒿庵论词》）。由于他的词饱含深沉浓挚的感情，因此往往产生一种沁人心脾的艺术感染力。

第二，他的词蕴藉含蓄，寄情悠远。乍看起来，秦观词多咏美人芳草，离愁别恨；然而其中却蕴含着无限深情远意。清代陈廷焯说：“少游《满庭芳》诸阕，大半被放后作，恋恋故国，不胜热中，其用心不逮东坡之忠厚，而寄情之远，措语之工，则各有千古。”（《白雨斋词话》卷一）周济说：“少游意在含蓄，如花初胎，故少重笔。”（《宋四家词选目录序论》）说明他的词义蕴言中，韵流弦外，具有言有尽而意无穷的馀味。他的词的结句最富有这种特色，如“放花无语对斜晖，此恨谁知”（《画堂春》），“回首，回首，绕岸夕阳疏柳”（《如梦令》其三），宛转低回，意境悠远，颇有游丝荡空、春水萦溪的艺术效果。

第三，他的词音调和谐，韵味醇厚。宋代叶梦得曾经称许说：“秦观少游亦善为乐府，语工而入律，知乐者谓之作家歌。”（宋叶梦得《避暑录话》卷三）的确，他的词平仄协调，音韵和谐，节奏鲜明，旋律优美，显示出一种悦耳动听的音乐美。试诵《满庭芳》、《浣溪沙》、《阮郎归》诸阕，未尝不觉字字妥溜，抑扬有致，恍如一股感情的溪流在流动，在激荡。由于他娴于音律，因此也能自度新腔。康熙《钦定词谱》于《梦扬州》调下注云：“宋秦观自制词，取词中结句为名。”（卷二十六）他如《醉乡春》、《海棠春》和《金明池》，也应是他的创调。

第四，秦观词的语言清新自然，明白晓畅，与所要表达的感情融合无间，达到形式和内容的和谐统一。对此前人评价极高。宋人蔡伯世说：

"子瞻辞胜乎情，耆卿情胜乎辞，辞情相称者，惟少游而已。"（清朱彝尊《词综》卷六引）他在语言上之所以获得如此高的成就，一方面是由于工于炼字，如"青笺嫩约"（《望海潮》其四），以"嫩"字形容少男少女之间的约会，十分生动贴切。又如"山抹微云，天连衰草"（《满庭芳》），其中"连"这个动词，自然流丽，比世俗所推崇的雕琢痕迹很重的"黏"字，更能把大自然的美质形象地表现出来。另一方面是由于善于融化古人诗句，如"斜阳外，寒鸦万点，流水绕孤村"（《满庭芳》），晁补之赞曰："虽不识字人，亦知是天生好言语。"（魏庆之《诗人玉屑》卷二十一引）后两句本之于隋炀帝诗，清贺贻孙说："'寒鸦'、'流水'，炀帝以五言划为两景，少游用长短句错落，与'斜阳外'三景合为一景，遂如一幅佳图。此乃点化之神。"（《诗筏》）说明秦观在语言的继承上非常富于创造性。秦观前期作品继承《尊前》、《花间》遗韵，时作艳语；然而"少游虽作艳语，终有品格"（王国维《人间词话》），比之前人，感情较为健康。

秦观词远绍南唐，近承晏、柳，下开美成，前人从词"当以婉约为主"的传统观念出发，认为它是"词家正音"（清胡薇元《岁寒居词话》）。虽然同是婉约，但秦观却与其它诸家有异。清人刘熙载说："叔原贵异，方回赡逸，耆卿细贴，少游清远。四家词趣各别，惟尚婉则同耳。"（《艺概·词曲概》）宋代张炎对秦观词婉约的特点概括得尤为准确，他说："秦少游词体制淡雅，气骨不衰，清丽中不断意脉，咀嚼无滓，久而知味。"（《词源》卷下）我们如果将秦观词仔细玩索，是不难得出这个印象的。且举《浣溪沙》一词为例：

漠漠轻寒上小楼，晓阴无赖似穷秋，澹烟流水画屏幽。　自在飞花轻似梦，无边丝雨细如愁，宝帘闲挂小银钩。

这首词写的是春愁，然而着墨不浓，只是用白描的手法将所处的氛围加以渲染，就把一腔淡淡的哀愁变为具体可感的艺术形象，形成一种清幽深远的意境，让人读了感到凄清婉美，有如细嚼橄榄，回味无穷。

秦观词在思想内容上真实地显现了他的个性和身世，并从侧面反映了当时社会的政治斗争，具有一定的认识意义；在艺术上也有很多独创的地方，值得我们今天借鉴。但也应看到，他的一些描写爱情的词作，尤其是俚词，还有一些涉于狎媟的成分；在一些怀古、纪梦和表现贬谪心情的词作中，也往往黯然伤神，消极颓丧，缺乏鼓舞人心的力量。就艺术而言，也存在纤细柔弱的毛病，胡仔说："少游词虽婉美，然格力失之弱。"（《苕溪渔隐丛话·后集》卷三十三）苏轼亦以其词的"气格为病"，曾经讥评说："山抹微云秦学士，露华倒影柳屯田。"（宋叶梦得《避暑录话》卷三）另外他的词也还不够深刻有力，清代贺裳说："少游能曼声以合律，写景极凄婉动人，然形容处殊无刻肌入骨之言。"（《皱水轩词筌》）这些批评基本上是中肯的。

【编者按：本书收入了秦观的全部词作，故名之《秦观词集》。为了方便读者，我们对秦观词中涉及的典故作了简要的注释，并择要将词中化用的古人诗词文句列于词后，每条前面用◎表示。此外，我们将历代评论及对秦观词的系年择要列于每首词后，每条前面用◆表示。】

目　录

卷下

补遗

卷 上

望海潮

星分牛斗，疆连淮海，扬州万井提封。
花发路香，莺啼人起，珠帘十里东风。
豪俊气如虹。
曳照春金紫，飞盖相从。
巷入垂杨，画桥南北翠烟中。

追思故国繁雄：有迷楼挂斗，月观横空。
纹锦制帆，明珠溅雨，宁论爵马鱼龙！
往事逐孤鸿。
但乱云流水，萦带离宫。
最好挥毫万字，一饮拼千钟。

◆神宗元丰三年庚申（1080），少游《与李乐天简》云："自还家来，比会稽时人事差少。杜门却扫，日以文史自娱。时复扁舟循邗沟而南，以适广陵。泛九曲池，访隋氏陈迹，入大明寺，饮蜀井，上平山堂。折欧阳文忠所种柳，而诵其所赋诗，为之喟然以叹。遂登摘星寺。寺，迷楼故址也。……仆每登此，窃心悲而乐之。"可证此词作于是年。（徐培均《淮海居士长短句笺注》）

◎牛斗，指二十八宿中之牛宿与斗宿。

◎《广雅》曰："提封，都凡也。"都凡者，犹今人言大凡、诸凡也。……都凡与提封一声之转，皆是大数之名。提封万井，犹言通共万井耳。(《汉书·刑法志》王先谦补注引王念孙。此谓扬州地区人口繁庶。)

◎春风十里扬州路,卷上珠帘总不如。(唐杜牧《赠别》)

◎淮海维扬一俊人,金章紫绶照青春。(唐杜甫《奉寄章十侍御》)

◎清夜游西园,飞盖相追随。(三国魏曹植《公宴》)

◎凡役夫数万,经岁而成。楼阁高下,轩窗掩映。幽房曲室,玉栏朱楯,互相连属,回环四合,曲屋自通,千门万户,上下金碧。……人误入者,虽终日不能出。(隋炀)帝幸之,大喜,顾左右曰:"使真仙游其中,亦当自迷也。可目之曰迷楼。"(唐韩偓《迷楼记》)

◎(隋炀)帝幸月观,烟景清朗,中夜独与萧妃起临前轩。(《大业拾遗记》)

◎炀帝幸江都,至汴,帝御龙舟,萧妃乘凤舸。锦帆彩缆,穷极侈靡。(《大业拾遗记》)

◎炀帝命宫女洒明珠于龙舟上,以拟雨雹之声。(《隋遗录》)

◎吴蔡齐秦之声,鱼龙爵马之玩。(南朝鲍照《芜城赋》)

◎恨如春草多,事与孤鸿去。(唐杜牧《题安州浮云寺寄湖州张郎中》)

◎自长安至江都,置离宫四十馀所。(《资治通鉴·隋纪四》)

◎文章太守,挥毫万字,一饮千钟。(宋欧阳修《朝中措·送刘仲原甫出守维扬》)

◆首言州郡之雄壮,提挈全篇。次言途中之富丽,人物之豪俊。次乃及游赏归来。垂杨门巷,画桥碧阴,言居处之妍华。层层写出,如身到绿杨城郭。下阕言追怀炀帝时,其繁雄尤过于今日,迷楼朱障,极侈泰之娱。而物换星移,剩有乱云流水,与唐人过隋宫诗"晚来风起花如雪,飞入宫墙不见人",及"闪闪残萤犹得意,夜深来往豆花丛"句,其感叹相似。(俞陛云《唐五代两宋词选释》)

◆扬州自昔繁华,如少游《望海潮》所称"花发路香,莺啼人起,珠帘十里春风",安得不使人沉醉?叶梦得称少游词"盛行于淮楚",则扬州殆为《淮海词》流播管弦之发祥地。(龙榆生《苏门四学士·秦观》)

望海潮

秦峰苍翠，耶溪潇洒，千岩万壑争流。
鸳瓦雉城，谯门画戟，蓬莱燕阁三休。
天际识归舟。
泛五湖烟月，西子同游。
茂草台荒，苎萝村冷起闲愁。

何人览古凝眸？怅朱颜易失，翠被难留。
梅市旧书，兰亭古墨，依稀风韵生秋。
狂客鉴湖头。
有百年台沼，终日夷犹。
最好金龟换酒，相与醉沧洲。

◆据秦瀛《淮海先生年谱》（以下简称秦谱），元丰二年己未（1079），少游“省大父承议公及叔父定于会稽。……乃东游鉴湖，谒禹庙，憩蓬莱阁。是时，给事广平程公辟领越州。先生相得欢甚，多登临唱酬之什，作《会稽唱和诗序》、《录宝林禅院事实》，又作《会稽怀古》诸词。”词系作于是年夏秋之间。会稽，今浙江绍兴。（徐培均《淮海居士长短句笺注》）

◎秦望山在会稽东南四十里。（《舆地纪胜》卷十。秦峰即秦望山）

◎耶溪，即若耶溪，在今绍兴市东南若耶山下，注入鉴湖。一名浣纱溪，相传为西施浣纱处。

◎顾长康（恺之）从会稽还，人问山川之美。顾云：“千岩竞秀，万壑争流，草木蒙笼其上，若云兴霞蔚。”（南朝刘义庆《世说新语·言语》）

◎蓬莱阁在设厅之后卧龙山下，吴越（钱）镠所建，淳熙元年其八世孙端礼重修。……后汪纲复修。纲自记岁月于柱云：“蓬莱阁，登临之胜，甲于天下。”（《会稽续志》）

◎翟王使使至楚，楚王夸使者以章华之台，台甚高，三休乃至。（汉

贾谊《新书·退让》）

◎天际识归舟，云中辨江树。（南朝谢朓《之宣城郡出新林浦向板桥》）

◎吴亡后，西施复归范蠡，同泛五湖而去。（《越绝书》。五湖，指太湖。）

◎台，指姑苏台，故址在今江苏苏州西南。

◎（越）国中得苎萝山鬻薪之女曰西施、郑旦。（《吴越春秋·勾践阴谋外传》）

◎梅福，字子真，九江寿春人也。少学长安，明《尚书》、《穀梁春秋》，为郡文学，补南昌尉。……时成帝任用王凤。凤专权擅朝，上书不纳。至元始中，王莽颛政，福一朝弃妻子，去九江，至今传以为仙。其后，人有见福于会稽者，变名姓，为吴市门卒云。（《汉书·梅福传》。梅市，即梅福）

◎梅市人何在，兰亭水尚流。（唐张籍《送李评事游越》）

◎兰亭古墨，指王羲之所书之《兰亭集序》。

◎（贺）知章晚年尤加纵诞，无复规检，自号四明狂客。（《旧唐书·文苑·贺知章传》）

◎狂客归四明，山阴道士迎。敕赐镜湖水，为君台沼荣。（唐李白《对酒忆贺监二首》其二。湖，即镜湖，在浙江绍兴。）

◎夷犹：原意为迟疑不进，此有逍遥义。

◎李太白初自蜀至京师，舍于逆旅。贺监知章闻其名，首访之。既奇其姿，复请所为文。出《蜀道难》以示之。读未竟，称叹者数四，号为谪仙，解金龟换酒，与倾尽醉，期不间日，由是称誉光赫。（唐孟棨《本事诗·高逸》。金龟：唐代官员佩饰之一种。）

◎沧洲：犹言水滨，指隐者所居之地。

◆入律。（明沈际飞《草堂诗馀续集》）

望海潮

梅英疏淡，冰澌溶泄，东风暗换年华。
金谷俊游，铜驼巷陌，新晴细履平沙。
长记误随车。
正絮翻蝶舞，芳思交加。
柳下桃蹊，乱分春色到人家。

西园夜饮鸣笳。有华灯碍月，飞盖妨花。
兰苑未空，行人渐老，重来是事堪嗟。
烟暝酒旗斜。
但倚楼极目，时见栖鸦。
无奈归心，暗随流水到天涯。

◆据虞集《西园雅集图跋》，西园为王诜延苏轼诸名士燕游之所（详后注）。王诜，字晋卿，尚英宗第二女魏国大长公主，为驸马都尉，“故第池籞，极其华缛”（《宋史》卷二百四十八）。刘克庄《西园雅集图跋》云：“本朝戚畹，惟李端愿、王晋卿二驸马，好文喜士。世传孙巨源‘三通鼓’、眉山公‘金钗坠’之词，想见一时风流蕴藉。未几乌台鞫诗案，宾主俱谪。”至元祐八年九月，高太后崩，哲宗亲政，苏轼等再次被谪。词云“重来是事堪嗟”，盖指是时西园之冷落而言。少游于翌年三月被遣离京，结句“无奈归心，暗随流水到天涯”，正是当时心情写照。词即作于此年（即哲宗绍圣元年，公元1094年）。（徐培均《淮海居士长短句笺注》）

◎花虽多品，梅最先春，始因暖律之潜催，正值冰澌之初泮。（《花草粹编》卷二载李子正《梅苑·减兰十梅序》）

◎金谷：古地名，在今河南省洛阳市东北。西晋石崇筑园于此，宾客游宴其中，世称金谷园。

◎洛阳有铜驼街。汉铸铜驼二枚，在宫南四会道相对。俗语曰：“金马

门外集众贤，铜驼陌上集少年。”（《太平御览》卷一五八引陆机《洛阳记》）

◎金谷园中花乱飞，铜驼陌上好风吹。（唐刘禹锡《杨柳枝》）

◎只知闲信马，不觉误随车。（唐韩愈《嘲少年》）

◎西园者，宋驸马都尉王诜晋卿延东坡诸名士燕游之所也。……燕集岁月无所考，西园亦莫究所在。即图而观，云林泉石翛然胜处也。传衣冠十有四人，僧、道士各一人。（元虞集跋宋李伯时《西园雅集图》）

◎是事，犹云事事或凡事也。（张相《诗词曲语辞汇释》）

◆借桃花缀梅花，风光百媚。停杯骋望，有无限归思隐约言先。（明李攀龙《草堂诗馀隽》）

◆自梅英吐、年华（换）说到春色乱分处，兼以华灯、飞盖、酒旗，一寓目尽是旅客增怨，安得不归思如流耶？（同上）

◆春光满楮，与梅无涉。（明沈际飞《草堂诗馀·正集》）

◆“梅英疏淡”调下批语：壮丽，非此不称。此调怀古，“广陵”、“越州”及“别意”一首，皆当录。（世经堂康熙十七年残本《词综》卷六）

◆“金谷”以下与后“兰苑”以下同。“俊”字“未”字用去声，是定格，歌至此要振得起，用不得平声。观自来宋金元名词，无不用去。惟有石孝友一首用“摇”、“生”二字，乃是败笔。其别作一首，即用“命”、“荐”二字矣。（清万树《词律》卷十九）

◆两两相形，以整见劲。以两“到”字作眼，点出“换”字精神。（清周济《宋四家词选》）

◆可人风味在此，语意殊绝。（清秦元庆本《淮海后集长短句》卷上“柳下”二句眉批）

◆（长记误随车）顿宕。（“柳下”二句）旋断仍连。（下阕）陈隋小赋缩本，填词家不以唐人为止境也。（清谭献《谭评词辨》）

◆少游词最深厚，最沉着，如“柳下桃蹊，乱分春色到人家”，思路幽绝，其妙令人不能思议。较“郴江幸自绕郴山，为谁流下潇湘去”之语，尤为入妙。世人动訾秦七，真所谓井蛙谤海也。（清陈廷焯《白雨斋词话》）

◆前段纪昔日游观之事。转头处“西园”三句，极写灯火车骑之盛。惟其先用重笔，故重来感旧，倍觉凄清。后段真气流转，不下于“广陵怀古”之作。（俞陛云《唐五代两宋词选释》）

◆他作如《望海潮》云：“柳下桃蹊，乱分春色到人家。西园夜饮鸣笳，有华灯碍月，飞盖妨花。”……此等句皆思路沉着，极刻画之工，非如苏词之纵笔直书也。（吴梅《词学通论》第七章）

◆此首述游踪。情韵极胜。……（西园三句）炼字琢句，精美绝伦。信乎谭复堂称其似陈隋小赋也。“兰苑”以下，转笔伤今，化密为疏，又觉空灵荡漾，馀韵不尽。……盖少游纯以温婉和平之音，荡人心魄，与屯田、东坡之使气者不同也。（唐圭璋《唐宋词简释》）

望海潮

奴如飞絮，郎如流水，相沾便肯相随。
微月户庭，残灯帘幕，匆匆共惜佳期。
才话暂分携。
早抱人娇咽，双泪红垂。
画舸难停，翠帏轻别两依依。

别来怎表相思？有分香帕子，合数松儿。
红粉脆痕，青笺嫩约，丁宁莫遣人知。
成病也因谁？
更自言秋杪，亲去无疑。
但恐生时注着，合有分于飞。

◎（魏）文帝所爱美人，姓薛名灵芸，常山人也。……闻别父母，歔欷累日，泪下沾衣。至升车就路之时，以玉唾壶承，壶则红色。既发常山，及至京师，壶中泪凝如血。（旧题王嘉《拾遗记》卷七）

◎合数松儿，指成双作对的松籽。

◎分香帕子、合数松儿：二物皆别后寄赠，以表相思。

◎嫩约：指约会之稚嫩。

◎于飞：比翼而飞，喻夫妇好合。

◆（下阕眉批）寻常浅语，自是生情。（明徐渭评点段斐君刊本《淮海集长短句》卷上）

◆今集中专为应歌之作，杂以俚语，一似柳永之所为者，如《望海潮》“奴如飞絮……”，《鼓笛慢》“乱花丛里曾携手……”。前二阕写离怀，语意较少游其它作品为朴拙，如“成病也因谁”、“问呵，我如今怎向”，皆情深语浅，曲曲传出儿女柔情。（龙榆生《苏门四学士·秦观》）

沁园春

宿霭迷空，腻云笼日，昼景渐长。
正兰皋泥润，谁家燕喜；
蜜脾香少，触处蜂忙。
尽日无人帘幕挂，更风递游丝时过墙。
微雨后，有桃愁杏怨，红泪淋浪。

风流寸心易感，但依依伫立，回尽柔肠。
念小奁瑶鉴，重匀绛蜡；
玉笼金斗，时熨沉香。
柳下相将游冶处，便回首、青楼成异乡。
相忆事，纵蛮笺万叠，难写微茫。

◆此首上阕写春景，下阕写春思。所谓“青楼成乡”，可能指在扬州时的冶游生活，似作于熙宁、元丰间家居之时。（徐培均《淮海居士长短句笺注》）

◎安得发商飚，廓然吹宿霭。（唐韩愈《秋雨联句》。宿霭：隔夜犹存的雾气。）

◎山秀白云腻，溪光红粉鲜。（唐杜牧《春日茶山病不饮酒因呈宾客》）

◎谁家，估量辞，含有怎样、怎能、为甚么、甚么各意义。古人语简，笼统使用。家即价也。……陈师道《木兰花》词："谁家言语似黄鹂，深闭玉笼千万怨。"言怎样的相似或何其相似也。（张相《诗词曲语辞汇释》）

◎红露花房白蜜脾，黄蜂紫蝶两参差。（唐李商隐《闺情》）

◎触处，犹云到处或随处也。（张相《诗词曲语辞汇释》）

◎绛蜡：本谓红烛，此处疑指花粉一类化妆品。

◎轻寒衣省夜，金斗熨沉香。（唐李商隐《效徐陵体赠更衣》）

◎相将，犹云相与或相共也。（张相《诗词曲语辞汇释》）

◎蛮笺：即蜀笺。

◆予又尝读李义山《效徐陵体赠更衣》云："轻寒衣省夜，金斗熨沉香。"乃知少游词"玉笼金斗，时熨沉香"，与夫"睡起熨沉香，玉腕不胜金斗"，其语亦有来历处。（宋胡仔《苕溪渔隐丛话·后集》引《艺苑雌黄》）

◆委委佗佗，条条秩秩，未免有情难读，读难厌。（明沈际飞《草堂诗馀别集》）

◆"尽日"句，"柳下"句，俱七字。"更风递"句，"便回首"句，俱八字。后段起句用仄，不叶韵。"但依依"句，五字；"回尽"句，四字，但与前词（指陆游《沁园春》（野鹤孤飞）一首）同。（清万树《词律》卷十九）

水龙吟

小楼连远横空，下窥绣毂雕鞍骤。
朱帘半卷，单衣初试，清明时候。

破暖轻风，弄晴微雨，欲无还有。
卖花声过尽、斜阳院落，红成阵，飞鸳甃。

玉珮丁东别后，怅佳期、参差难又。
名缰利锁，天还知道，和天也瘦。
花下重门，柳边深巷，不堪回首。
念多情但有，当时皓月，向人依旧。

◆《苕溪渔隐丛话·前集》卷五〇引《高斋诗话》云：“少游在蔡州，与营妓娄琬字东玉者甚密，赠之词云：‘小楼连苑横空’，又云‘玉佩丁东别后’者是也。”案少游于元丰八年乙丑（1085）举进士，元祐元年（1086）丙寅调蔡州教授，至元祐五年庚午（1090），始入京供职秘书省，词当作于此时。（徐培均《淮海居士长短句笺注》）

◎是月季春，万花烂漫，牡丹芍药，棣棠木香，种种上市。卖花者以马头竹篮铺排，歌叫之声，清奇可听。晴帘静院，晓幕高楼，宿酒未醒，好梦初觉，闻之莫不新愁易感，幽恨悬生，最一时之佳况。（宋孟元老《东京梦华录》）

◎鸳甃谓用对称之砖瓦砌成的井壁。

◎参差：即“差池”，意犹蹉跎，谓与事乖违，错过机会。

◎和，犹连也。秦观……《水龙吟》词：“名缰利锁，天还知道，和天也瘦。”言连天亦不免当此苦况而消瘦，何况于人也。（张相《诗词曲语辞汇释》）

◆秦少游在蔡州，与营妓娄琬字东玉者甚密，赠之词云：“小楼连苑横空。”又云“玉佩丁东别后”者是也。（宋曾慥《高斋词话》）

◆东坡问少游别后有何作，少游举“小楼连苑横空，下窥绣毂雕鞍骤”。坡曰：“十三个字只说得一个人骑马楼前过。”文豹亦谓公次沈立之韵：“试问别来愁几许？春江万斛若为情。”十四字只是少游“愁如海”三字耳。作文亦如此。（宋俞文豹《吹剑三录》）

◆少游词“小楼连苑横空”，为都下一妓姓楼名琬字东玉，词中欲藏“楼琬”二字。然少游亦自有出处，张籍诗云：“妾家高楼连苑起。”（宋曾季貍《艇斋诗话》）

◆又少游词“天还知道，和天也瘦”之语，伊川先生闻之，以为媟渎上天。是则然矣。不知此语盖祖李贺“天若有情天亦老”之意尔。（宋王楙《野客丛书》）

◆伊川尝见秦少游词“天还知道，和天也瘦”之句，乃曰：“高高在上，岂可以此渎上帝？”又见晏叔原词“梦魂惯得无拘检，又踏杨花过谢桥”，乃曰：“此鬼语也！”盖少游乃本李长吉“天若有情天亦老”之意，过于媟渎。少游竟死于贬所，叔原寿亦不永，虽曰有数，亦口舌劝淫之过。（宋陈鹄《西塘集耆旧续闻》）

◆客有自秦少游许来见东坡，坡问少游近有何诗句，客举秦《水龙吟》词云：“小楼连苑横空，下窥绣毂雕鞍骤。”坡笑云：“又连苑，又横空，又绣毂，又雕鞍，又骤，也劳攘。”坡亦有此词云：“燕子楼空，佳人何在，空锁楼中燕。”（宋杨万里《诚斋诗话》）

◆为洛学者皆崇性理而抑艺文，词尤艺文之下者也，昉于唐而盛于本朝。秦郎“和天也瘦”之句，脱换李贺语尔，而伊川有“亵渎上穹”之诮。岂惟伊川者？秀上人罪鲁直劝淫，冯当世愿小晏损才补德，故雅人修士相约不为。（宋刘克庄《跋黄孝迈长短句》）

◆少游自会稽入都，见东坡。……坡又问别作何词，少游举“小楼连苑横空，下窥绣毂雕鞍骤”。东坡曰：“十三个字，只说得一个人骑马楼前过。”少游问公近作，乃举“燕子楼空，佳人何在，空锁楼中燕”。晁无咎曰：“只三句便说尽张建封事。”（《古今词话》）

◆大词之料，可以敛为小词；小词之料，不可展为大词。若为大词，必是一句之意，引而为两三句；或引他意入来，捏合成章，必无一唱三叹。如少游《水龙吟》云：“小楼连苑横空，下窥绣毂雕鞍骤。”犹且不免为东坡见诮。（宋张炎《词源》）

◆填词平仄及断句皆定数，而词人语意所到，时有参差。如秦少游

《水龙吟》前段歇拍句云："红成阵，飞鸳甃。"换头落句云："念多情，但有当时皎月，照人依旧。"以词意言，"当时皎月"作一句，"照人依旧"作一句。以词调拍眼，"但有当时"作一拍，"皎月照"作一拍，"人依旧"作一拍，是也。（明杨慎《词品》）

◆首句与换头一句，俱隐妓名"楼东玉"三字，甚巧！（明忏花盦丛书本《草堂诗馀》杨慎批语）

◆"天还知道，和天也瘦"二句，情极之语，纤软特甚。（同上）

◆词内"人瘦也，比梅花瘦几分"，又"天还知道，和天也瘦"，"莫道不销魂，人比黄花瘦"，三"瘦"字俱妙。（明王世贞《弇州山人词评》）

◆轻风微雨，写出暮春景色，有见月而不见人之憾，问天天不知。（明李攀龙《草堂诗馀隽》眉批）

◆按景缀情，最有馀味。谓笔能开花，信然。（明李攀龙《草堂诗馀隽》评）

◆天也瘦起来，安得生致？少游自抉其心。（明沈际飞《草堂诗馀·正集》）

◆"小楼连苑横空"调下批语：通体匀细轻倩，学者须从此门入，亦最不易到此境也。（世经堂康熙十七年残本《词综》卷六）

◆（东坡）又问别作何词，秦举"小楼连苑横空，下窥绣毂雕鞍骤"。坡云："十三个字，只说得一个人骑马楼前过。"秦问先生近着，坡云亦有一词说楼上事，乃举"燕子楼空，佳人何在？空锁楼中燕"。晁无咎在座云："三句说尽张建封燕子楼一段事，奇哉！"（清徐釚《词苑丛谈》）

◆秦少游《水龙吟》"小楼连苑横空"，隐娄东玉字；《南柯子》"一钩残月带三星"，隐陶心儿字。何文缜《虞美人》"分香帕子柔蓝腻，欲去殷勤惠"，隐惠柔字。兴会所至，自不能已；大雅之作，政不必然。若黄山谷《两同心》云"你共人女边着子，争知我门里担心"，隐"好闷"两字。总因"黄绢幼妇，外孙齑臼"八字作俑，而下流于"秋在人心上，心在门儿里"，便开俚浅蹊径。（清沈雄《古今词话·词品》）

◆余阅章质夫"燕忙莺懒芳残"，与少游"小楼连苑横空"不异；但质夫下句“正堤上柳飞花坠”、东坡下句“也无人惜从教坠”，及“下窥绣毂雕鞍骤”，则又语意参差。又前段歇拍，三字句作两句，如放翁之“争先占，新亭馆”，不异少游；而质夫之“依前被，风扶起”，则又语意参差。……按（杨慎）《词品》谓断句皆有定数（见前，略）……余窃怪之。如东坡《杨花》词，旧本于“细看来不是杨花”为句，“点点是离人”为句，颇觉其顺。后阅诸作，如章质夫、陆放翁等词，应作三句。乃知“细看来不是”为句，“杨花点点”为句，“是离人泪”为句。今取以证之，大似上句不了，接在下句者，下句或分别作二句者。而《词品》所定少游词“皎月照”作一拍，“人依旧”作一拍，又大讹甚。余驳正之，当以“多情但有”为句，“当时皎月”四字为句，“照人依旧”为句，是则合调耳。（同上）

◆程正叔见秦少游问：“‘天知否，天还知道，和天也瘦’，是学士作耶？上穹尊严，安得易而侮之！”此等议论，煞是可笑。与其为此等论，不并如此词不入目，即入目亦置若未见。（清周亮工《因树屋书影》）

◆“小楼连苑横空”，无名字之梦也。有头无尾，虽游戏笔墨，亦自有天然妙合之趣。（清郭麐《灵芬馆词话》）

◆词当意馀于辞，不可辞馀于意。东坡谓少游“小楼连苑横空，下窥绣毂雕鞍骤”二句，只说得车马楼下过耳，以其辞馀于意也。若意馀于辞，如东坡“燕子楼空，佳人何在，空锁楼中燕”，用张建封事；白石“犹记那人，正睡里，飞近蛾绿”，用寿阳事。皆为玉田所称，盖辞简而馀意悠然不尽也。（清沈祥龙《论词随笔》）

◆前后阕起处，醒。“楼东玉”三字，稍病纤巧。（清陈廷焯《词则·闲情集》）

◆词中忌用替代字。美成解语花之“桂华流瓦”，境界极妙，惜以“桂华”二字代“月”耳。梦窗以下，则用代字更多。其所以然者，非意不足，则语不妙也。盖语妙则不必代，意足则不暇代。此少游之“小楼连苑”、“绣毂雕鞍”，所以为东坡所讥也。（王国维《人间词话》）

◆此词上阕“破暖轻风”七句，虽纯以轻婉之笔写春景，而观其下阕，则花香帘影中，有伤春人在也。（俞陛云《唐五代两宋词选释》）

八六子

倚危亭，恨如芳草，萋萋刬尽还生。
念柳外青骢别后，水边红袂分时，
怆然暗惊。

无端天与娉婷。
夜月一帘幽梦，春风十里柔情。
怎奈向、欢娱渐随流水，
素弦声断，翠绡香减；
那堪片片飞花弄晚，濛濛残雨笼晴。
正销凝，黄鹂又啼数声。

◆此词作于元丰三年庚申(1080)。徐案：元丰二年岁暮，少游自会稽还家，不久有《与李乐天简》云："时复扁舟，循邗沟而南，以适广陵。"词乃自广陵还里经邵伯斗野亭时回忆扬州恋人而作。(徐培均《淮海居士长短句笺注》)

◎离恨恰如春草，更行更远还生。(五代李煜《清平乐》)

◎怎奈向，义犹云奈何也。

◎危弦断复续，妾心伤此时。(南朝刘孝绰《铜雀妓乐府》)

◎销凝，亦作消凝，为"销魂凝魂"之约辞。销魂与凝魂，同为出神之义。(张相《诗词曲语辞汇释》)

◆《古今词话》以古人好词世所共知者，易甲为乙，称其所作，仍随其词牵合为说，殊无根蒂，皆不足信也。如秦少游……《八六子》"倚危亭，恨如芳草，萋萋刬尽还生"者，《浣溪沙》"脚上鞋儿四寸罗"者，二词皆见《淮海集》；乃以《八六子》为贺方回作，以《浣溪沙》为涪翁作。……皆非也。(宋胡仔《苕溪渔隐丛话·后集》)

◆秦少游《八六子》词云："片片飞花弄晚，濛濛残雨笼晴。正销凝，黄鹂又啼数声。”语句清峭，为名流推激。予家旧有建本《兰畹曲集》，载杜牧之一词，但记其末句云：“正销魂，梧桐又移翠阴。”秦公盖效之，似差不及也。（宋洪迈《容斋四笔》）

◆秦淮海词，古今绝唱，如《八六子》前数句云：“倚危亭，恨如芳草，萋萋尽还生。”读之愈有味。又李汉老《洞仙歌》云：“一团娇软，是将春揉做，撩乱随风到何处。”皆有腔调散语，非工于词者不能到。毛友达可诗“草色如愁滚滚来”，用秦语。（宋张侃《拙轩词话》）

◆“春草碧色，春水绿波。送君南浦，伤如之何！”矧情至于离，则哀怨必至。苟能调感怆于融会中，斯为得矣。……秦少游《八六子》云（词略），离情当如此作，全在情景交炼，得言外意，有如“劝君更尽一杯酒，西出阳关无故人”，乃为绝唱。（宋张炎《词源》）

◆少游《八六子》尾阕云：“正销凝，黄鹂又啼数声。”唐杜牧之一词，其末云：“正销魂，梧桐又移翠阴。”秦词全用杜格。然秦首句云：“倚危亭，恨如芳草，萋萋刬尽还生。”二语妙甚，故非杜可及也。（明陈霆《渚山堂词话》）

◆恨如刬草还生，愁如春絮相接；言愁，愁不可断；言恨，恨不可已。（明沈际飞《草堂诗馀·正集》）

◆长短句偏入四六，《何满子》之外复见此。（同上）

◆周美成词“愁如春后絮，来相接”，与“恨如芳草，刬尽还生”，可谓极善形容。（明忏花盦丛书本《草堂诗馀》杨慎批语）

◆别后分时，忆来情多。花弄晚，雨笼晴，又是一番景色一番愁。（明李攀龙《草堂诗馀隽》眉批）

◆全篇句句写怨意，句句未曾露怨字，正是“诗可以怨”。（明李攀龙《草堂诗馀隽》评）

◆秦少游《八六子》云（词略），与李滨词云：“乍鸥边，一番腴绿，流红又怨苹花。看晚吹约晴归路，夕阳分落渔家，轻云半遮。　萦情芳草无涯。还报舞香一曲，玉瓢几许春华。正细柳轻烟，旧时坊陌，小桃朱户，去年人面，谁知此日重来系马，东风淡墨敧鸦。黯窗纱，人归绿阴自斜。”字句平仄如一，惟李词首句不起韵，第五句用，与秦稍异。词律谓秦词恐有讹处，未必然也。至秦词“奈回首”作“怎奈向”，李词“玉瓢”作“玉飘”，均系传抄之误。（清丁绍仪《听秋声馆词话》）

◆（起句）“倚危亭”：神来之笔！（清周济《宋四家词选》）

◆寄托耶？怀人耶？词旨缠绵，音调凄惋如此。（清黄苏《蓼园词选》）

◆若淮海《八六子》词之“断”、“晚”与“减”，本不同部，必非韵协。（清陈锐《袌碧斋词话》）

◆寄慨无端。（清陈廷焯《词则·大雅集》）

◆结句清婉，乃少游本色。起笔三句，独用重笔，便能振起全篇。（俞陛云《唐五代两宋词选释》）

◆此首起处突兀，中间叙情委婉，末以景结，倍见含蓄。（唐圭璋《唐宋词简释》）

◆如此阕徐案：指《满庭芳》“山抹微云”之“斜阳”三句，与《八六子》（词略），其尤著者也。此类最为少游出色当行之作。（龙榆生《苏门四学士词·秦观》）

◆到北宋中期，秦观也作了一首《八六子》词，虽然也多少承受了杜牧词的影响，但是在艺术风格方面，却是青出于蓝而胜于蓝了。

他写离情并不直说，而是融情于景，以景衬情，也就是说，把景物融于感情之中，把感情附托在景物之上，使感情更为含蓄深邃。

从章法来说，忽而写现实，忽而写过去，交插错综，颇似近来电影中所用的艺术手法；从用笔来说，极为轻灵，空际盘旋，不着重笔；从声律来说，《八六子》这个词调，音节舒缓，回旋宕折，适宜于表达凄楚幽咽之情，读起来觉得如听溪水从山岩中曲折流出的琤琮之音。（缪钺《灵谿词说·论杜牧与秦观八六子词》）

风流子

东风吹碧草，年华换，行客老沧洲。
见梅吐旧英，柳摇新绿；
恼人春色，还上枝头。
寸心乱，北随云黯黯，东逐水悠悠。
斜日半山，暝烟两岸；数声横笛，一叶扁舟。

青门同携手，前欢记，浑似梦里扬州。
谁念断肠南陌，回首西楼。
算天长地久，有时有尽；
奈何绵绵、此恨难休。
拟待倩人说与，生怕人愁。

◆此词作于绍圣元年甲戌（1094）由汴京贬往杭州之际。少游《留别平阇黎》诗末自注云："绍圣元年，观自国史编修官蒙恩除馆阁校勘，通判杭州，道贬处州。"词中"寸心乱"三句，写词人北望京国，只觉云雾迷茫；东瞩征程，又感道路修远。逐客情怀，寄寓颇深。而"梅吐旧英，柳摇新绿"二句，又都写春天景色，与词人被贬之时相符，故可推定作于此时。（徐培均《淮海居士长短句笺注》）

◎天长地久有时尽，此恨绵绵无绝期。（唐白居易《长恨歌》）

◆人倚阑干，夜不能寐。时有尽，恨无休，自尔展转百出。（明李攀龙《草堂诗馀隽》评）

◆触景伤怀，言言新巧，不涉人间蹊径。（同上）

◆甚乱，东西南北，悉为愁场。（明沈际飞《草堂诗馀·正集》）

◆（结句）怕伊愁，是以欲说还休。曰"拟得情人"，不婉。（同上）

◆"恼人春色，还上枝头。寸心乱，北随云黯黯，东逐水悠悠"，谱出如许伤心处。（明陆云龙《翠娱阁评选行笈必携词菁》）

◆此必少游被谪后念京中旧友而作，托于怀所欢之辞也。情致浓深，声调清越，回环讽诵，真能奕奕动人者矣。（清黄苏《蓼园词选》）

◆“寸心乱”三句，极写离愁之无限。以下“斜日”、“暝烟”四叠句，遂一气奔赴，更觉力量深厚。下阕“天长地久”四句，虽点化乐天《长恨歌》，而以“倩人说与”句融纳之，便运古入化，弥见情深。（俞陛云《唐五代两宋词选释》）

梦扬州

晚云收。正柳塘、烟雨初休。
燕子未归，恻恻轻寒如秋。
小栏外、东风软，透绣帏、花蜜香稠。
江南远，人何处？鹧鸪啼破春愁。

长记曾陪燕游。
酬妙舞清歌，丽锦缠头。
殢酒为花，十载因谁淹留？
醉鞭拂面归来晚，望翠楼、帘卷金钩。
佳会阻，离情正乱，频梦扬州。

◆据《词谱》云：“宋秦观自制词，取词中结句为名。”此词上阕写绣帏中人对征人之思念，下阕抒征人之离情。案《秦谱》：元丰二年己未（1079）正月十五日，少游将如越，“会苏公自徐徙知湖州，遂与偕行，过无锡，游惠山……又会于松江，至吴兴，泊西观音院。”在《泊吴兴西观音院》诗中，少游云：“志士耻沟渎，征夫念桑梓。揽衣轩楹间，啸歌何穷已！”可见怀念桑梓之情，曾见之于吟啸。则此词之作，当于此时。（徐培均《淮海居士长短句笺注》）

◎恻恻轻寒剪剪风，杏花飘雪小桃红。（唐韩偓《寒食夜》）

◎坐中亦有江南客，莫向春风唱鹧鸪。（唐郑谷《席上贻歌者》）

◎十年一觉扬州梦。（唐杜牧《遣怀》）

◆淮海词定有一番姿态。（明沈际飞《草堂诗馀别集》）

◆无名氏《鞓红》云：“悄不管，桃红杏浅。”“管”与“浅”叶。少游《梦扬州》云：“望翠楼，帘卷金钩。”“楼”与“钩”叶。此句法亦本《毛诗·秦风》“吁嗟乎，不承权舆”，“乎”与“舆”叶也。……一句而两韵，名曰短柱，极不易作。（清谢章铤《赌棋山庄词话》）

◆如此丰度，岂非大家杰作！乃为伧父读错注错，可叹哉！“燕子”至“香稠”，与后“殢酒”至“金钩”同。“燕子”、“殢酒”，俱用去上，妙绝。“未”字“困”字用去声，是定格。盖上面用去上，下面用平，此字非去声不足以振起。况有此去（声）字，则落下“轻寒如秋”与“因谁淹留”四个平声字，方为抑扬有调。不解此义，于“燕”、“殢”、“未”、“困”四字俱注“可平”，“寒”、“谁”二字俱注“可仄”，有此《梦扬州》乎？从“长记”起至“金钩”，皆追想当时游宴之乐，为酒所殢，为花所困也。沈氏及图谱以“困”作“为”，全失意味。而沈氏又注云：“为，一作困。”不惟平声失调，而下即有“因谁”之“因”字，岂不一顾耶？（清万树《词律》）

◆按《词谱》：“正柳塘烟雨初休”句，“柳塘”下有“花坞”二字；又“人何处”句，“人”字下有“今”字。《词纬》、叶《谱》均同，应遵补。（清杜文澜《词律》补注）

雨中花

指点虚无征路，醉乘班虬，远访西极。
正天风吹落，满空寒白。
玉女明星迎笑，何苦自淹尘域？
正火轮飞上，雾卷烟开，洞观金碧。

重重观阁，横枕鳌峰，水面倒衔苍石。

随处有奇香幽火，杳然难测。
好是蟠桃熟后，阿环偷报消息。
任青天碧海，一枝难遇，占取春色。

◆宋惠洪《冷斋夜话》云："少游元丰初梦中作长短句曰：'指点虚无征路……'既觉，使侍儿歌之，盖《雨中花》也。"案此词虽写梦境，然现实中亦有凭藉，似与金山有关。元丰三年庚申（1080），鲜于侁为扬州守，邵彦瞻为扬州从事。是岁苏辙将赴高安，过高邮，与少游相从数日。苏辙有《陪彦瞻游金山》诗，诗云："僧居厌山小，面面贴苍石。"鲜于侁和诗有曰："蓬莱三神山，横绝倚鳌背。倾海水动，一峰失所在。飞来大江心，盘礴几千载。化为金仙居，龙象错朱贝。"少游亦作诗相和，云："忽蒙珠璧投，了与云峦遇。幽光炯肝肺，爽气森庭户。区中多滞念，方外饶奇趣。"诸诗与此词之意境、艺术构思相仿，可定为同时之作。（徐培均《淮海居士长短句笺注》）

◎蓬莱织女回云车，指点虚无是征路。（唐杜甫《送孔巢父谢病归游江东兼呈李白》）

◎周穆王时，西极之国有化人来。（《列子·周穆王》）

◎《列子·汤问》："渤海之东……有大壑焉……其中有五山。……而五山之根，无所连着，常随波上下往还。……帝恐流于西极……使巨鳌十五举首而戴之……五山始峙。"魏曹植《远游》诗："灵鳌戴方丈，神物俨嵯峨，仙人翔其隅，玉女戏其阿。"此词似受其影响。（徐培均《淮海居士长短句笺注》）

◎七月七日，西王母降，以仙桃四颗与帝，帝食辄留其核。王母问帝，帝曰："欲种之。"母曰："此桃三千年一生实，中夏地薄，种之不生。"帝乃止。（《汉武帝内传》）

◎阿环：传说中的上元夫人，此处以阿环比作西王母的信使。

◎嫦娥应悔偷灵药，碧海青天夜夜心。（唐李商隐《嫦娥》）

◆旧刻"见天风"八字句，余细玩之，"寒"字下应有一叶韵字而落去耳。此二句正同前辛词（指辛弃疾"旧雨常来"一首）"幸山中"九字也。后段旧刻"在天碧海"，无理，余谓亦有一"青"字，此句五字，与前"正火轮"句同也。（清万树《词律》）

一丛花

年时今夜见师师，双颊酒红滋。
疏帘半卷微灯外，露华上、烟袅凉飔。
簪髻乱抛，偎人不起，弹泪唱新词。

佳期谁料久参差？愁绪暗萦丝。
想应妙舞清歌罢，又还对秋色嗟咨。
惟有画楼，当时明月，两处照相思。

◆清徐釚《词苑丛谈》卷七引《词品拾遗》云"秦少游赠汴城李师师《生查子》"，其词姑存疑，然可证《一丛花》作于汴京。案《续资治通鉴长编》卷四六三："元祐六年八月戊子朔……以赵君锡《论秦观疏》付三省，刘挚私志其事云：'初，除观为正字，用君锡之荐。既而，贾易诋观不检之罪。同日君锡亦有章云：臣前荐观，以其有文学；今始知薄于行，愿寝前荐。'"所谓行为"不检"，"薄于行"，当指与歌妓来往。词云"年时今夜"，又云"对秋色嗟咨"，当指事发之前，盖为元祐五年庚午（1090）八月中秋前后所作。（徐培均《淮海居士长短句笺注》）

◎年时：宋时方言，犹当年或那时。

◎师师，泛指当时名妓。

◎参差：错过。见前《水龙吟》注。

◎今夜鄜州月，闺中只独看。遥怜小儿女，未解忆长安。香雾云鬟湿，清辉玉臂寒。何时倚虚幌，双照泪痕干。（唐杜甫《月夜》）

◆是其末路仳离，与唐时泰娘绝相类，较明之王嫩、卞玉京，所遇尤

不如。惟子野系宋仁宗时人，少游于哲宗初贬死藤州，均去徽宗时甚远，岂宋有两师师耶？（清丁绍仪《听秋声馆词话》）

鼓笛慢

乱花丛里曾携手，穷艳景，迷欢赏。
到如今谁把，雕鞍锁定，阻游人来往？
好梦随春远，从前事、不堪思想。
念香闺正杳，佳欢未偶，难留恋，空惆怅。

永夜婵娟未满，叹玉楼、几时重上？
那堪万里，却寻归路，指《阳关》孤唱。
苦恨东流水，桃源路、欲回双桨。
仗何人细与，丁宁问呵，我如今怎向？

◆《白雨斋词话》卷一："少游《满庭芳》诸阕，大半被放后作。恋恋故国，不胜热中。"以此数语解此词，似更确切。"那堪万里"，指远谪郴州。"桃源路欲回双桨"，犹之《踏莎行》词所云"桃源望断无寻处"。此词之作，当在绍圣四年丁丑（1097）之后。（徐培均《淮海居士长短句笺注》）

◎恨薄情一去，音书无个。早知恁么，悔当初，不把雕鞍锁。（宋柳永《定风波》）

◎晋太元中，武陵人，捕鱼为业，缘溪行，忘路之远近，忽逢桃花林……林尽水源，便得一山，山有小口，仿佛若有光，便舍船从口入。……既出，得其船，便扶向路，处处志之。（晋陶渊明《桃花源记》）

◎怎向：怎奈、奈何。

◆"如今谁把"至"未偶"，与后"那堪万里"至"问呵"相同，但前多一"到"字耳。旧谱注"锁"字断句，误。观"阻游人"以下，与后"指阳关"以下，无一字平上去入不合。"阻"字"指"字，乃一字领句也。奈何乱注乎！“呵”字上声，正与前“偶”字同，而谱乃认作平声，可叹。独不见朱希真《满路花》以“呵”字煞尾，叶“火”“里”等耶？（清万树《词律》）

◆前二阕（指本篇及《望海潮》其四）写离怀，语意较少游其它作品为朴拙，如“成病也因谁”、“问呵，我如今怎向”，皆情深语浅，曲曲传出儿女柔情。（龙榆生《苏门四学士词》）

促拍满路花

露颗添花色，月彩投窗隙。
春思如中酒，恨无力。
洞房咫尺，曾寄青鸾翼。
云散无踪迹。
罗帐熏残，梦回无处寻觅。

轻红腻白，步步熏兰泽。
约腕金环重，宜装饰。
未知安否？一向无消息。
不似寻常忆。
忆后教人，片时存济不得。

◎露颗：露珠。

◎月彩：月光。

◎中酒：醉酒。

◎青鸾翼：喻书信。

◎兰泽，以兰浸油泽以涂头。（《文选》宋玉《神女赋》“沐兰泽，含若芳”李善注）

◎攘袖见素手，皓腕约金环。（三国魏曹植《美女篇》。金环：

手镯。)

◎ 一向，指示时间之辞；有指多时者，有指暂时者。秦观《促拍满路花》词："未知安否，一向无消息。"此犹云"许久"。

◎存济，安顿或措置之义。秦观《促拍满路花》："未知安否，一向无消息。不似寻常忆。忆后教人，片时存济不得。"此意云身心安顿不得也。(张相《诗词曲语辞汇释》)

长相思

铁瓮城高，蒜山渡阔，干云十二层楼。
开尊待月，掩箔披风，依然灯火扬州。
绮陌南头，记歌名《宛转》，乡号温柔。
曲槛俯清流，想花阴、谁系兰舟？

念凄绝秦弦，感深荆赋，相望几许凝愁。
勤勤裁尺素，奈双鱼、难渡瓜洲。
晓鉴堪羞，潘鬓点、吴霜渐稠。
幸于飞、鸳鸯未老，不应同是悲秋。

◆此词上阕描述往昔欢娱，记忆犹新；下阕"感深荆赋"，讽《九辩》。而《九辩》中有"坎廪兮，贫士失职而志不平；廓落兮，羁旅而无友生"之句，似与词人之坎坷遭遇相合。徐案：少游于熙宁九年访湖州李公择，经镇江(见拙著《秦少游年谱长编》)，元丰二年夏四月乘苏轼官船如越省大父承议公，途经润州，大风留金山两日；元丰七年八月十九日与滕元发等会苏轼于金山，十月复来，作宿金山、金山晚眺二诗，可见对镇江形胜至为熟悉。此词至迟作于元丰七年(1083)之秋。(徐培均《淮海居士长短句笺注》)

◎(镇江)子城，吴大帝所筑，内外甃以甓，号铁瓮城。《图经》言：古

号铁城者，以其坚固如金城也。（《镇江府志》）

◎蒜山在镇江府治西三里西津渡口，北临大江，无峰岭，山多泽蒜，故名。或谓周瑜、孔明会此，计破曹操，人谓其多算，因亦名蒜山。（《一统志》）

◎绮陌：指纵横交错的道路。

◎是夜，后进合德，帝大悦，以辅属体，无所不靡，谓为温柔乡。谓樊嫕曰："吾老是乡矣，不能效武皇帝更求白云乡也。"（旧题汉伶玄《飞燕外传》）

◎汝不闻秦筝声最苦，五色缠弦十三柱。（唐岑参《秦筝歌送外甥萧正归京》）

◎荆赋：指《楚辞》中宋玉的《九辩》。

◎客从远方来，遗我双鲤鱼。呼儿烹鲤鱼，中有尺素书。（古乐府《饮马长城窟行》）

◎潘鬓：指头斑白。

◎吴霜点归鬓，身与塘蒲晚。（唐李贺《还自会稽歌》）

◎悲哉，秋之为气也！萧瑟兮，草木摇落而变衰。（战国宋玉《九辩》）

◆（首句）出调高爽，不尚纤丽，词家正声。（明徐渭评点段斐君刊本《淮海集长短句》）

◆杨无咎同调词末附注：逃禅自注此词，乃用贺方回。而淮海"铁瓮城高"一首，与此韵脚相同。想扬州怀古，秦、贺同作也。秦尾句汲古阁刻作"鸳鸯未老"，不误也。词汇刻"鸳鸯未老绸缪"为是。但此词第二句是"蒜山渡阔"，"蒜"、"渡"二字作去声，甚妙，正与杨词"淡"、"障"二字合，词汇乃作"金山"，"金"字平声，一字之讹，相去河汉矣。（清万树《词律》）

满庭芳

山抹微云，天连衰草，画角声断谯门。
暂停征棹，聊共引离罇。
多少蓬莱旧事，空回首、烟霭纷纷。
斜阳外，寒鸦万点，流水绕孤村。

销魂，当此际，香囊暗解，罗带轻分。
谩赢得青楼，薄倖名存。
此去何时见也？襟袖上、空惹啼痕。
伤情处，高城望断，灯火已黄昏。

◆《苕溪渔隐丛话·后集》卷三十三引《艺苑雌黄》云："程公辟守会稽，少游客焉，馆之蓬莱阁。一日，席上有所悦，自尔眷眷不能忘情，因赋长短句，所谓'多少蓬莱旧事，空回首、烟霭纷纷'是也。"少游于元丰二年己未（1079）五月如越，省大父承议公及叔父秦定，与郡守程公（师孟）相得甚欢。其《谢程公辟启》云："从游八月，大为北客之美谈；酬唱百篇，永作东吴之盛事。"《别程公辟给事诗》又云："裘敝黑貂霜正急，书传黄犬岁将穷。"可见他离越时已届岁暮，与词中"衰草"、"寒鸦"等景象恰相符合。该诗复云"月下清歌盛小丛"，"回首蓬莱梦寐中"，则可证词中所谓"蓬莱旧事"者，乃与一歌妓之恋情也。盛小丛系唐时越地歌妓，少游借指"席上有所悦"之人。故知此词作于元丰二年岁暮。（徐培均《淮海居士长短句笺注》）

◎寒鸦千万点，流水绕孤村。（宋叶梦得《避暑录话》卷二引隋炀帝诗）

◎黯然销魂者，唯别而已矣！（南朝江淹《别赋》）

◎待翡翠屏开，芙蓉帐掩，与把香囊解。（宋贺铸《薄幸》）

◎十年一觉扬州梦，赢得青楼薄倖名。（唐杜牧《遣怀》）

◆秦少游亦善为乐府，语工而入律，知乐者谓之作家歌，元丰间盛行于淮楚。“寒鸦千万点，流水绕孤村”，本隋炀帝诗也，少游取以为《满庭芳》词，而首言“山抹微云，天黏衰草”，尤为当时所传。苏子瞻于四学士中最善少游，故他文未尝不极口称善，岂特乐府？然犹以气格为病，故尝戏云：“山抹微云秦学士，露华倒影柳屯田。”“露华倒影”，柳永《破阵子》语也。（宋叶梦得《避暑录话》）

◆秦少游自会稽入京，见东坡。坡曰：“久别当作文甚胜，都下盛唱公‘山抹微云’之词。”秦逊谢。坡遽云：“不意别后，公却学柳七作词。”秦答曰：“某虽无识，亦不至是。先生之言，无乃过乎？”坡云：“‘销魂当此际’，非柳词句法乎？”秦惭服。然已流传，不复可改矣。（宋黄昇《花庵词选》卷二苏子瞻《永遇乐·夜登燕子楼梦盼盼因作此词》附注）

◆其词极为东坡所称道，取其首句，呼之为“山抹微云”君。中间有“寒鸦万点，流水绕孤村”之句，人皆以为少游自造此语，殊不知亦有所本。予在临安，见平江梅知录云：“隋炀帝诗云：‘寒鸦千万点，流水绕孤村。’少游用此语也。”（宋胡仔《苕溪渔隐丛话·后集》引《艺苑雌黄》）

◆近世以来作者，皆不及秦少游。如“斜阳外，寒鸦数点，流水绕孤村”。虽不识字，亦知是天生好言语。（宋魏庆之《诗人玉屑》卷二十一引晁无咎评）

◆范内翰祖禹作《唐鉴》，名重天下，坐党锢事久之。其幼子温，字元实，与吾善。……温尝预贵人家会。贵人有侍儿，善歌秦少游长短句，坐间略不顾温；温亦谨，不敢吐一语。及酒酣欢洽，侍儿者始问：“此郎何人耶？”温遽起，叉手而对曰：“某乃‘山抹微云’女婿也。”闻者多绝倒。（宋蔡絛《铁围山丛谈》卷四）

◆杭之西湖，有一倅闲唱少游《满庭芳》，偶然误举一韵云：“画角声断斜阳。”妓琴操在侧云：“‘画角声断谯门’，非‘斜阳’也。”因戏之曰：“尔可改韵否？”琴即改作“阳”字韵云：“山抹微云，天连衰草，画角声断斜阳。暂停征棹，聊共饮离觞。多少蓬莱旧侣，频回首、烟霭茫茫。孤村里，寒鸦万点，流水绕低墙。　魂伤，当此际，轻分罗带，暗解香囊。漫赢得青楼，薄幸名狂。此去何时见也，襟袖上空有馀香。伤心处，高城望断，灯火已昏黄。”东坡闻而称赏之。（宋吴曾《能改斋漫录》卷十六）

◆“寒鸦千万点，流水绕孤村。”隋炀诗也；“寒鸦数点，流水绕孤村。”少游词也。语虽蹈袭，然入词尤是当家。（明王世贞《艺苑卮言》）

◆范元实，范祖禹之子，秦少游婿也，学诗于山谷，作《诗眼》一书。为人凝重，尝在歌舞之席，终日不言。妓有问之曰：“公亦解词曲否？”笑答曰：“吾乃山抹微云女婿也。”可见当时盛唱此词。（明杨慎《词品》）

◆只用平澹意写法，却酸酸楚楚。“寒鸦”二句，虽用隋炀帝句，恰当自然，真色见矣。（世经堂康熙十七年残本《词综》）

◆回首处斜阳远眺，情何殷也！伤情处黄昏独坐，情难遣矣！（明李攀龙《草堂诗馀隽》）

◆少游叙旧事有寒鸦流水之语，已令人赏目赏心。至下襟袖啼痕，只为秦楼薄倖，情思迫切。坡公最爱此词。（同上）

◆“寒鸦”二句，朱希真又化作小词云：“看到水如云，送尽鸦成点。”（明卓人月《古今词统》）

◆“山抹微云秦学士”，“露华倒影柳屯田”，“晓风残月柳三变”，“滴粉搓酥左与言”，一句之工，形诸口号。当日风尚所存，甄藻自尔不爽。（清朱彝尊《词综发凡》）

◆（评“斜阳外”三句）余谓此语在隋炀帝诗中，只属平常，入少游词特为妙绝。盖少游之妙，在“斜阳外”三字，见闻空幻。又“寒鸦”、“流水”，炀帝以五言划为两景，少游用长短句错落，与“斜阳外”三景合为一景，遂如一幅佳图。此乃点化之神。必如此，乃可用古语耳。（清贺贻孙《诗筏》）

◆诗重发端，惟词亦然，长调尤重。有单起之调，贵突兀笼罩，如东坡“大江东去”；有对起之调，贵从容整炼，如少游“山抹微云，天黏衰草”是。（清沈祥龙《论词随笔》）

◆自起至换头数语，俱是追叙，玩结处自明。（清许昂霄《词综

偶评》)

◆将身世之感，打并入艳情，又是一法。(清周济《宋四家词选》)

◆下阕不假雕琢，水到渠成，非平钝者所能借口。(清谭献《谭评词辨》)

◆词有袭前人语而得名者，虽大家不免，如方回“梅子黄时雨”，耆卿“杨柳岸、晓风残月”，少游“寒鸦数点，流水绕孤村”，幼安“是他春带愁来，春归何处，却不解、带将愁去”等句。惟善于调度，正不以有蓝本为嫌。(清吴衡照《莲子居词话》)

◆秦淮海为苏门四客之一，《满庭芳》一曲，唱遍歌楼。(清邓廷桢《双砚斋词话》)

◆沈(际飞)曰：“人之情，至少游而极。结句‘已’字，情波几叠。”(清黄苏《蓼园词选》)

◆少游词“山抹微云，天黏衰草”，其用意在“抹”字、“黏”字。况庾阐赋：“浪势黏天。”张祜诗：“草色黏天鶗鴂恨。”俱有来历。俗以“黏”作“连”，益信其谬。(清张宗橚《词林纪事》卷六引钮玉樵)

◆少游《满庭芳》诸阕，大半被放后作。恋恋故国，不胜热中。其用心不逮东坡之忠厚，而寄情之远，措语之工，则各有千古。(清陈廷焯《白雨斋词话》)

◆宋人如“红杏尚书”、“贺梅子”、“张三影”、“山抹微云秦学士”、“露华倒影柳屯田”、“晓风残月柳三变”、“滴粉搓酥左与言”之类，皆以一语之工，倾倒一世。宋与柳、左无论矣，独惜张、秦、贺三家，不乏杰作，而传诵者转以次乘，岂《白雪》、《阳春》，竟无和者与？为之三叹。(同上)

◆诗情画景，情词双绝。此词之作，其在坐贬后乎？(清陈廷焯《词则·大雅集》)

◆起三句写凉秋风物，一片萧飒之音，已隐含离思。四、五两句叙明停鞭饯别，此后若接写别离，便落恒径。作者用拓宕之笔追怀往事，局势振起，且不涉儿女语，而托之蓬岛烟云，尤见超逸。“斜阳外”三句，传神绵渺，向推隽咏（永）。下阕纯叙离情。结笔返棹归来，登城遥望征帆，已隔数重烟浦，阑珊灯火，只益人悲耳。（俞陛云《唐五代两宋词选释》）

◆不知淮海“山抹微云”原词，虽题作“晚景”，实是别妓。盖不仅从语意得知，即秦词“高城望断，灯火已黄昏”之结语，用唐欧阳詹别太原妓申氏姊妹之典，更为可证也。（陈寅恪《柳如是别传》第三章论陈子龙《满庭芳·和少游送别》）

◆而《满庭芳》“山抹微云”篇，即作客于会稽时……其伤离念远之作，类此者甚多；而其技术之精进，则在“情景交炼，得言外意”。（龙榆生《苏门四学士·秦观》）

满庭芳

红蓼花繁，黄芦叶乱，夜深玉露初零。
霁天空阔，云淡楚江清。
独棹孤篷小艇，悠悠过、烟渚沙汀。
金钩细，丝纶慢卷，牵动一潭星。

时时，横短笛，清风皓月，相与忘形。
任人笑生涯，泛梗飘萍。
饮罢不妨醉卧，尘劳事、有耳谁听？
江风静，日高未起，枕上酒微醒。

◆少游《龙井题名记》曰：“元丰二年中秋后一日，余自吴兴过杭，东还会稽，龙井辩才法师以书邀余入山。比出郭，已日夕，航湖至普宁，遇道人参寥。问龙井所遣篮舆，则曰以不时至矣。是夕，天宇开霁，林间月明，可数毛发。”所云季节、时间，天光月色，颇与词境相似。而超尘出俗之思想感情，想亦受辩才、参寥诸僧影响。据此，词似作于此时。（徐培均《淮海居士长短句笺注》）

◎酒尽欲终问后期，泛萍浮梗不胜悲。（唐徐夤《别诗》）

◎尘劳事：谓扰乱身心的俗事。

◆一丝牵动一潭星，惊人语也。眠风醉月渔家乐，洵不可谖。（明李攀龙《草堂诗馀隽》）

◆值秋宵之景，驾一叶扁舟于凫渚鸥汀之中，潇洒脱尘，有嚣嚣然自得之意。（同上）

◆（"金钩细"三句）惊绝。（清陈廷焯《词则·大雅集》）

满庭芳

碧水惊秋，黄云凝暮，败叶零乱空阶。
洞房人静，斜月照徘徊。
又是重阳近也！几处处、砧杵声催。
西窗下，风摇翠竹，疑是故人来。

伤怀，增怅望，新欢易失，往事难猜。
问篱边黄菊，知为谁开？
谩道愁须殢酒，酒未醒、愁已先回。
凭栏久，金波渐转，白露点苍苔。

◆此词云"几处处、砧杵声催"，又云"问篱边黄菊，知为谁开"，抒写思归情怀；又所谓"新欢易失"，疑指长沙义妓。《蓼园词选》谓"应是在谪时作"，当在绍圣四年（1097）谪居郴州时作。（徐培均《淮海居士长短句笺注》）

◎风吹一片叶，万物已惊秋。（唐杜牧《早秋客舍》）

◎洞房：指深邃的内室。

◎佳人理寒服，万结砧杵劳。（《乐府诗集·子夜四时歌·秋歌》）

◎微风惊暮至，临牖思悠哉。开门复动竹，疑是故人来。（唐李益

《竹窗闻风寄苗发司空曙》)

◎怅望千秋一洒泪，萧条异代不同时。(唐杜甫《咏怀古迹》之二)

◎采菊东篱下，悠然见南山。(晋陶潜《饮酒》第五)

◎酒未到，愁肠还醒。(宋沈邈《剔银灯》)

◎金波：状月光浮动，亦以指月。

◆待月迎风，情怀如诉。酒堪破愁，真愁非酒能破。(明李攀龙《草堂诗馀隽》)

◆托意高远，措词洒脱，而一种秋思，都为故人。展转诵者，当领之言先。(同上)

◆(上阕)经少游手随分铺写，定尔闲雅高适。(明沈际飞《草堂诗馀·正集》)

◆("谩道"三句)此意道过矣，萦人不休。(同上)

◆"晚色云开"调下批语：少游此调《满庭芳》"碧水惊秋"有云："漫道愁须殢酒，酒未醒、愁已先回。"佳句也。(世经堂康熙十七年残本《词综》)

◆亦应是在谪时作。"风摇"二句，写得蕴藉，非故人也，风也，能弗黯然？"酒未醒、愁先回"，意亦曲而能达。结句清远。(清黄苏《蓼园词选》)

江城子

西城杨柳弄春柔，动离忧，泪难收。
犹记多情曾为系归舟。
碧野朱桥当日事，人不见，水空流。

韶华不为少年留，恨悠悠，几时休？
飞絮落花时候一登楼。
便做春江都是泪，流不尽，许多愁。

◆词云“西城杨柳”，当指汴京顺天门外。宋晁端礼《水龙吟》词（倦游京洛风尘）：“记南楼醉里，西城歌阕，都不管，人春困。”又称西池。宋晁叔用《临江仙》：“忆昔西池池上饮，年年多少欢娱。”少游《千秋岁》：“忆昔西池会，鹓鹭同飞盖。”因其地有金明池，故称。宋孟元老《东京梦华录》卷七谓金明池“池之东岸，临水近墙，皆垂杨”。明李濂《汴京遗迹志》卷八谓“金明池在城西郑门外西北”。少游于绍圣元年甲戌（1094）春三月坐党籍，出为杭州通判。词云“飞絮落花时候一登楼”，又云“动离忧，泪难收”，时与事皆相合。词盖作于此时。（徐培均《淮海居士长短句笺注》）

◎杨柳丝丝弄轻柔，烟缕织成愁。（宋王雱《眼儿媚》）

◎飞絮落花时节近清明。（五代张泌《江城子》）

◎做，犹使也，以应用于假设口气时为多。……秦观《江城子》词：“便做春江都是泪，流不尽，许多愁。”朱淑真《蝶恋花》词：“满目山川闻杜宇，便做无情，莫也愁人意。”……凡云便做，皆犹云便使或就使也。（张相《诗词曲语辞汇释》）

◆此结语又从坡公结语（指苏轼《江城子·别徐州》词：“欲寄相思千点，流不到，楚江东。”）转出，更进一步。（明杆花盦丛书本《草堂诗馀》杨慎批语）

◆只为人不见，转一番思。种种景，种种情，如怨如诉。（明李攀龙《草堂诗馀隽》）

◆碧野朱桥，正是离别之处。飞絮落花言其景，春江二句言其情也。（同上）

◆前结似谢，后结似苏，易其名，几不能辨。李后主“问君能有几多愁？恰似一江春水向东流”，少游翻之，文人之心，滚于不竭。（明沈际飞《草堂诗馀·正集》）

◆“飞絮”九字凄咽。以下尽情发，却终未道破。（清陈廷焯《词则·大雅集》）

◆结尾二句，与李后主之“恰似一江春水向东流”、徐师川之“门外

重重叠叠山，遮不断，愁来路"，皆言愁之极致。（俞陛云《唐五代两宋词选释》）

◆其小令得《花间》、《尊前》遗韵者，如《江城子》"西城杨柳弄春柔"、《浣溪沙》"漠漠轻寒上小楼"，并有深婉不迫之趣。（龙榆生《苏门四学士·秦观》）

江城子

南来飞燕北归鸿，偶相逢，惨愁容。
绿鬓朱颜重见两衰翁。
别后悠悠君莫问，无限事，不言中。

小槽春酒滴珠红，莫匆匆，满金钟。
饮散落花流水各西东。
后会不知何处是？烟浪远，暮云重。

◆揆诸词意，盖哲宗元符三年庚辰（1100）在雷州时所作。是岁正月，哲宗崩，徽宗即位，五月下赦令，迁臣多内徙。东坡量移廉州，六月二十五日过雷州、与少游相会。少游出自作《挽词》，东坡抚其背曰："某尝忧逝，未尽此理，今复何言？某亦尝自为志墓文，封付从者，不使过子知也。"此词云"重见两衰翁"，盖指二人之重逢，时东坡年六十四，少游亦五十二，屡窜南荒，容颜易老，故以为喻。（徐培均《淮海居士长短句笺注》）

◎南来燕，作者自喻。北归鸿，喻东坡自琼州北还。

◎琉璃钟，琥珀浓，小槽酒滴真珠红。（唐李贺《将进酒》）

◎雅态妍姿正欢洽，落花流水忽西东。（宋柳永《雪梅香》）

◎渭北春天树，江东日暮云。（唐杜甫《春日忆李白》）

◎念去去千里烟波，暮霭沉沉楚天阔。（宋柳永《雨霖铃》）

◆亦疏落，亦沉郁。（清陈廷焯《词则·别调集》）

江城子

枣花金钏约柔荑，昔曾携，事难期。
咫尺玉颜和泪锁春闺。
恰似小园桃与李，虽同处，不同枝。

玉笙初度颤鸾篦，落花飞，为谁吹？
月冷风高此恨只天知。
任是行人无定处，重相见，是何时？

◎手如柔荑，肤如凝脂。（《诗经·卫风·硕人》）

◎回面共人闲语，战篦金凤斜。（唐温庭筠《思帝乡》）

满园花

一向沉吟久，泪珠盈襟袖。
我当初不合苦撋就，
惯纵得软顽，见底心先有。
行待痴心守，甚捻着脉子，倒把人来僝僽。

近日来非常罗皂丑，佛也须眉皱。
怎掩得众人口？待收了孛罗，罢了从来斗。
从今后，休道共我，梦见也、不能得勾。

◆此词以俚语写情人之间呕气，似受汴京勾栏艺人影响。盖作于元祐五年至八年（1090–1093）供职秘书省期间。（徐培均《淮海居士长短

句笺注》)

◎一向，犹云一味或一意也。……秦观《满园花》词："一向沉吟久，泪珠盈襟袖。""一向沉吟"，犹云一意沉吟也。(张相《诗词曲语辞汇释》)

◎撋就，犹云迁就或温存也。……秦观《满园花》词："我当初不合苦撋就，惯纵得软顽，见底心先有。""苦就"，犹云太迁就也。(张相《诗词曲语辞汇释》)

◎惯纵：纵容、放任，即过于宠爱之意。

◎软顽：犹撒娇。

◎底，犹何也；甚也。(张相《诗词曲语辞汇释》)

◎捻着脉子：医生用手给病人切脉。这里借指握着手臂。

◎僝僽，犹云呕气或骂詈也。黄庭坚《忆帝京》词："恐那人知后，镇把你来僝僽。"犹云把你来骂詈也。秦观《满园花》词："行待痴心守，甚捻着脉子，倒把人来僝僽。"义同上。(张相《诗词曲语辞汇释》)

◎孛罗，圆形竹篮，一称孛篮、蒲篮。斗，量器，容十升。

◎不能得勾：不能够。

◆语不经，却津津然。(明沈际飞《草堂诗馀别集》)

◆方言硬用之，即累正气。(同上)

◆("我不合"数句)浑似元人杂剧口吻。(明徐渭评点段斐君刊本《淮海集长短句》)

◆鄙野不经之谈，偏饶雅韵。(明卓人月《古今词统》)

◆此调既与前调徐案：指方千里《满路花》"莺飞翠柳摇"一首牌名相似，而句法亦多相合。前段竟同，只多一"惯"字与"甚"字耳。后段稍，然"佛也"句、"罢了"句及结处二句，俱与前调仿佛。故以附于《满路花》之后，而《一枝花》尤为吻合，故类列焉。(清万树《词律》)

◆柳七最尖锐，时有俳狎，故子瞻以是呵少游。若山谷亦不免，如"我不合太撋就"类，下此则蒜酪体也。(清刘体仁《七颂堂词绎》)

◆秦少游"一向沉吟久"，大类山谷归田乐引，铲尽浮词，直抒本色，而浅人常以雕绘傲之。此等词极难作，然亦不可多作。(清沈谦《填词

杂说》)

◆悔不当初,恨极乃结以诅咒。(龙榆生《苏门四学士·秦观》)

卷 中

迎春乐

菖蒲叶叶知多少，惟有个、蜂儿妙。
雨晴红粉齐开了，露一点、娇黄小。

早是被、晓风力暴，更春共、斜阳俱老。
怎得香香深处，作个蜂儿抱？

◎终风且暴。(《诗经·邶风·终风》。传:“暴,疾也。”)

◎树头蜂抱花须落,池面鱼吹柳絮行。(唐韩偓《残春旅舍》)

◆巧妙微透,不厌百回读。(明沈际飞《草堂诗馀别集》)

◆柳耆卿“却傍金笼教鹦鹉,念粉郎言语”,花间之丽句也。辛稼轩“蓦然回首,那人却在灯火阑珊处”,秦周之佳境也。少游“怎得香香深处,作个蜂儿抱”,亦近似柳七语矣。(清彭孙遹《金粟词话》)

◆读古人词,贵取其精华,遗其糟粕。且如少游之词,几夺温、韦之席,而亦未尝无纤丽之语。读《淮海集》,取其大者、高者可矣。若徒赏其“怎得香香深处,作个蜂儿抱”等句(此语彭羡门亦赏之,以为近似柳七语。尊柳抑秦,匪独不知秦,并不知柳,可发大噱),则与山谷之“女边着子,门里安心”,其鄙俚纤俗,相去亦不远矣。少游真面目何由见乎?(清陈廷焯《白雨斋词话》)

◆谀媚之极,变为秽亵。秦少游“怎得香香深处,作蜂儿抱”,柳耆卿“愿得奶奶兰心蕙性,枕前言下,表余深意”,所以“销魂当此际”,来苏长公之诮也。(清沈雄《古今词话·词品》)

鹊桥仙

纤云弄巧，飞星传恨，银汉迢迢暗度。
金风玉露一相逢，便胜却、人间无数。

柔情似水，佳期如梦，忍顾鹊桥归路。
两情若是久长时，又岂在、朝朝暮暮。

◎飞星：流星。

◎桂阳成武丁有仙道，常在人间，忽谓其弟曰："七月七日，织女当渡河，诸仙悉还宫，吾向已被召，不得暂停，与尔别矣。"弟问曰："织女何事渡河？兄当何还？"答曰："织女暂诣牵牛，一去后三千年当还。"明旦果失武丁所在。世人至今犹云："七月七日织女嫁牵牛。"（南朝吴均《续齐谐记》）

◎今日云軿度鹊桥，应非脉脉与迢迢。（唐权德舆《七夕》）

◎由来碧落银河畔，可要金风玉露时。（唐李商隐《辛未七夕》）

◎莫云天上稀相见，犹胜人间去不回。（宋欧阳修《七夕》）

◎玉露初零，金风未凛，一年无似此佳时。（宋晁端礼《绿头鸭》）

◎柔情不断如春水。（宋寇準《夜度娘》）

◎织女七夕当渡河，使鹊为桥。相传七日鹊首无故皆髡，因为梁以渡织女故也。（唐韩鄂《岁华纪丽》引《风俗通》）

◎妾在巫山之阳，高丘之阻，旦为朝云，暮为行雨，朝朝暮暮，阳台之下。（战国宋玉《高唐赋》）

◆相逢胜人间，会心之语。两情不在朝暮，破格之谈。七夕歌以双星会少别多为恨，独少游此词谓"两情若是久长"二句，最能醒人心目。（明李攀龙《草堂诗馀隽》）

◆（末句）数见不鲜，说得极是。（明卓人月《古今词统》）

◆七夕以双星会少别多为恨，独谓情长不在朝暮，化臭腐为神奇。

（明沈际飞《草堂诗馀·正集》）

◆按七夕歌以双星会少别多为恨，少游此词谓两情若是久长，不在朝朝暮暮，所谓化臭腐为神奇。凡咏古题，须独出新裁，此固一定之论。少游以坐党（籍）被谪，思君臣际会之难，因托双星以写意；而慕君之念，婉恻缠绵，令人意远矣。（清黄苏《蓼园词选》）

◆夏闰庵云："七夕词最难作，宋人赋此者，佳作极少，惟少游一首可观。晏小山《蝶恋花》赋七夕尤佳。"（俞陛云《唐五代两宋词选释》）

◆《鹊桥仙》云："两情若是久长时，又岂在朝朝暮暮。"《千秋岁》云："春去也，飞红万点愁如海。"《浣溪沙》云："自在飞花轻似梦，无边丝雨细如愁。"此等句，皆思路沉着，极刻画之工，非如苏词之纵笔直书也。北宋词家以缜密之思，得遒劲之致者，惟方回与少游耳。（吴梅《词学通论》）

菩萨蛮

虫声泣露惊秋枕，罗帏泪湿鸳鸯锦。
独卧玉肌凉，残更与恨长。

阴风翻翠幔，雨涩灯花暗。
毕竟不成眠，鸦啼金井寒。

◎毕竟不成眠，一夜长如岁。（宋柳永《忆帝京》）

◎鸡人罢唱晓珑璁，鸦啼金井下疏桐。（唐李贺《河南府试十二月乐词·九月》）

◆语少情多。（明徐渭评点段斐君刊本《淮海集长短句》）

◆惟其恨长，是以眠为不成。（明李攀龙《草堂诗馀隽》）

◆点缀处最是针门一线，洵是天孙妙手！（同上）

◆"毕竟"二字，写尽一夜之辗转。（明卓人月《古今词统》）

◆苦境。（明陆云龙《词菁》）

◆予读有宋诸公作，虽雅号名家，篇盈什百，若秦观秋闺，“幔”、“暗”累押；仲淹怀旧，“外”、“泪”莫辨。……故知当时便已纵逸，徒以世无通韵之人，故传讹迄今，莫能弹射。（清徐釚《词苑丛谈》引毛先舒云）

◆清丽为邻，且馀韵不尽，颇近五代词意。（俞陛云《唐五代两宋词选释》）

减字木兰花

天涯旧恨，独自凄凉人不问。
欲见回肠，断尽金炉小篆香。

黛蛾长敛，任是东风吹不展。
困倚危楼，过尽飞鸿字字愁。

◆此首写离恨至深，首句云“天涯旧恨，独自凄凉人不问”，下阕云“困倚危楼，过尽飞鸿字字愁”，恐是被放至湖南所作。其时似在绍圣三年丙子（1096）。（徐培均《淮海居士长短句笺注》）

◎近世尚奇者作香，篆其文，准十二辰，分一百刻，凡燃一昼夜而已。（宋洪刍《香谱》）

◆“回肠”二句及“黛蛾”二句，寻常之意，以曲折之笔写出，便生新致。结句含蕴有情。（俞陛云《唐五代两宋词选释》）

木兰花

秋容老尽芙蓉院，草上霜花匀似剪。
西楼促坐酒杯深，风压绣帘香不卷。

玉纤慵整银筝雁，红袖时笼金鸭暖。
岁华一任委西风，独有春红留醉脸。

◆此首似绍圣三年丙子（1096）作于长沙。宋洪迈《夷坚志·己集》云："长沙义妓者，不知其姓氏，善讴，尤喜秦少游乐府，得一篇，辄手笔口哦不置。久之，少游坐钩党南迁，道经长沙，访潭土风俗、妓籍中可与言者。或举妓，遂往访。……媪出设位，坐少游于堂。妓冠帔立堂下，北面拜。少游起且避，媪掖之坐以受拜。已，乃张筵饮，虚左席，示不敢抗。母子左右侍。觞酒一行，率歌少游词一阕以侑之。饮卒甚欢，比夜乃罢。"后洪迈于《容斋四笔》中虽否认此事，然纯属推理，未可成立。且据《容斋四笔》云，当时常州教授锺将之系得其说于李结，并为作传，故知绝非虚构。此词所写，在时间、景物、情境诸方面，颇与长沙义妓事相合，当作于是时。又《永乐大典》卷二〇五三"席"字韵载此词，调下题作"席上书怀事"，似与此事有关。（徐培均《淮海居士长短句笺注》）

◎秋风万里芙蓉国，暮雨千家薜荔村。（唐谭用之《秋宿湘江遇雨》。芙蓉：指木芙蓉，秋季开花，湖南一带多栽培。）

◎霜花草上大如钱，挥刀不入迷濛天。（唐李贺《北中寒》）

◎日暮酒阑，合尊促坐。（《史记·淳于髡传》。促坐：迫近而坐。）

◎十三弦柱雁行斜。（唐李商隐《昨日》）

◎金鸭：谓鸭形铜香炉。

◎春红：指酒后红晕。

◆有诗云"醉脸虽红不是春"，两存之。（明沈际飞《草堂诗馀续集》）

◆张迂公"短发愁催白，衰颜酒借红"，本此。（明卓人月《古今词统》）

◆顽艳中有及时行乐之感。（清陈廷焯《词则·闲情集》）

画堂春

落红铺径水平池，弄晴小雨霏霏。
杏园憔悴杜鹃啼，无奈春归。

柳外画楼独上、凭阑手捻花枝。
放花无语对斜晖，此恨谁知？

◆少游于元丰五年壬戌(1082)应礼部试，罢归，过南都新亭，有诗寄王子发，中云："娟娟残月照波翻，习习暖风吹鸟哢。……柳枝芳草恨连天，暮雨朝云同昨梦。"与此词节序、感情相合。观"杏园憔悴杜鹃啼，无奈春归"句，知为应试不中而寄寓怨愤之作。姑系此词于是年暮春。(徐培均《淮海居士长短句笺注》)

◎杏园：故址在今陕西西安市郊大雁塔南。唐时为新进士游宴之地。

◎莫怪杏园憔悴去，满城多少插花人。(唐杜牧《杏园》)

◎手捻花枝：古人以为表示愁苦无聊之动作，唐宋词中常用之。

◆(末句)不知心恨谁？(明仟花盦丛书本《草堂诗馀》杨慎批语)

◆隽卷四眉批：春归无奈，深情可掬。谁知此恨，何等幽思！(明李攀龙《草堂诗馀隽》)

◆写出闺怨，真情俱在，末语迫真。(同上)

◆(末句)此恨亦知不得。(明沈际飞《草堂诗馀·正集》)

◆填词结句，或以动荡见奇，或以迷离称隽，着一实语，败矣。康伯可："正是销魂时候也，撩乱花飞。"晏叔原："紫骝认得旧游踪，嘶过画桥东畔路。"秦少游："放花无语对斜晖，此恨谁知？"深得此法。(清沈谦《填词杂说》)

◆按一篇主意只是时已过而世少知己耳，说来自娟秀无匹。末二句尤为切挚。花之香，比君子德之芳也，所以捻者以此，所以无语而对斜晖

者以此。既无人知，惟自爱自解而已。语意含蓄，清气远出。（清黄苏《蓼园词选》）

千秋岁

水边沙外，城郭春寒退。
花影乱，莺声碎。
飘零疏酒盏，离别宽衣带。
人不见，碧云暮合空相对。

忆昔西池会，鹓鹭同飞盖。
携手处，今谁在？
日边清梦断，镜里朱颜改。
春去也，飞红万点愁如海。

◆此词创作时间向有二说。一云作于谪处州日，如毛本及《绝妙词选》。宋范成大《石湖集·莺花亭诗序》："秦少游'水边沙外'之词，盖在括苍监征时所作。"（处州近括苍山，亦名括州）明杨慎《词品》卷三言之尤详，谓"秦少游谪处州日，作《千秋岁》词，有'花影乱，莺声碎'之句。后人慕之，建莺花亭。陆放翁有诗云：'沙上春风柳十围，绿阴依旧语黄鹂。故应留与行人恨，不见秦郎半醉时。'"如作于处州，则为绍圣三年丙子（1096）春天。据秦《谱》，是时少游"尝游府治南园，作《千秋岁》词"。另一说以为作于衡阳。宋曾敏行《独醒杂志》卷五："少游谪古藤，意忽忽不乐，过衡阳，孔毅甫为守，与之厚，延留，待遇有加。一日饮于郡斋，少游作《千秋岁》词。毅甫览至'镜里朱颜改'之句，遽惊曰：'少游盛年，何为言语悲怆如此？'遂赓其韵以解之。居数日别去。毅甫送之于郊，复相语终日；归谓所亲曰：'秦少游气貌，大不类平时，殆不久于世矣。'未几，果卒。"《能改斋漫录》卷十七列举孔毅甫、苏东坡、黄山谷次秦少游韵词以证，言之凿凿，似属可信。然词中所写，乃系春景，据秦《谱》，少游乃于绍圣三年丙子（1096）岁暮抵郴州，其经过衡阳，至少在秋天，于词境殊不合。此词似应绍圣三年春作于处州，至衡阳遇孔毅甫饮于郡斋，始录示耳。此词既出，和者甚众，计有苏轼、黄庭坚、孔平仲（毅甫）、李之仪、僧惠洪（以上为北宋，皆少游师友）、王之道、丘崈（以上为南宋），而丘崈则和了三首。他们对少游或表示慰诲，或致以悼念，形成了迁谪词的高潮。唱和人数之多，与同时代贺铸的《青玉案》（横塘路）不相上下。（徐培均《淮海居士长短句笺注》）

◎风暖鸟声碎，日高花影重。（唐杜荀鹤《春宫怨》）

◎相去日已远，衣带日已缓。（《古诗十九首》之一）

◎日暮碧云合，佳人殊未来。（南朝江淹《拟休上人怨别》）

◎鹓鹭，谓朝官之行列，因其整齐有序如鹓与鹭也。

◎几梦中朝事，依依鹓鹭行。（唐僧齐己《寄郑谷郎中》）

◎晋明帝数岁，坐元帝膝上。有人从长安来……因问明帝："汝意谓长安何如日远？"答曰："日远，不闻人从日边来，居然可知。"明日，集群臣宴会，告以此意，更重问之，乃答曰："日近。"元帝失色曰："尔何故异昨日之言邪？"答曰："举目见日，不见长安。"（南朝刘义庆《世说新语·夙惠》。日边指帝都）

◆王斿，平甫之子，尝云："今语例袭陈言，但能转移耳。世称秦词'愁如海'为新奇，不知李国主已云：'问君能有几多愁，恰似一江春水向东流。'但以'江'为'海'耳。"（宋陈师道《后山诗话》）

◆秦少游"水边沙外"之词，盖在括苍监征时所作。予至郡，徐子礼提举按部来过，劝予作小亭，记少游旧事，又取词中语，名之曰莺花，赋诗六绝而去。明年亭成，次韵寄之。诗曰："滩长石出水平堤，城郭西头旧小溪。游子断魂招不得，秋来春草更萋萋。""愁边逢酒却成憎，衣带宽来不自胜。烟水苍茫沙外路，东风何处挂枯藤？""垆下三年世路穷，蚁封盘马竟难工。千山虽隔日边梦，犹到平阳池馆中。""文章光焰照金闺，岂是遭逢乏圣时？纵有百身那可赎，琳琅空见万篇垂。""山碧重重四打围，烦将旧恨访黄鹂。缬林霜后黄鹂少，须是愁红万点时。”“古藤阴下醉中休，谁与低眉唱此愁？团扇他年书好句，平生知己识儋州。”（宋范成大《次韵徐子礼提举莺花亭诗序》）

◆秦少游所作《千秋岁》词，予尝见诸公唱和亲笔，乃知在衡阳时作也。少游云：“至衡阳，呈孔毅甫使君。”其词云云，今更不载。毅甫本云：“次韵少游见赠。”其词云：“春风湖外，红杏花初退。孤馆静，愁肠碎。泪馀痕在枕，别久香销带。新睡起，小园戏蝶飞成对。　惆怅谁人会？随处聊倾盖。情暂遣，心何在？锦书消息断，玉漏花阴改。迟日暮，仙山杳杳空云海。”其后东坡在儋耳，侄孙苏元老因赵秀才还自京师，以少游、毅甫所赠酬者寄之。东坡乃次韵，录示元老，且云：“便见其超然自得、不改其度之意。”其词云：“岛边天外，未老身先退。珠泪溅，丹衷碎。声摇苍玉佩，色重黄金带。一万里，斜阳正与长安对。　道远谁云会？罪大天能盖。君命重，臣节在。新恩犹可觊，旧学终难改。吾已矣！乘桴且恁浮于海。”豫章题云：“少游得谪，尝梦中作词云：‘醉卧古藤阴下，了不知南北。’竟以元符庚辰死于藤州光华亭上。崇宁甲申，庭坚窜宜州，道过衡阳，览其遗墨，始追和其《千秋岁》。”词云：“苑边花外，记得同朝退。飞骑轧，鸣珂碎。齐歌云绕扇，赵舞风回带。严鼓断，杯盘狼藉犹相对。　洒泪谁能会？醉卧藤阴盖。人已去，词空在。兔园高宴悄，虎观英游改。重感慨，波涛万顷珠沉海。”晁无咎集中尝载此词而非是也。少游词云：“忆昔西池会，鹓鹭同飞盖。”亦为在京师与毅甫同在于朝，叙其为金明池之游耳。今越州、处州皆指西池在彼，盖未知其本源而云也。（宋吴曾《能改斋漫录》）

◆少游小词奇丽，想见其神情在绛阙、道山之间。词曰……（略）余兄思禹使余赋崔徽头子词，因次韵曰：“半身屏外，睡觉唇红退。春思乱，芳心碎。空馀簪髻玉，不见流苏带。试与问：今人秀韵谁宜对？　湘浦曾同会，手弭青罗盖。疑是梦，巾犹在。十分春易尽，一点情难改。多少事，都随恨远连云海。”（宋胡仔《苕溪渔隐丛话·前集》引《冷斋夜话》）

◆王斿平甫之子，尝云：今语例袭陈言，但能转移耳。世称秦词“愁如海”为新奇，不知李国主已云“问君能有几多愁？恰似一江春水向东流”。但以“江”为“海”耳。（宋胡仔《苕溪渔隐丛话·前集》引《后山诗话》）

◆山谷守当涂日，郭功甫寓焉，日过山谷论文。一日，山谷云少游《千秋岁》词，叹其句意之善，欲和之而“海”字难押。功甫连举数“海”字，若“孔北海”之类。山谷颇厌，未有以却之。次日，功甫又过山谷，问焉。山谷答曰：“昨晚偶寻得一‘海’字韵。”功甫问其所以。山谷云：“羞杀人也爷娘海。”自是功甫不论文于山谷矣。盖山谷用俚语以却之。（同上引《复斋漫录》）

◆苕溪渔隐曰：《古今词话》以古人好词，世所共知者，易甲为乙，称其所作，仍随其词牵合为说，殊无根蒂，皆不足信也。如秦少游《千秋岁》“水边沙外，城郭春寒退”，末云“春去也，飞红万点愁如海”者，山谷尝叹其句意之善，欲知之而以“海”字难押。陈无己言此词用李后主“问君那有几多愁，恰似一江春水向东流”，但以“江”为“海”耳。洪觉范尝和此词，《题崔徽真子》云：“多少事，都随恨远连云海。”晁无咎亦和此词吊少游云：“重感慨，惊涛自卷珠沉海。”观诸公所云，则此词少游作明甚，乃以为任世德所作。……皆非也。（同上引《复斋漫录》）

◆秦少游词云：“春去也，落红万点愁如海。”今人多能歌此词。方少游作此词时，传至余家丞相。丞相曰：“秦七必不久于世，岂有‘愁如海’而可存乎？”已而少游果下世。少游第七，故云秦七。（宋曾季狸《艇斋诗话》）

◆少游“水边沙外，城郭春寒退”词，为张芸叟作。有简与芸叟云：“古者以代劳歌，此真所谓劳歌。”（同上）

◆太白云：“请君试问东流水，别意与之谁短长？”江南李后主云：“问君还有几多愁，恰似一江春水向东流。”略加融点，已觉精采。至寇莱公则谓“愁情不断如春水”，少游云“落红万点愁如海”，青出于蓝而胜于蓝矣。（宋陈郁《藏一话腴·甲集》）

◆李颀诗：“请量东海水，看取浅深愁。”李后主词：“问君还有几多愁，恰似一江春水向东流。”秦少游则三字尽之，曰：“落红万点愁如

海。”而语益工。刘改之《多景楼》诗：“江流千古英雄泪，山掩诸公富贵羞。”一空前作矣。（宋俞文豹《吹剑录》）

◆秦少游尝谪处州，后人摘“柳边沙外”词中语为莺花亭，题咏甚多。惟芮处士一绝云：“人言多技亦多穷，随意文章要底工？淮海秦郎天下士，一生怀抱百忧中。”（宋刘克庄《后村诗话续集》）

◆诗家有以山喻愁者。杜少陵云：“忧端如山来，澒洞不可掇。”赵嘏云：“夕阳楼上山重叠，未抵春愁一倍多。”是也。有以水喻愁者，李颀云：“请量东海水，看取浅深愁。”李后主云：“问君都有几多愁，恰似一江春水向东流。”秦少游云：“落红万点愁如海。”是也。贺方回云：“试问闲愁都几许？一川烟草，满城风絮，梅子黄时雨。”盖以三者比愁之多也，尤为新奇，兼兴中有比，意味更长。（宋罗大经《鹤林玉露·乙编》）

◆《后山诗话》载：王平甫子斿谓秦少游“愁如海”之句，出于江南李后主“问君能有几多愁，恰似一江春水向东流”之意。仆谓李后主之意又有所自，乐天诗曰：“欲识愁多少，高于滟滪堆。”刘禹锡诗曰：“蜀江春水拍山流……水流无限似侬愁。”得非祖此乎？则知好处前人皆已道过，后人但翻而用之耳。（宋王楙《野客丛书》）

◆秦少游谪处州日，作《千秋岁》词，有“花影乱，莺声碎”之句，后人慕之，建莺花亭。陆放翁有诗云：“沙上春风柳十围，绿阴依旧语黄鹂。故应留与行人恨，不见秦郎半醉时。”（明杨慎《词品》）

◆“飘零疏酒盏”两句，是汉魏人诗。（明沈际飞《草堂诗馀·正集》）

◆直用“一江春水向东流”意而以“海”易“江”，裁长作短，人自莫觉。王平甫之子云：“今语例袭陈言，但能转移”，太难为作者。（同上）

◆秦少游《千秋岁》后结“春去也”三字，要占胜前面，许多攒簇，在此收煞。“落红万点愁如海”，此七字衔接得力，异样出精采。（清先著、程洪《词洁》）

◆按此乃少游谪虔州思京中友人而作也。起从虔州写起，自写情怀落寞也。“人不见”，即指京中友，故下阕直接“忆昔”四句。“日边”，比京师也。“梦断”、“颜改”、“愁如海”，俱自叹也。（清黄苏《蓼园词选》）

◆宋秦太虚《千秋岁》用“队”韵，辛稼轩《沁园春》用“灰”韵，皆浑用唐韵。由是观之，唐词亦可用宋韵，宋词亦可用唐韵，自不必过判区畛耳。（清冯金伯《词苑粹编》引毛氏《唐宋词韵互通说》）

◆词虽浓丽而乏趣味者，以其但知作情景两分语，不知作景中有情，情中有景语耳。“雨打梨花深闭门”、“落红万点愁如海”，皆情景双绘，故称好句，而趣味无穷。（清沈祥龙《论词随笔》）

◆《词品》曰：少游谪虔州日，作《千秋岁》云：“柳边花外，城郭轻寒退。花影乱，莺声碎。飘零疏酒盏，离别宽衣带。人不见，碧云暮合空相对。”后人慕其“花影乱，莺声碎”句，建莺花亭。觉范诵之，谓少游奇丽，歌咏之，想见其神情在绛阙、蓬壶之间。（清沈雄《古今词话·词辨》）

◆夏闰庵云：“此词以‘愁如海’一语生色，全体皆振，乃所谓警句也。如玉田所举诸句，能似此者甚罕。”少游殁于藤州，山谷过其地，追和此调以吊之。（俞陛云《唐五代两宋词选释》）

◆即在宋诸贤中，如秦观之《千秋岁》（词略），其声情之悲抑，读者稍加领会，即可得其“弦外之音”。其黄庭坚、李之仪、孔平仲诸家和词（见《历代诗馀》），亦皆哀怨。则《千秋岁》曲之为悲调，可以推知。……细案此调之声情悲抑在于叶韵甚密，而所叶之韵又为“厉而举”之上声，与“清而远”之去声。其声韵既促，又于不叶韵之句，亦不用一平声字于句尾以调剂之，既失其雍和之声，乃宜于悲抑之作。（龙榆生《研究词学之商榷·声调之学》）

踏莎行

雾失楼台，月迷津渡，桃源望断无寻处。
可堪孤馆闭春寒，杜鹃声里斜阳暮。

驿寄梅花，鱼传尺素，砌成此恨无重数。
郴江幸自绕郴山，为谁流下潇湘去！

◆据《续资治通鉴长编补遗》卷十四，绍圣四年丁丑（1097）：“二月，郴州编管秦观，移横州编管。”诏书到达之日，当在三月以后，此时少游作《踏莎行》，写贬谪后心情。（徐培均《淮海居士长短句笺注》）

◎可，犹岂也；那也……李商隐《春日寄怀》诗：“纵使有花兼有月，可堪无酒又无人。”可堪，那堪也。贺铸《清平乐》词：“楚城满目春华，可堪游子思家。”义同上。（张相《诗词曲语辞汇释》）

◎吴陆凯与范晔善，自江南寄梅花诣长安与晔，并赠诗曰：“折梅逢驿使，寄与陇头人。江南无所有，聊赠一枝春。”（《荆州记》）

◎鱼传尺素：见卷上《长相思》（铁瓮城高）注。

◎无重数：无数重，因押韵而倒装。

◎幸，犹本也；正也。……幸自，本自也。（张相《诗词曲语辞汇释》）

◆右少游发郴州回横州，顾有所属而作，语意极似刘梦得楚蜀间诗也。（宋黄庭坚《山谷题跋》）

◆少游到郴州，作长短句云：“雾失楼台……”（词略）东坡绝爱其尾两句，自书于扇，曰：“少游已矣，虽万人何赎！”（宋胡仔《苕溪渔隐丛话·前集》引《冷斋夜话》）

◆或问余：“东坡有言：‘诗至于杜子美，天下之能事毕矣。’老杜之前，人固未有如老杜，后世安知无过老杜者？”余曰：“如‘一片花飞减却春’，若咏落花，则语意皆尽。所以古人既未到，决知后人更无好语。如《画马》诗云：‘玉花却在御榻上，榻上庭前屹相向。’则曹将军能事与造化之功，皆不可以有加矣。至其它吟咏人情，模写景物，皆如是也。”老杜《谢严武》诗云：“雨映行宫辱赠诗。”山谷云：“只此‘雨映’两字，写出一时景物，此句便雅健。”余然后晓句中当无虚字。后诵淮海小词云：“杜鹃声里斜阳暮。”公曰：“此词高绝！但既云‘斜阳’，又云‘暮’，则重出也。”欲改“斜阳”作“帘栊”，余曰：“既言‘孤馆闭春寒’，似无帘栊。”公曰：“亭传虽未必有帘栊，有亦无害。”余曰：“此词本写牢落之状。若曰‘帘栊’，恐损初意。”先生曰：“极难得好字，当徐思之。”然

余因此晓句法不当重叠。（同上引范元实《诗眼》）

◆诗话谓“斜阳暮”语近重叠，或改“帘栊暮”；既是“孤馆闭春寒”，安得见所谓“帘栊”？二说皆非。尝见少游真本乃“斜阳树”，后避庙讳，故改定耳。（宋张端义《贵耳集》）

◆秦少游发郴州，反顾有所属，其词曰：“雾失楼台……（略）”山谷云：“语意极似刘梦得楚蜀间语。”“泪湿阑干花着露，愁到眉峰碧聚。此恨平分取，更无言语空相觑。断雨残云无意绪，寂寞朝朝暮暮。今夜山深处，断魂分付潮回去。”毛泽民元祐间罢杭州法曹，至富阳所作赠别词也，因是受知东坡。语尽而意不尽，意尽而情不尽，何酷似少游也！（宋周煇《清波杂志》）

◆前辈论王羲之之作《修禊叙》，徐案：即《兰亭序》，不合用“丝竹管弦”。黄太史谓秦少游《踏莎行》末句“杜鹃声里斜阳暮”，不合用“斜阳”又用“暮”。此固点检曲尽。孟氏亦有“鸡豚狗彘”之语，又云“豚”，又云“彘”，未免一物两用。（宋张侃《拙轩词话》）

◆黄山谷以此词“斜阳暮”为重出，欲改“斜阳”为“帘栊”。余以“斜阳”属日，“暮”属时，未为重复。坡公“回首斜阳暮”、周美成云“雁背斜阳红欲暮”可证。（宋何士信《草堂诗馀》）

◆《诗眼》载前辈有病少游“杜鹃声里斜阳暮”之句，谓“斜阳暮”似觉意重。仆谓不然，此句读之，于理无碍。谢庄诗曰：“夕天际晚气，轻霞澄暮阴。”一联之中，三见晚意，尤为重叠。梁元帝诗：“斜景落高舂。”既言“斜景”，复言“高舂”，岂不为赘？古人为诗，正不如是之泥。观当时米元章所书此词，乃是“杜鹃声里斜阳曙”，非“暮”字也。得非避庙讳而改为“暮”乎？（宋王楙《野客丛书》）

◆宝佑间，外舅王君仲芳随宦至郴阳，亲见其石刻，乃“杜鹃声里斜阳树”。一时传录者以“树”字与英宗庙讳同音，故易以“暮”耳。（元黄溍《日损斋笔记》）

◆秦少游《踏莎行》“杜鹃声里斜阳暮”，极为东坡所赏，而后人病其“斜阳暮”为重复，非也。见斜阳而知日暮，非复也；犹韦应物诗：“须臾风暖朝日暾。”既曰“朝日”，又曰“暾”，当亦为宋人所讥矣。此非知诗者。古诗“明月皎夜光”，“明”、“皎”、“光”，非复乎？李商隐诗“日向花间留返照”，皆然。又唐诗：“青山万里一孤舟。”又：“沧溟千万里，日夜一孤舟。”宋人亦言“一孤舟”为复，而唐人累用之，不以为复也。（明杨慎《词品》）

◆古人有谓“斜阳暮”三字重出，然因“斜阳”而知日暮，岂得为重出乎？末二句与“衡阳犹有雁传书，郴阳和雁无”同意。（明忏花盦丛书本《草堂诗馀》杨慎批语）

◆“平芜尽处是青山，行人更在青山外”，“郴江幸自绕郴山，为谁流下潇湘去”，此淡语之有情者也。（明王世贞《弇州山人词评》）

◆坡翁绝爱此词尾二句，自书于扇曰：“少游已矣，虽万人何赎！”释天隐注《三体唐诗》，谓此二句实自“沅湘日夜东流去，不为愁人住少时”变化。然《邶》之“毖彼泉水，亦流于淇”，已有此意，秦公盖出诸此。又《王直方诗话》载黄山谷惜此词“斜阳暮”意重，欲易之未得其字；今《郴志》遂作“斜阳度”。愚谓此亦何害而病其重也，刘禹锡“乌衣巷口夕阳斜”、杜工部“山木苍苍落日曛”，皆此意。别如韩文公“安置妥帖平不颇”之类尤多，岂可亦谓之重耶？山谷当无此言。即诚出山谷，亦一时之言，未足为定论也。（明张綖鄂州刻《淮海居士长短句》）

◆周长卿（元）曰：古人好词，即一字未易弹，亦未易改。子瞻“绿水人家绕”，别本“绕”作“晓”，为《古今词话》所赏。愚谓“绕”字虽平，然是实境，“晓”字无归着，试通咏全章便见。少游“斜阳暮”，后人妄肆讥评，托名山谷，《淮海集》辨之详矣。又有人亲在郴州见石刻是“斜阳树”，“树”字甚佳，犹未若“暮”字。（明俞仲茅《爰园词话》）

◆少游坐党籍，安置郴州，谓郴江与山相守，而不能不流，自喻最凄切。（明沈际飞《草堂诗馀·正集》）

◆“郴江幸自绕郴山，为谁流向潇湘去。”千古绝唱。秦殁后，坡公常书此于扇，云：“少游已矣，虽万人何赎！”高山流水之悲，千载而下，令人腹痛！（清王士禛《花草蒙拾》）

◆《词品》曰："少游《踏莎行》，为郴州旅舍作也。"黄山谷曰："此词高绝，但斜阳暮为重出。"欲改"斜阳"为"帘栊"。范元实曰："只看'孤馆闭春寒'，似无帘栊。"山谷曰："亭传虽未必有，有亦无碍。"范曰："词本摹写牢落之状，若曰'帘栊'，恐损初意。"今《郴州志》竟改作"斜阳度"，余以"斜"属日，"暮"属时，不为累，何必改也。东坡"回首斜阳暮"，美成"雁背斜阳红欲暮"，可法也。（清沈雄《古今词话·词话》）

◆《古今词话》云："雾失楼台……"（略）少游《踏莎行》也。东坡独爱其尾两句。及闻其死，东坡曰："少游已矣，虽万人何赎！"黄山谷曰："绝似刘宾客楚蜀间语。"（《古今词话·词辨》）

◆"缺月挂疏桐，漏断人初静。谁见幽人独往来？缥缈孤鸿影。　惊起却回头，有恨无人省。拣尽寒枝不肯栖，寂寞沙洲冷。"此东坡词也。《野客丛书》记坡至惠州，居白鹤观，其邻温都监者，有女年十六，闻东坡至，欲嫁焉。坡夜吟咏，则其女徘徊窗外。坡后见之，正呼主说为媒，适有海南之行，遂止。其女旋卒。坡回，闻之，乃作此词以记当日情事也。又秦少游南迁，有妓生平酷爱秦学士词，至是知其为少游，请于母，愿托以终身。少游赠词，所谓"郴江幸自绕郴山，为谁流向潇湘去"者也。念时事严切，不敢偕往贬所。及少游卒于藤，丧还，将上长沙，妓前一夕得诸梦，即逆于途，祭毕，归而自缢。按二公之南，皆逐客，且暮年矣，而诸女甘为之死，可见二公才名震烁一时；且当时风尚，女子皆知爱才也。（清赵翼《陔馀丛考》）

◆秦少游姬人边朝华极慧丽，恐碍学道，赋诗遣之，白傅所谓"春随樊素一时归"也。未几南迁过长沙，有妓生平酷慕少游词，至是托终身焉。少游有"郴江幸自绕郴山，为谁流下潇湘去"云云，缱绻甚至。岂情之所属，遽忘其前后之矛盾哉？藉令朝华闻之，又何以为情？及少游卒于藤，丧还，妓自缢以殉。此女固出娄琬、陶心儿上矣。（清吴衡照《莲子居词话》）

◆（以"斜阳暮"）分属日、时，则尚欠明晰。《说文》："莫，日且冥也，从日在草中。"今作暮者俗。是"斜阳"为日斜时，"暮"为日入时；言

自日昃至暮，杜鹃之声，亦云苦矣。山谷未解“暮”字，遂生轇轕。（清宋翔凤《乐府馀论》）

◆秦少游《踏莎行》云……（词略）东坡绝爱尾二句，余谓不如“杜鹃声里斜阳暮”，尤堪肠断。（清徐釚《词苑丛谈》）

◆绍圣元年，绍述议起，东坡贬黄州，寻谪惠州，子由、鲁直相继罢去，少游亦坐此南迁，作《踏莎行》云……（词略）东坡读之叹曰：“吾负斯人！”盖古人师友之际，久要不忘如此。（清邓廷桢《双砚斋词话》）

◆按少游坐党籍，安置郴州，前一阕是写在郴望想玉堂天上，如桃源不可寻，而自已意绪无聊也。次阕言书难达意，自己同郴水自绕郴山，不能下潇湘以向北流也。语意凄切，亦自蕴藉，玩味不尽。“雾失”、“月迷”，总是被谗写照。（清黄苏《蓼园词选》）

◆有有我之境，有无我之境。“泪眼问花花不语，乱红飞过秋千去”，“可堪孤馆闭春寒，杜鹃声里斜阳暮”，有我之境也。“采菊东篱下，悠然见南山”，“寒波淡淡起，白鸟悠悠下”，无我之境也。有我之境，故物皆着我之色彩。无我之境，以物观物，故不知何者为我，何者为物。（王国维《人间词话》）

◆境界有大小，然不以是而分高下。“细雨鱼儿出，微风燕子斜”，何遽不若“落日照大旗，马鸣风萧萧”；“宝帘闲挂小银钩”，何遽不若“雾失楼台，月迷津渡”也！（同上）

◆少游词境最为凄婉，至“可堪孤馆闭春寒，杜鹃声里斜阳暮”，则变而为凄厉矣。东坡赏其后二语，犹为皮相。（同上）

◆“风雨如晦，鸡鸣不已。”“山峻高以蔽日兮，下幽晦以多雨；霰雪纷其无垠兮，云霏霏而承宇。”“树树皆秋色，山山尽落晖。”“可堪孤馆闭春寒，杜鹃声里斜阳暮。”气象皆相似。（同上）

◆盖自写羁愁，造境既佳，造语尤隽永有味，实从晏氏父子出者。释天隐云：末二句从“沅湘日夜东流去，不为愁人住少时”变化而出。（陈匪石《宋词举》）

◆此首写羁旅，哀怨欲绝。起写旅途景色，已有归路茫茫之感。“可堪”两句，景中见情，精深高妙。所处者“孤馆”，所感者“春寒”，所闻者“鹃声”，所见者“斜阳”，有一于此，已令人生愁，况并集一时乎！不言愁而愁自难堪矣。（唐圭璋《唐宋词简释》）

◆作者千回百折之词心，始充分表现于行间字里，不辨是血是泪，……盖少游至此，已扫尽绮罗芗泽之结习，一变而为怆恻悲苦之音矣。（龙榆生《苏门四学士词·秦观》）

蝶恋花

晓日窥轩双燕语，似与佳人，共惜春将暮。
屈指艳阳都几许，可无时霎闲风雨。

流水落花无问处，只有飞云，冉冉来还去。
持酒劝云云且住，凭君碍断春归路。

◎都：算来。

◎时霎：霎时，依词律倒装。

◎流水落花春去也，天上人间。（五代李煜《浪淘沙》）

◎持杯遥劝天边月，愿月圆无缺。持杯复更劝花枝，且愿花枝常在莫离披。（宋苏轼《虞美人》）

◆（起句）刻削。（结句）凿空奇语。（明沈际飞《草堂诗馀续集》）

◆闲风闲雨，固不如浮云之碍高楼也。（明钱允治《类编笺释续选草堂诗馀》）

◆（末二句）凿空奇语。周美成“凭断云、留取西楼残月”，似之。（明卓人月《古今词统》）

一落索

杨花终日空飞舞，奈久长难驻。
海潮虽是暂时来，却有个堪凭处。

紫府碧云为路，好相将归去。
肯如薄幸五更风，不解与花为主。

◎借问江潮与海水，何似君情与妾心。相恨不如潮有信，相思始觉海非深。（唐白居易《浪淘沙》）

◎紫府：仙宫。

◎相将，犹云相与或相共也。（张相《诗词曲语辞汇释》）

◎肯如，岂如也。（张相《诗词曲语辞汇释》。此处意犹无奈。）

丑奴儿

夜来酒醒清无梦，愁倚阑干。
露滴轻寒，雨打芙蓉泪不干。

佳人别后音尘悄，瘦尽难拚。
明月无端，已过红楼十二间。

◎芙蓉如面柳如眉，对此如何不泪垂。（唐白居易《长恨歌》）

◎音尘：消息。

◎拚：舍弃。宋时俗语。

◆“瘦尽难拚”，切情。忽有此境，不是语言文字。（明长湖外史辑沈际飞参阅《续编草堂诗馀》）

◆芙蓉经雨，清泪如滴，离恨可知。（《类编笺释续选草堂诗馀》）

南乡子

妙手写徽真，水剪双眸点绛唇。
疑是昔年窥宋玉，东邻，
只露墙头一半身。

往事已酸辛，谁记当年翠黛颦？
尽道有些堪恨处，无情，
任是无情也动人。

◆此首系题崔徽半身像。据王文诰《苏文忠公诗编注集成》卷十六，苏轼元丰元年（1078）知徐州时，作有《章质夫寄惠崔徽真》，诗云："玉钗半脱云垂耳，亭亭芙蓉在秋水。"宋施元之注："元微之《崔徽传》云：蒲女也，裴敬中使蒲，徽一见动情，不能忍。敬中使回，徽以不得从为恨。久之，成疾，写真以寄裴，且曰：'崔徽一旦不及画中人矣！'元微之作《崔徽歌》，世有《伊州曲》，盖采其歌成之也。"真，画像也。所谓《崔徽传》，实为元稹《崔徽歌》之序。此序元氏《长庆集》不载，见《全唐诗》卷四二三，施注稍有出入，本书卷下《调笑令》十首《崔徽》全文征引，可以参看。又苏轼在徐州作有《百步洪》，其二起句云"佳人未肯回秋波"，施注亦引元微之《崔徽歌》云："眼明正似琉璃瓶，心荡秋水横波清。"（此二句《全唐诗》已佚）皆可证此时苏轼确实收到章质夫所寄崔徽之画像。此像非徽自写，乃托丘夏所作，见元稹序。考是岁夏四月，少游谒东坡于徐州，盘桓甚久，当于此时得睹崔徽之像，因而赋此词。参见拙著《秦少游年谱长编》上册卷二。又与少游同时而稍后之觉范（僧惠洪）有《和少游千秋岁以题崔徽真字》，上阕云："半身屏外，睡觉唇红退。春思乱，芳心碎。试与问，今人秀韵谁与对？"亦描绘像上崔徽之形象，可参看。（徐培均《淮海居士长短句笺注》）

◎一双瞳人翦秋水。（唐李贺《唐儿歌》）

◎天下之佳人，莫若楚国。楚国之丽者，莫若臣里。臣里之美者，莫若东家之子：增之一分则太长，减之一分则太短；着粉则太白，施朱则太赤；眉如翠羽，肌如白雪；嫣然一笑，惑阳城，迷下蔡。然此女登墙窥臣三年，至今未许也。（战国宋玉《登徒子好色赋》）

◎尽道：尽管是。

◎若教解语能倾国，任是无情也动人。（唐罗隐《牡丹》）

醉桃源

碧天如水月如眉，城头银漏迟。
绿波风动画船移，娇羞初见时。

银烛暗，翠帘垂，芳心两自知。
楚台魂断晓云飞，幽欢难再期。

◎冰簟银床梦不成，碧天如水夜云轻。（唐温庭筠《瑶瑟怨》）

◎昔者楚襄王与宋玉游于云梦之台，望高唐之观，其上有云气，崪兮直上，忽兮改容，须臾之间，变化无穷。王问玉曰："此何气也？"玉对曰："所谓朝云者也。"王曰："何谓朝云？"玉曰："昔者先生尝游高唐，怠而昼寝，梦见一妇人曰：'妾巫山之女也，为高唐之客，闻君过高唐，愿荐枕席。'王因幸之。去而辞曰：'妾在巫山之阳，高丘之阻，旦为朝云，暮为行雨，朝朝暮暮，阳台之下。'旦朝视之，如言。"（战国宋玉《高唐赋序》）

河 传

乱花飞絮，又望空斗合，离人愁苦。
那更夜来，一霎薄情风雨。
暗掩将，春色去。

篱枯壁尽因谁做？若说相思，佛也眉儿聚。
莫怪为伊，底死萦肠惹肚。
为没教，人恨处。

◆《淮海集》卷十一有《留别平阇黎》诗一首，云："缘尽山城且不归，此生相见了无期。保持异日莲花上，重说如今结社时。"篇末自注云："绍圣元年，观自国史编修官蒙恩除馆阁校勘，通判杭州，道贬处州，管库三年，以不职罢。将自青田以归，因往山寺中，修忏日书绝句于住僧房壁。"在少游修忏于处州法海寺期间，朝廷遣使承望风指，候刺过失，卒无所得。遂以谒告写佛书为罪，再次削秩徙郴州。词云"佛也眉儿聚"，可能与山寺有关。又云"那更夜来，一霎薄情风雨。暗掩将，春色去"，盖喻情势突变，境遇更为险恶之意。据此，此词似作于绍圣三年丙子（1096）暮春。（徐培均《淮海居士长短句笺注》）

◎斗，犹凑也；拼也；合（入声）也。合如合药、合金之合。李贺《梁台古意》诗："台前斗玉作蛟龙，绿粉扫天愁露湿。"王琦注："木石镶榫合缝之处谓之斗。"……史介翁《菩萨蛮》词："柳丝轻扬黄金缕，织成一片纱窗雨。斗合做春愁，困慵熏玉篝。"（张相《诗词曲语辞汇释》）

◎桓玄素轻桓崖。崖在京下有好桃，玄连就求之，遂不得佳者。玄与殷仲文书以为嗤笑曰："德之休明，肃慎贡其楛矢；如其不尔，篱壁间物亦不可得也。"（南朝刘义庆《世说新语·排调》。后世遂以"篱壁间物"谓家园中花木及所产之物。）

◎抵死，……亦犹云终究或老是也。……亦作底死。柳永《满江红》词："不会得都来些子事，甚恁底死难拚弃。"此终究义。（张相《诗词曲语辞汇释》）

河 传

恨眉醉眼，甚轻轻觑着，神魂迷乱。

常记那回，小曲阑干西畔。
鬓云松，罗袜刬。

丁香笑吐娇无限，语软声低，道我何曾惯。
云雨未谐，早被东风吹散。
闷损人，天不管。

◎甚，犹是也；正也；真也。词中每用以领句，与甚么之甚作怎字、何字义者异。……杨樵云《满庭芳》词《咏影》："甚徘徊窥镜，交翼鸾文。"甚徘徊云云，犹云是徘徊云云也。（张相《诗词曲语辞汇释》）

◎刬，犹只也。……李后主《菩萨蛮》词："刬袜下香阶，手提金缕鞋。"惟其提鞋于手中，则着袜而行，故曰刬袜也，言只有袜也。（张相《诗词曲语辞汇释》）

◆有士大夫家歌秦少游"瘦杀人，天不管"之曲，以"好"字易"瘦"字，戏为之作。词云："心情老懒。对歌对舞，犹是当时眼。巧笑靓妆，近我衰容华鬓。似扶着，卖卜算。思量好个当年见。催酒催更，只怕归期短。饮散灯稀，背锁落花深院。好杀人，天不管。"（宋黄庭坚《河传》序）

◆按山谷亦有此调，尾句"好杀人，天不管"。自注云："因少游词，戏以'好'字易'瘦'字。"是此秦词尾句，该是"瘦杀人"矣。"那"字"未"字，去声起调，黄用"灯"字，不及也。又前"甚轻轻"下九字，黄作"对歌对舞、犹是当时眼"，与秦异。（清万树《词律》）

◆万氏《词律·河传》词末句云："闷损人，天不管。"山谷和秦尾句云："好杀人，天不管。"自注云："因少游词，戏以'好'字易'瘦'字。"是秦词应作"瘦杀人"。今刊本皆作"闷损人"，盖未见山谷词也。然巧拙亦于此一字见之，黄九不敌秦七，亦是一证。（清李调元《雨村词话》）

浣溪沙

漠漠轻寒上小楼，晓阴无赖似穷秋，
澹烟流水画屏幽。

自在飞花轻似梦，无边丝雨细如愁，
宝帘闲挂小银钩。

◎无赖：犹无奈。穷秋：晚秋。

◆“穷秋”句，鄙。钱功父曰“佳”，可见功父于此道茫然。后迭精研，夺南唐席。（明沈际飞《续编草堂诗馀》）

◆“自在”二句，何减“无可奈何花落去”二句。似花间。（世经堂康熙十七年残本《词综》）

◆宛转幽怨，温韦嫡派。（清陈廷焯《词则·大雅集》）

◆境界有大小，不以是而分优劣。“细雨鱼儿出，微风燕子斜”，何遽不若“落日照大旗，马鸣风萧萧”？“宝帘闲挂小银钩”，何遽不若“雾失楼台，月迷津渡”也？（王国维《人间词话》）

◆清婉而有馀韵，是其擅长处。此调凡五首，此首最胜。（俞陛云《唐五代两宋词选释》）

◆《浣溪沙》云：“自在飞花轻似梦，无边丝雨细如愁。”此等句皆思路沉着，非如苏词之振笔直书也。北宋词家以缜密之思，得遒炼之致者，惟方回与少游耳。（吴梅《词学通论》）

◆此首，景中见情，轻灵异常。上片起言登楼，次怨晓阴，末述幽境。下片两对句，写花轻雨细，境更微妙。“宝帘”句，唤醒全篇。盖有此一句，则帘外之愁境与帘内之愁人，皆分明矣。（唐圭璋《唐宋词简释》）

◆而后阕尤饶弦外之音，读之令人黯然难以为怀，所谓“融情景于一家，会句意于两得”者。北宋诸贤，除晏小山、贺方回，未易仿佛其境界。（龙榆生《苏门四学士·秦观》）

◆过片一联，正面形容春愁。它将细微的景物与幽渺的感情极为巧妙而和谐地结合在一起，使难以捕捉的抽象的梦与愁成为可以接触的具体形象。……他不说梦似飞花，愁如丝雨，而说飞花似梦，丝雨如愁，也同样很新奇。（沈祖棻《宋词赏析》）

浣溪沙

香靥凝羞一笑开，柳腰如醉暖相挨，
日长春困下楼台。

照水有情聊整鬓，倚栏无绪更兜鞋，
眼边牵系懒归来。

◎兜鞋：鞋后跟脱落，以手拔起。

◆上句妙在"照水"，下句妙在"兜鞋"，即令闺人自模，恐未到。（明沈际飞《续编草堂诗馀》）

◆诗语可入填词，如诗中"枫落吴江冷"、"思发在花前"、"天若有情天亦老"等句，填词屡用之，愈觉其新。独填词语无一字可入诗料，虽用意稍同，而造语迥异。如梁邵陵王纶《见姬人》诗"却扇承枝影，舒衫受落花"，与秦少游词"照水有情聊整鬓，倚栏无语更兜鞋"，同一意致。然邵陵语可入填词，少游语绝不可以入诗，赏鉴家自知之。（清贺贻孙《诗筏》）

浣溪沙

霜缟同心翠黛连，红绡四角缀金钱，
恼人香爇是龙涎。

枕上忽收疑是梦，灯前重看不成眠，
又还一段恶因缘。

◎红罗复斗帐，四角垂香囊。(《孔雀东南飞》)

◎香爇：燃香。龙涎：名贵香料。

浣溪沙

脚上鞋儿四寸罗，唇边朱粉一樱多，
见人无语但回波。

料得有心怜宋玉，只应无奈楚襄何，
今生有分共伊么？

◎一樱多：谓唇略大于樱桃。

◎回波：回眸。

◎宋玉战国楚辞赋家，或说是屈原弟子，曾事楚顷襄王为大夫。

◎楚襄王与宋玉游于云梦之浦，使玉赋高唐之事。其夜王寝，果梦与神女遇，其状甚丽。(战国宋玉《神女赋》)

◎料得也应怜宋玉，只应无奈楚襄王。(唐李商隐《席上赠人》)

◆涪翁过泸南，泸帅留府会，有官妓盼盼，性颇聪慧，帅尝宠之。涪翁赠《浣溪沙》曰："脚上鞋儿四寸罗，唇边朱麝一樱多。……(略)"盼盼拜谢，涪翁令唱词侑觞。盼盼唱《惜花容》曰："少年看花双鬓绿，走马章台管弦逐。而今老更惜花深，终日看花看不足。座中美女颜如玉。为我一歌《金缕曲》。归时压得帽檐攲，头上春风红簌簌。"涪翁大喜。(赵万里《校辑宋金元人词》引杨偍《古今词话》)

◆《古今词话》以古人好词世所共知者，易甲为乙，称其所作，仍随其词牵合为说，殊无根蒂，皆不足信也。……又《八六子》"倚危亭，恨如芳草，萋萋刬尽还生”者，《浣溪沙》“脚上鞋儿四寸罗”者，二词皆见《淮海集》。乃以《八六子》为贺方回作，以《浣溪沙》为涪翁作……皆非也。（宋胡仔《苕溪渔隐丛话·后集》）

浣溪沙

锦帐重重卷暮霞，屏风曲曲斗红牙，
恨人何事苦离家。

枕上梦魂飞不去，觉来红日又西斜，
满庭芳草衬残花。

◎斗，犹凑也；拼也；……秦观《浣溪沙》词：“锦帐重重卷暮霞，屏风曲曲斗红牙。”亦拼凑义。（张相《诗词曲语辞汇释》）

◎红牙，乐器名，即拍板，亦名牙板、檀板，因其色红，故名。

◎几树好花闲白昼，满庭芳草易黄昏。（唐吴融《废宅》）

◆好在景中有情。（明徐渭评点段斐君刊本《淮海集长短句》）

◆沈际飞曰：“前人诗‘梦魂不知处，飞过大江西’，此云‘飞不去’，绝好翻用法。”按：“重重”“曲曲”，写得柔情旖旎，方唤得下句“何事”字起；即第二阕“飞不去”，亦从此生出。写闺情至此，意致浓深，大雅不俗。（清黄苏《蓼园词选》）

如梦令

门外鸦啼杨柳，春色着人如酒。
睡起熨沉香，玉腕不胜金斗。
消瘦，消瘦，还是褪花时候。

◎着，犹中也；袭也；惹或迷也。……贺铸《浣溪沙》词："连夜断无行雨梦，隔年犹有着人香。"此所云着人，犹云惹人或迷人也。秦观《如梦令》词云："门外鸦啼杨柳，春色着人如酒。"李之仪《谢池春》词："着人滋味，真个浓如酒。"……义均同上。（张相《诗词曲语辞汇释》）

◎花褪残红青杏小。（宋苏轼《蝶恋花》）

◆予又尝读李义山《效徐陵体赠更衣》云："轻寒衣省夜，金斗熨沉香。"乃知少游词"玉笼金斗，时熨沉香"，与夫"睡起熨沉香，玉腕不胜金斗"，其语亦有来历处，乃知名人必无杜撰语。（宋胡仔《苕溪渔隐丛话·后集》）

◆憨怯甚。（明沈际飞《续编草堂诗馀》）

◆末句止而得行，泄而得蓄。（同上）

◆起伏照应，六章如一章（《词则》另附"莺嘴啄花红溜"一章，故云"六章"），仿佛飞卿《菩萨蛮》遗意。（清陈廷焯《词则·大雅集》）

如梦令

遥夜沉沉如水，风紧驿亭深闭。
梦破鼠窥灯，霜送晓寒侵被。
无寐，无寐，门外马嘶人起。

◆绍圣三年丙子（1096），少游自处州再贬，冬季至郴阳道中，曾题一古寺壁，诗中有"饥鼠相追坏壁中"之句，与词境颇相似；尔后词人于郴州旅舍，又作《踏莎行》词。此首亦写驿亭苦况，当作于是年冬。（徐培均《淮海居士长短句笺注》）

◎驿亭：古代设于官道旁供官员和差役住宿、换马的馆舍。

◎鼠窥灯：饥鼠欲偷吃灯盏中豆油。

◆"无寐"叠上二字（可仄）。赵长卿作第四句，"目断行云凝伫"下，即用"凝伫，凝伫"。虽亦有此格，然不多，不宜从也。（清万树《词律》）

◆按宋苏轼词注：此曲本唐庄宗制，名《忆仙姿》，嫌其名不雅，故改为《如梦令》。盖因此词中有“如梦，如梦”叠句。万氏未收庄宗原作，失校。（清杜文澜《词律补注》）

◆此章离别。（清陈廷焯《词则·大雅集》）

如梦令

幽梦匆匆破后，妆粉乱痕沾袖。
遥想酒醒来，无奈玉销花瘦。
回首，回首，绕岸夕阳疏柳。

◎夜深忽梦少年事，梦啼妆泪红阑干。（唐白居易《琵琶行》）

◆“匆匆破”三字真，“玉销花瘦”四字警。末句不可倒作首句，思之思之。（明沈际飞《草堂诗馀续集》）

◆“玉销花瘦”句，语新奇。（《类编笺释续选草堂诗馀》）

◆奇丽。（明陆云龙《词菁》）

◆（此章）别后。（清陈廷焯《词则·大雅集》）

◆（结句）映起句（指第一首）。（同上）

如梦令

楼外残阳红满，春入柳条将半。
桃李不禁风，回首落英无限。
肠断，肠断，人共楚天俱远。

◆观“人共楚天俱远”句，似为绍圣四年丁丑（1097）春贬郴州时所作。（徐培均《淮海居士长短句笺注》）

◎念去去千里烟波，暮霭沉沉楚天阔。（宋柳永《雨霖铃》）

◆对景伤春，于此词尽见矣。（明李攀龙《草堂诗馀隽》）

◆因阳春景色而思故人心情，人远而思更远矣。（同上）

如梦令

池上春归何处？满目落花飞絮。
孤馆悄无人，梦断月堤归路。
无绪，无绪，帘外五更风雨。

◆观词中“孤馆”二句，疑作于郴州。绍圣四年丁丑（1097）春暮，少游在郴州旅舍作《踏莎行》词，有句云“可堪孤馆闭春寒，杜鹃声里斜阳暮”。同是“孤馆”，同为“春归”时刻，同写思归情怀，此词盖作于同时。（徐培均《淮海居士长短句笺注》）

◎帘外五更风，吹梦无踪。（宋欧阳修《浪淘沙》）

◆孤馆听雨，较洞房雨声，自是不胜情之词，一喜一悲。（明忏花盦丛书本《草堂诗馀》杨慎批语）

◆难为人语，自有可语之人在。（明李攀龙《草堂诗馀隽》）

◆深情厚意，言有尽而味自无穷。（同上）

◆上章春半，此章春暮。（清陈廷焯《词则·大雅集》）

◆此五首细审之，当是一事，皆纪游之作。第一首总述春暮怀人，次首追叙欲别之时，马嘶人起，言送别也。三首绕岸夕阳，言别后也。四首楚天人远，言远去也。与集中《南歌子》词由晓别而远去次第写出，大致相似，但此分为数首耳。五首句最工。结处“绿杨俱瘦”，与首章春暮怀人前后相应（“绿杨俱瘦”，为另一首，起句为“莺嘴啄花红溜”，见《补遗》）。（俞陛云《唐五代两宋词选释》）

阮郎归

褪花新绿渐团枝，扑人风絮飞。
秋千未拆水平堤，落红成地衣。

游蝶困，乳莺啼，怨春春怎知。
日长早被酒禁持，那堪更别离！

◎地衣：地毯。

◎禁持：摆布。

◆出语新媚，亦复幽奇。（明陆云龙《词菁》）

阮郎归

宫腰袅袅翠鬟松，夜堂深处逢。
无端银烛殒秋风，灵犀得暗通。

身有恨，恨无穷，星河沉晓空。
陇头流水各西东，佳期如梦中。

◎宫腰：细腰。

◎身无彩凤双飞翼，心有灵犀一点通。（唐李商隐《无题》）

◎陇头流水，流离山下。念吾一身，飘然旷野。（古乐府《陇头歌辞》）

◆中菁之言，不可道也；所可道也，言之丑也。（明沈际飞《续编草堂诗馀》）

◆恐未必“无端”。（《草堂诗馀续集》）

◆“殒”字好。（同上）

◆南唐主语冯延巳曰："'风乍起，吹皱一池春水'，何与卿事？"冯曰："未若'细雨梦回鸡塞远，小楼吹彻玉笙寒'，不可使闻于邻国。"然细看词意，含蓄尚多。至少游"无端银烛殒秋风，灵犀得暗通"、"相看有似梦初回，只恐又抛人去几时来"，则竟为《蔓草》之偕臧、顿丘之执别，一一自供矣。词虽小技，亦见世风之升降，沿流则易，溯洄则难，一入其中，势不自禁。（清贺裳《皱水轩词筌》）

◆《词筌》云：词至少游"无端银烛殒秋风"之类，而《蔓草》、顿丘，不惟极意形容，兼亦直认无讳，数语可谓乐而不淫。（清邹祇谟《远志斋词衷》）

阮郎归

潇湘门外水平铺，月寒征棹孤。
红妆饮罢少踟蹰，有人偷向隅。

挥玉筯，洒真珠，梨花春雨馀。
人人尽道断肠初，那堪肠已无！

◆绍圣三年丙子（1096），少游自处州贬徙郴州，途经湖南长沙，词盖作于是时。疑写与长沙义妓分别时情怀。（徐培均《淮海居士长短句笺注》）

◎潇湘门：指古代长沙之城门。

◎今有满堂饮酒者，有一人独索然向隅而泣，则一堂之人皆不乐矣。（汉刘向《说苑·贵德》）

◎谁怜双玉筯，流面复流襟。（南朝刘孝威《独不见》）

◎玉容寂寞泪阑干，梨花一枝春带雨。（唐白居易《长恨歌》）

◎人人，对于所昵者之称，多指彼美而言。欧阳修《蝶恋花》词："翠被双盘金缕凤，意得前春，有个人人共。"黄庭坚《少年心》词："似合欢

桃核，真堪人恨，心儿里有两个人人。”……玩上各证，知以情语、腻语为多也。（张相《诗词曲语辞汇释》）

◆“玉筯”、“真珠”，觉叠；得“梨花春雨馀”句，叠正妙。及云“肠已无”，如新笋发林，高出林上。（明沈际飞《续编草堂诗馀》）

◆此等情绪，煞甚伤心。秦七太深刻矣！（明忏花盦丛书本《草堂诗馀》杨慎批语）

阮郎归

湘天风雨破寒初，深沉庭院虚。
丽谯吹罢《小单于》，迢迢清夜徂。

乡梦断，旅魂孤，峥嵘岁又除。
衡阳犹有雁传书，郴阳和雁无。

◆哲宗绍圣四年丁丑（1097），少游贬居郴州，亲朋音讯久疏，故词中云：“衡阳犹有雁传书，郴阳和雁无。”据“峥嵘岁又除”句，词盖作于此年除夕。（徐培均《淮海居士长短句笺注》）

◎丽谯：谯楼，即城门上的更鼓楼。

◎按唐大角曲有《大单于》、《小单于》等曲，今其声犹有存者。（宋郭茂倩《乐府诗集》）

◎楼雪初销，丽谯吹罢《单于》晚。（宋吴亿《烛影摇红·上晁共道》）

◎万事干戈里，空悲清夜徂。（唐杜甫《倦夜》）

◎鸿雁南翔，不过衡山。盖南地极燠，雁望衡山而止，恶热故也。（宋陆佃《埤雅·释鸟》）

◎昭帝即位数年，匈奴与汉和亲，汉求武等。匈奴诡言武死。后汉使复至匈奴，常惠请其守者与俱，得夜见汉使，具自陈道，教使者谓单于言：

“天子射上林中，得雁，足有系帛书，言武等在某泽中。”使者大喜，如惠语以让单于。单于视左右而惊，谢汉使曰：“武等实在。”（《汉书·苏武传》）

◎和，犹连也。秦观《阮郎归》词：“衡阳犹有雁传书，郴阳和雁无。”言连传书之雁亦无有也。（张相《诗词曲语辞汇释》）

◆衡郴皆楚湘地，故曰湘。伤心！（明沈际飞《草堂诗馀·正集》）

◆此首述旅况，亦极凄惋。上片，起言风雨生愁，次言孤馆空虚。“丽谯”两句，言角声吹彻，人亦不能寐。下片，“乡梦”三句，抒怀乡怀人之情。“岁又除”，叹旅外之久，不得便归也。“衡阳”两句，更伤无雁传书，愁愈难释。小山云：“梦魂纵有也成虚，那堪和梦无。”与此各极其妙。（唐圭璋《唐宋词简释》）

◆四十九岁在郴州，作《阮郎归》“湘天风雨破寒初”及《踏莎行》“雾失楼台”，作者千回百折之词心，始充分表现于行间字里，不辨是血是泪。（龙榆生《苏门四学士·秦观》）

满庭芳

北苑研膏，方圭圆璧，万里名动京关。
碎身粉骨，功合上凌烟。
尊俎风流战胜，降春睡、开拓愁边。
纤纤捧，香泉溅乳，金缕鹧鸪斑。

相如方病酒，一觞一咏，宾有群贤。
便扶起灯前，醉玉颓山。
搜揽胸中万卷，还倾动、三峡词源。
归来晚，文君未寝，相对小妆残。

◆此首咏茶，似元祐间作于汴京。北苑茶系贡品，而“金缕鹧鸪斑”云云，亦为皇帝致祭南郊后分赐之物。少游供职秘书省期间，尝有《进南郊庆成诗并表》，虽不一定获享分赐之茶，然亦不妨发之于吟咏。又少游《有茶》诗：“上客集堂葵，圆月探奁盝。玉鼎注漫流，金碾响文竹。侵寻发美鬯，猗狔生乳粟。”与词之上阕相近，盖为同时之作。（徐培均《淮海居士长短句笺注》）

◎北苑在富沙之北，隶建安县，去城二十五里。北苑乃龙焙，每岁造贡茶之处。……其实北苑茶山，乃凤凰山也。北苑土色膏腴，山宜植茶。（宋胡仔《苕溪渔隐丛话·前集》）

◎贞元中，常衮为建州刺史，始蒸焙而研之，谓之研膏茶。（宋吴曾《能改斋漫录》引《画墁录》）

◎方圭圆璧：宋时茶饼多制为方形或圆形，故诗人多以圭、璧喻之。

◎碎身粉骨：指茶叶被研成碎末。宋时沏茶，先行研碎，故云。

◎碎身粉骨方馀味，莫厌声喧万壑雷。（宋黄庭坚《奉同六舅尚书咏茶碾煎烹三首》其一）

◎凌烟：指古代绘有功臣画像的凌烟阁。

◎尊俎：指酒或筵席，此处谓茶能解酒。

◎饮真茶，令人少眠睡。（《博物志》）

◎开拓愁边：茶能消愁。

◎香泉一合乳，煎作连珠沸。（唐皮日休《煮茶》）

◎茶之品，莫贵于龙凤，谓之团茶，凡八饼重一斤。庆历中蔡君谟为福建路转运使，始造小片龙茶以进，其品绝精，谓之小团，凡二十饼重一斤，其价直金二两。然金可有，而茶不可得，每因南郊致斋，中书、枢密院各赐一饼，四人分之。宫人往往缕金花于其上，盖其贵重如此。（宋欧阳修《归田录》）

◎鹧鸪斑：谓沏茶后碗面呈现之斑点。

◎司马相如初与卓文君还成都，居贫愁懑，以所着鹔鹴裘就市人阳昌贳酒，与文君为欢。既而文君抱颈而泣曰：“我平生富足，今乃以衣裘贳酒！”遂相与谋于成都卖酒。相如亲着犊鼻裈涤器，以耻王孙。王孙果以为病，乃厚给文君。……长卿素有消渴疾，及还成都，悦文君之色，

遂以发痼疾，乃作《美人赋》，欲以自刺，而终不能改，卒以此疾至死。（《西京杂记》）

◎群贤毕至，少长咸集。……引以为流觞曲水，列坐其次，虽无丝竹管弦之盛，一觞一咏，亦足以畅叙幽情。（晋王羲之《兰亭集序》）

◎嵇叔夜（康）之为人也，岩岩若孤松之独立；其醉也，傀俄若玉山之将崩。（南朝刘义庆《世说新语·容止》）

◆豫章先生少时，尝为茶词，寄《满庭芳》云："北苑龙团，江南鹰爪，万里名动京关。碾深罗细，琼蕊冷生烟。一种风流气味，如甘露，不染尘烦。纤纤捧，冰甆弄影，金缕鹧鸪斑。　相如方病酒，银瓶蟹眼，惊鹭涛翻。为扶起尊前，醉玉颓山。饮罢风生两袖，醒魂到明月轮边。归来晚，文君未寝，相对小窗前。"其后增损其词止咏建茶云（词略），词意益工也。后山陈无己同韵和之云："北苑先春，琅函宝韫，帝所分落人间。绮窗纤手，一缕破双团。云里游龙舞凤，香雾霭、飞入琱盘。华堂静，松风云竹，金鼎沸潺湲。　门阑车马动，浮黄嫩白，小袖高鬟。便胸臆轮囷，肺腑生寒。唤起谪仙醉倒，翻湖海、倾写涛澜。笙歌散，风帘月幕，禅榻鬓丝斑。"（宋吴曾《能改斋漫录》）

◆少游夫妇不减赵明诚，固应深谙茶味与赌茗之乐。（明卓人月《古今词统》）

◆《满庭芳》尽推少游之作。少游夫人《咏茶》一首，传者多讹，今为正之云："北苑龙团，江南鹰爪，万里名动京关。碾轻罗细，琼蕊暖生烟。一种风流臭味，如甘露，不染尘凡。纤纤捧，冰瓷莹玉，金缕鹧鸪斑。"旧词"北苑春风，方圭圆璧"，虽用故实，而多庸腐；即苦心作"碎身粉骨，功合上凌烟"，亦是小家气象。惟"樽俎风流战胜，降春睡、开拓愁边"二语差当。而"熬波溅乳"，实不及"冰瓷莹玉"更为落句地也。况后段又用"搜搅胸中万卷，还倾动三峡词源"乎？更为纪之云："相如方病酒，银瓶蟹眼，波怒涛翻。为扶起尊前，醉玉颓山。饮罢风生两腋，醒魂到明月轮边。归来晚，文君未寝，相对小妆残。"（清沈雄《古今词话·词辨》）

◆案此黄庭坚词，见彊村本《山谷琴趣外编》。《能改斋漫录》云山谷少时尝作茶词，调寄《满庭芳》。其后增损前词，止咏建茶，即此词也。并有陈后山同韵和词。据此则为黄词明甚。《淮海词》收之，毛本《山谷词》删之，并误。（唐圭璋《宋词四考》）

◆此词关涉秦、黄、陈三位作者，吴曾所记，乍看似有理。然从版本角度考虑，当以秦作为是。秦词见宋干道癸巳（1173）高邮军学刻《淮海居士长短句》，而《能改斋漫录》刻于绍兴二十四至二十七年（1154—1157）间，不久即遭焚毁，至绍熙元年（1190），京镗重刊，已为删存之本，而今见之本，又非其旧，故不足信，似以未经焚毁，现存日本之干道本为准。吴曾与唐老之说，录以备考。（徐培均《淮海居士长短句笺注》）

满庭芳

晓色云开，春随人意，骤雨才过还晴。
古台芳榭，飞燕蹴红英。
舞困榆钱自落，秋千外、绿水桥平。
东风里，朱门映柳，低按小秦筝。

多情，行乐处，珠钿翠盖，玉辔红缨。
渐酒空金榼，花困蓬瀛。
豆蔻梢头旧恨，十年梦、屈指堪惊。
凭栏久，疏烟淡日，寂寞下芜城。

◆元丰二年己未（1079）岁暮，少游自会稽还乡后，“杜门却扫，日以文史自娱，时复扁舟，循邗沟而南，以适黄陵。”（见与李乐天简）本篇“豆蔻梢头”二句，借喻扬州冶游生活；而上阕所写景物，亦与扬州有关，词盖作于次年春季。（徐培均《淮海居士长短句笺注》）

◎鱼吹细浪摇歌扇，燕蹴飞花落舞筵。（唐杜甫《城西陂泛舟》）

◎秦筝：类似瑟的弦乐器，相传为秦时蒙恬所造，故名。

◎蓬瀛：蓬莱、瀛洲，传说中的海上仙山。此处借指冶游之地。

◎娉娉袅袅十三馀，豆蔻梢头二月初。（唐杜牧《赠别》）

◎十年一觉扬州梦，赢得青楼薄幸名。（唐杜牧《遣怀》）

◎芜城：指扬州。

◎凄凉不可问，落日下芜城。（宋王琪《题九曲池》）

◆秋千外，东风里，字字奇巧。疏烟淡日，此时之情还堪远眺否？（明李攀龙《草堂诗馀隽》）

◆就暗中描出春色，林峦欲滴。就远处描出春情，城郭隐然如无。（同上）

◆秦少游《满庭芳》"晚色云开"，今本误作"晚兔云开"，不通。维扬张綖刻《诗馀图谱》，以意改"兔"作"见"，亦非。按《花庵词选》作"晚色云开"，当从之。（明杨慎《词品》）

◆景胜于情。（明忏花盦丛书本《草堂诗馀》杨慎批语）

◆"秋千外、绿水桥平"，又"地卑山近，衣润费炉烟"，淡语之有情者也。（明王世贞《弇州山人词评》）

◆敖陶孙评少游诗"如时女步春，终伤婉弱"，其在于词，正相宜耳。（明卓人月《古今词统》）

◆"兔"字不通，张世文改为"见"，今从《词选》"色"字为优。据诸本，首云"晚色"，末云"淡月"。《词选》首云"晓色"，末云"淡日"。细味词中"玉辔红缨"等，岂晚来事？悉从词选。（上片）悠澹语，不觉其妙而自妙。"微映百层城"，景亦不少；"寂寞"句，感慨过之。（明沈际飞《草堂诗馀·正集》）

◆《满庭芳》填词易俗，乃深秀如许。（世经堂康熙十七年残本《词综》）

◆此必少游被谪后作。雨过还晴，承恩未久也。燕蹴红英，喻小人之谗构也。榆钱，自喻也。绿水桥平，喻随所适也。朱门、秦筝，彼得意者自得意也。前一阕叙事也，后一阕则事后追忆之词。"行乐"三句，追从前也。"酒空"二句，言被谪也。"豆蔻"三句，言为日已久也。"凭栏"二句

结。通首黯然自伤也，章法极绵密。（清黄苏《蓼园词选》）

◆（上片）君子因小人而斥。“秋千”二句，一笔挽转。“结处”应首句，不忘君子也。（清周济《宋四家词选》）

◆“晚色云开”三句，天气。○“高台芳榭”四句，景物。○“东风里”三句，渐说到人事。“珠钿翠盖”二句，会合。○“渐酒空金榼”四句，离别。○“疏烟淡日”二句，与起处反照作收。（清许昂霄《词综偶评》）

◆前写景，后写情。流利轻圆，是其制胜处。（俞陛云《唐五代两宋词选释》）

满庭芳 茶词

雅燕飞觞，清谈挥麈，使君高会群贤。
密云双凤，初破缕金团。
窗外炉烟似动，开瓶试、一品香泉。
轻淘起，香生玉尘，雪溅紫瓯圆。

娇鬟，宜美盼，双擎翠袖，稳步红莲。
坐中客翻愁，酒醒歌阑。
点上纱笼画烛，花骢弄、月影当轩。
频相顾，馀欢未尽，欲去且留连。

◆元丰二年己未（1079），少游在会稽，常与郡守程公辟燕集，其《会蓬莱阁》诗云：“冠裳盖坐洒清风，轩外时闻韵籦龙。人面春生红玉液，银盘烟覆紫驼峰。”《再赋流觞亭》诗云：“月下佩环声更好，应容挥麈伴公听。”词咏“雅燕飞觞，清谈挥麈，使君高会群贤”，当作于此时。（徐培均《淮海居士长短句笺注》）

◎《名苑》曰：“鹿之大者曰麈，群鹿随之，皆看麈所往，随麈尾所转为准。”今讲僧执麈尾拂子，盖象彼有所指挥故耳。”（宋吴曾《能改斋漫

录》引《释藏音义指归》）

◎王夷甫（衍）容貌整丽，妙于谈玄，恒捉白玉麈尾，与手都无分别。（南朝刘义庆《世说新语·容止》）

◎使君：此处当指会稽郡守程公辟师孟。

◎丁晋公（谓）为转运使，始制为凤团，后又为龙团，岁贡不过四十饼。天圣中又为小团，其饼迥加于大团。熙宁末，神宗有旨下建州制密云龙，其饼又加于小团。”（宋吴曾《能改斋漫录》引《画墁录》）

◎缕金团：即用金丝或金花包装之茶饼。参见《满庭芳》（北苑研膏）注。

◎玉尘：形容研碎的茶末。宋人饮茶，均先行碾碎。

◎紫瓯：紫砂茶盂。

◎巧笑倩兮，美目盼兮。（《诗经·卫风·硕人》）

◎凿金为莲花以帖地，令潘妃行其上，曰：“此步步生莲花也。”（《南史·齐东昏侯纪》）

◎云破月来花弄影。（宋张先《天仙子·时为嘉禾小倅以病眠不赴府会》）

桃源忆故人

玉楼深锁薄情种，清夜悠悠谁共。
羞见枕衾鸳凤，闷即和衣拥。

无端画角严城动，惊破一番新梦。
窗外月华霜重，听彻《梅花弄》。

◎严城：指险峻的城垣。严，通岩。

◎听彻，听毕。曲终谓之彻。

◆自是凄冷。（明忏花盦丛书本《草堂诗馀》杨慎批语）

◆不解衣而睡，梦又不成，声声恼杀人。（明李攀龙《草堂诗馀隽》）

◆形容冬夜景色恼人，梦寐不成。其忆故人之情，亦辗转反侧矣。（同上）

◆词人用语助入词者甚多，入艳词者绝少。惟秦少游"闷则和衣拥"，新奇之甚。用"则"字亦仅见此词。（清彭孙遹《金粟词话》）

◆彭骏孙《金粟词话》云"词人用语助（略）……"按此乃少游恶劣语，何新奇之有？至用"则"字入词，宋人中屡见，"拚则而今拚了，忘则怎生便忘得"；又"忆则如何不忆"之类，亦岂谓之仅见！董文友词云："暗笑那人知未，薄幸从前既。"押"既"字稳而有味，似此方可谓用语助入艳词者。（清陈廷焯《白雨斋词话》）

卷 下

调笑令王昭君

回顾，汉宫路，捍拨檀槽鸾对舞。
玉容寂寞花无主，顾影偷弹玉箸。
未央宫殿知何处？目送征鸿南去。

◆《调笑令》十首并诗，皆受北宋汴京民间乐曲影响。《东京梦华录》卷五记载："崇观以来，在京瓦肆伎艺……不可胜数，不以风雨寒暑，诸棚看人，日日如是。" 教坊"每遇旬休按乐，亦许人观看。每遇内宴前一月，教坊内勾集弟子小儿，习队舞作乐。" 徐案：早在元祐年间，京师即有一种演唱形式，谓之《调笑转踏》，自宫廷传至民间。宋曾慥《乐府雅词》卷上首录此调，有《引》云："九重传出，以冠于篇首，诸公《转踏》次之。" 近人王国维《宋元戏曲史》第四章据吴自牧《梦粱录》云："北宋之《转踏》，恒以一曲连续歌之。每一首咏一事，共若干首，则咏若干事。" 此十首以一诗一词相间，亦每首咏一事，共咏十事，其体式即当时流行于汴京之《调笑转踏》，故王国维又云："其歌舞相兼者，则谓之《传踏》，亦谓之《转踏》，亦谓之《缠达》……其曲调唯《调笑》一调用之最多。" 此十首似为适应艺人演唱要求而作。时间当在元祐五年（1090）至七年（1092）少游供职于秘书省期间。（徐培均《淮海居士长短句笺注》）

◆词前诗曰："汉宫选女适单于，明妃敛袂登毡车。玉容寂寞花无主，顾影低徊泣路隅。行行渐入阴山路，目送征鸿入云去。独抱琵琶恨更深，汉宫不见空回顾。"

◎（王）昭君，字嫱，南郡（今湖北秭归）人也。初，元帝时，以良家子选入掖庭。时呼韩邪来朝，帝敕以宫女五人赐之。昭君入宫数岁，不得见御，积悲怨，乃请掖庭令求行。呼韩邪临辞大会，帝召五女以示之。昭君丰容靓饰，光明汉宫，顾影裴回，竦动左右。帝见大惊，意欲留之，而难于失信，遂与匈奴。(《后汉书·南匈奴传》)

◎金捍拨在琵琶面上当弦，或以金涂为饰，所以捍护其拨也。(唐李贺《春怀引》"蟾蜍碾玉挂明弓，捍拨装金打仙凤。"王琦注引《海录碎事》)

◎檀槽，谓以紫檀木所为之琵琶槽。

◎黄金捍拨紫檀槽，弦索初张调更高。(唐张籍《宫词》)

◎未央宫殿西汉宫殿。故址在今陕西西安西北。

◎愿假飞鸿翼，乘之以遐征。飞鸿不我顾，伫立以屏营。(晋石崇《王明君辞》)

◆前数行，疑是元人宾白所自始。被之管弦，竟是董解元(指《西厢记诸宫调》数段)。(明卓人月《古今词统》)

◆毛西河词话谓："赵德麟令畤作《商调》鼓子词(指《蝶恋花》)，谱《西厢》传奇，为杂剧之祖。"然《雅府乐词》卷首所载秦少游、晁补之、郑彦能《调笑转踏》，前有致语，末有放队，每调之前有口号诗，甚似曲本体例。(王国维《戏曲考原》)

调笑令 乐昌公主

辇路，江枫古，楼上吹箫人在否？
菱花半璧香尘污，往日繁华何处？
旧欢新爱谁是主，啼笑两难分付。

◆词前诗曰："金陵往昔帝王州，乐昌主第最风流。一朝隋兵到江上，共抱恓恓去国愁。越公万骑鸣箫鼓，剑拥玉人天上去。空携破镜望红尘，千古江枫笼辇路。"

◎陈太子舍人徐德言之妻，后主叔宝之妹，封乐昌公主，才色冠绝。

时陈政方乱，德言知不相保，谓其妻曰："以君之才容，国亡必入权豪之家，斯永绝矣。傥情缘未断，犹冀相见，宜有以信之。"乃破一镜，人执其半，约曰："他日必以正月望日卖于都市；我当在，即以是日访之。"及陈亡，其妻果入越公杨素之家，宠嬖殊厚。德言流离辛苦，仅能至京，遂以正月望日访于都市。有苍头卖半镜者，大高其价，人皆笑之。德言直引至其居，设食，具言其故，出半镜以合之，仍题诗曰："镜与人俱去，镜归人不归。无复嫦娥影，空留明月辉。"陈氏得诗，涕泣不食。素知之，怆然改容，即召德言，还其妻，仍厚遗之，闻者无不感叹，仍与德言、陈氏偕饮，令陈氏为诗，曰："今日何迁次？新官对旧官。笑啼俱不敢，方验作人难。"遂与德言归江南，竟以终老。（唐孟棨《本事诗·情感》）

◎辇路：辇道，此指乐昌公主被掳北去车辆经行之路。

◎箫史者，秦穆公时人也，善吹箫，能致孔雀、白鹤于庭。穆公有女字弄玉，好之，公遂以女妻焉。日教弄玉作凤鸣。居数年，吹似凤声，凤凰来止其屋。公为作凤台，夫妇止其上，不下数年，一旦皆随凤凰飞去。"（《列仙传》。此以吹箫人指代徐德言。）

◎旧说镜谓之菱华，以其面平，光影所成如此。（宋陆佃《埤雅·释草》）

◎旧欢，指前夫徐德言；新爱，指杨素。参见前注。

调笑令 崔徽

翡翠，好容止，谁使庸奴轻点缀。
裴郎一见心如醉，笑里偷传深意。
罗衣中夜与门吏，暗结城西幽会。

◆词前诗曰："蒲中有女号崔徽，轻似南山翡翠儿。使君当日最宠爱，坐中对客常拥持。一见裴郎心似醉，夜解罗衣与门吏。西门寺里乐未央，乐府至今歌翡翠。"

◎崔徽，河中府娼也。裴敬中以兴元幕使蒲州，与徽相从累月。敬中使还，崔以不得从为恨，因而成疾。有丘夏善写人形，徽托写真寄敬中曰：“崔徽一旦不及画中人，且为郎死。”发狂卒。

崔徽本不是倡家，教歌按舞娼家长。使君知有不自由，坐在头时立在掌。有客有客名丘夏，善写仪容得艳姿。为徽持此谢敬中，以死报郎为终始。（唐元稹《崔徽歌并序》）

◎翡翠，形小不盈握，一种二色：翡，赤羽；翠，青羽。（《格物论》。翡翠，即翡翠鸟。）

◎门吏：指蒲州门吏。

调笑令 无双

相慕，无双女，当日尚书先曾许。
王郎明俊神仙侣，肠断别离情苦。
数年睽恨今复遇，笑指襄江归去。

◆词前诗曰：“尚书有女名无双，蛾眉如画学新妆。姊家仙客最明俊，舅母唯只呼王郎。尚书往日先曾许，数载睽违今复遇。闻说襄江二十年，当时未必轻相慕。”

◎无双：唐人小说中人名。据薛调《无双传》：建中时中朝臣刘震之女名无双。震有姊寡居，携甥王仙客住于舅家。震之妻常戏呼仙客为王郎子。仙客之母临终时乞以无双归仙客，震许之。母死，仙客扶榇归葬于襄邓。未几，逢朱泚之乱，震以受伪命处极刑，无双没入掖庭，押赴陵园，赐药令自尽。仙客闻讯，求计于古押衙，得其帮助，无双复活，相携逃归襄江，夫妇偕老。（徐培均《淮海居士长短句笺注》）

◎尚书：指刘震，时任尚书租庸使。

调笑令灼　灼

肠断，绣帘卷，妾愿身为梁上燕。
朝朝暮暮长相见，莫遣恩迁情变。
红绡粉泪知何限？万古空传遗怨。

◆词前诗曰："锦城春暖花欲飞，灼灼当庭舞《柘枝》。相君上客河东秀，自言那复傍人知。妾愿身为梁上燕，朝朝暮暮长相见。云收月堕海沉沉，泪满红绡寄肠断。"

◎灼灼，锦城官妓也，善舞《柘枝》，能歌《水调》，御史裴质与之善。裴召还，灼灼每遣人以软红绡聚红泪为寄。（宋张君房《丽情集》）

◎一愿郎君千岁，二愿妾身常健，三愿如同梁上燕，岁岁长相见。（五代冯延巳《长命女》）

调笑令盼　盼

恋恋，楼中燕，燕子楼空春日晚。
将军一去音容远，空锁楼中深怨。
春风重到人不见，十二阑干倚遍。

◆词前诗曰："百尺楼高燕子飞，楼上美人颦翠眉。将军一去音容远，只有年年旧燕归。春风昨夜来深院，春色依然人不见。只馀明月照孤眠，唯望旧恩空恋恋。"

◎徐州故尚书有爱妓曰盼盼，善歌舞，雅多风态。予为校书郎时，游徐、泗间。张尚书宴予，酒酣，出盼盼以佐欢。欢甚，予因赠诗云：'醉娇胜不得，风袅牡丹花。'一欢而去，尔后绝不相闻。迨兹仅一纪矣。昨日司勋员外郎张仲素缋之访予，因吟新诗，有燕子楼三首，词甚婉丽。诘其由，为盼盼作也。缋之从事武宁军累年，颇知盼盼始末，云："尚书既殁，归葬东洛，而彭城有张氏旧第，第中有小楼名燕子。盼盼念旧爱而不嫁，居是楼十馀年，幽独块然，于今尚在。”（唐白居易《燕子楼诗序》）

◎将军：指尚书张愔。

◎燕子楼中霜月夜，秋来只为一人长。（唐白居易《燕子楼》）

◎燕子楼空，佳人何在？空锁楼中燕。（宋苏轼《永遇乐·彭城夜宿燕子楼梦盼盼因作此词》）

◎鸿飞满西洲，望郎上青楼。楼高望不见，尽日阑杆头。阑杆十二曲，垂手明如玉。（《乐府诗集·西洲曲》）

调笑令莺莺

春梦，神仙洞，冉冉拂墙花树动。
西厢待月知谁共？更觉玉人情重。
红娘深夜行云送，困亸钗横金凤。

◆词前诗曰：“崔家有女名莺莺，未识春光先有情。河桥兵乱依萧寺，红愁绿惨见张生。张生一见春情重，明月拂墙花树动。夜半红娘拥抱来，脉脉惊魂若春梦。”

◎莺莺：崔莺莺与张生故事，出自唐元稹《会真记》：贞元中，故崔相国之女莺莺，随母归长安，路出蒲州，止于普救寺之西厢。有张生者游于蒲，亦止于该寺。时军人扰攘，崔氏不安，张生与蒲将之党有善，请吏护之。兵去，崔母设宴致谢，令莺莺出拜。张生自是惑之，缀春词二首，托崔氏婢红娘转达。莺莺报以诗笺，约其相会；及至，却又严词拒绝。张生自失者久之。忽一日，红娘陪莺莺来，与之幽会。如是者几一月。崔母觉之，拷红得实，令张赴试，怏怏而别。元稹尚有《续会真诗》三十韵、另唐人杨巨源有《崔娘诗》、李绅有《莺莺歌》、宋赵令畤有《商调蝶恋花》十二首、金董解元有《西厢记诸宫调》、元王实甫有《西厢记》杂剧，蔚为乐府盛事。（徐培均《淮海居士长短句笺注》）

◎河桥：《史记·秦本纪》昭襄王五十年“初作河桥”正义：“此桥在同州临晋县东，渡河至蒲州，今蒲津桥也。”故址在今山西永济西蒲州与陕西大荔东大庆关之间黄河上。

◎兵乱：《会真记》云：“是岁，浑瑊薨于蒲，有中人丁文雅，不善于军，军人因丧而扰，大掠蒲人。”萧寺，宋程大昌《演繁露》卷六：“《国史补》曰：‘梁武帝造寺，令萧子云飞帛大书“萧”字，至今一字犹在。……’案：此则萧寺者乃因‘萧’字而名也。《刘禹锡集》卷二十九《送如智法师》曰：‘前日过萧寺，看师上法筵。’则是概以僧寺为萧寺。”

◎待月西厢下，迎风户半开。拂墙花影动，疑是玉人来。（唐元稹《会真记》）

◎困弹：疲惫，萎靡。

调笑令 采莲

柳岸，水清浅，笑折荷花呼女伴。
盈盈日照新妆面，《水调》空传幽怨。
扁舟日暮笑声远，对此令人肠断。

◆词前诗曰：“若耶溪边天气秋，采莲女儿溪岸头。笑隔荷花共人语，烟波渺渺荡轻舟。数声《水调》红娇晚，棹转舟回笑人远。肠断谁家游冶郎，尽日踟蹰临柳岸。”

◎采莲：曲名，原为乐府旧题，始自梁武帝《江南弄》七首中之《采莲曲》，后世依题作辞者甚多，多写若耶溪越女采莲生活。马端临《文献通考》卷一四六《乐考》谓《采莲》宋时隶教坊舞队，舞女“衣红罗生色绰子，系晕裙，戴云鬟髻，乘彩船，执莲花”。此篇本于李白《采莲曲》：“若耶溪旁采莲女，笑隔荷花共人语。日照新妆水底明，风飘香袖空中举。岸上谁家游冶郎，三三五五映垂杨。紫骝嘶入落花去，见此踟蹰空断肠。”（徐培均《淮海居士长短句笺注》）

调笑令 烟中怨

眷恋，西湖岸，湖面楼台侵云汉。
阿溪本是飞琼伴。风月朱扉斜掩。
谢郎巧思诗裁剪，能动芳怀幽怨。

◆词前诗曰："鉴湖楼阁与云齐，楼上女儿名阿溪。十五能为绮丽句，平生未解出幽闺。谢郎巧思诗裁剪，能使佳人动幽怨。琼枝璧月结芳期，斗帐双双成眷恋。"

◎烟中怨：唐人传奇名。沈亚之《湘中怨》有序云："《湘中怨》者，事本怪媚，为学者未尝有述。然而淫溺之人，往往不寤。"并自撰《解》云："因悉补其词，题之曰《湘中怨》，盖欲使南昭嗣《烟中志》为偶倡也。"《烟中怨》即指昭嗣此作。昭嗣，名卓，著有《羯鼓录》，其《烟中怨》本事，见《嘉泰会稽志》卷十九："越渔者杨父，一女，绝色，为诗不过两句。或问：'胡不终篇？'曰：'无奈情思缠绕，至两句即思迷不继。'有谢生求娶焉。父曰：'吾女宜配公卿。'谢曰：'谚云：少女少郎，相乐不忘；少女老翁，苦乐不同。且安有少年公卿耶？'翁曰：'吾女词多两句，子能续之，称其意，则妻矣。'示其篇曰：'珠帘半床月，青竹满林风。'谢续曰：'何事今宵景，无人解与同？'女曰：'天生吾夫！'遂偶之。后七年，春日，杨忽题曰：'春尽花宜尽，其如自是花！'谢曰：'何故为不祥句？'杨曰：'吾不久于人间矣。'谢续曰：'从来说花意，不过此容华。'杨即瞑目而逝，后一年，江上烟花溶曳，见杨立于江中，曰：'吾本水仙，谪居人间；后傥思之，即复谪下，不得为仙矣。'"明钞本《绿窗新话》亦载此事，然极简略。少游此词略加变化，将越溪渔者杨氏女取名为阿溪。（徐培均《淮海居士长短句笺注》）

◎西湖：指鉴湖西部。

◎飞琼：仙女名。

◆此事（指《烟中怨》本事）甚僻。（明卓人月《古今词统》）

调笑令《离魂记》

心素，与谁语？始信别离情最苦。
兰舟欲解春江暮，精爽随君归去。
异时携手重来处，梦觉春风庭户。

◆词前诗曰："深闺女儿娇复痴，春愁春恨那复知？舅兄唯有相拘意，暗想花心临别时。离舟欲解春江暮，冉冉香魂逐君去。重来两身复一身，梦觉春风话心素。"

◎《离魂记》：唐人传奇名，陈玄佑撰。其故事略谓：天授三年，张镒官于衡州，有女名倩娘，甥名王宙。宙幼聪慧，美容范，镒尝许曰：他时当以倩娘妻之。后各长成，窃慕于心。然镒却以倩娘另许他人，女闻而抑郁。宙亦恚恨，托言赴京，买舟遽行。夜半，忽闻岸上有一行声甚疾，须臾至船，乃倩娘之魂。相与远遁，居蜀五年，生二子。倩娘思亲，俱归衡州。宙先至舅家，首谢其事。镒大惊。初，以其女固在闺中，病数年，未尝离也。遂遣人至舟中探视，果见一倩娘。室中女闻之，喜而起，魂与体遂合而为一。（徐培均《淮海居士长短句笺注》）

◎用物精多，则魂魄强，是以有精爽至于神明。（《左传》昭公七年。孔颖达疏："精亦神也，爽亦明也；精是神之未着，爽是明之未昭。"此处指倩娘魂魄。）

◆高耻庵所列丽句，原系天壤间有限之语，然古今人必以此为矜新显异者，自一字至四字为"字"，自五字至十五字为"句"。凑合不同，工力各别，特拈之不嫌其复也。至十六字，则成小令矣。"丝雨湿流光"：周晋仙谓《花间集》只有"丝雨湿流光"五字。……"心素，与谁语"，秦观《古调笑》句。"朝雨，湿愁红"，温庭筠《荷叶杯》句。（清沈雄《古今词话·词品》）

虞美人

高城望断尘如雾，不见联骖处。
夕阳村外小湾头，只有柳花无数送归舟。

琼枝玉树频相见，只恨离人远。
欲将幽恨寄青楼，争奈无情江水不西流！

◆少游于元丰三年庚申（1080）暮春南游扬州。词中所谓“高城”，当指扬州；所谓“归舟”，当指词人返回高邮之船；而频频回首，所眷念者，盖昔日曾与“联骖”之旧游也。词中所写景色，亦与所游之时相合。（徐培均《淮海居士长短句笺注》）

◎联骖：犹并辔而行。

◎扬州北十五里，有湾头镇。（清顾祖禹《读史方舆纪要·扬州府》）

◎魏明帝使后弟毛曾与夏侯玄并坐，时人谓蒹葭倚玉树。（南朝刘义庆《世说新语·容止》）

虞美人

碧桃天上栽和露，不是凡花数。
乱山深处水萦回，可惜一枝如画为谁开？

轻寒细雨情何限！不道春难管。
为君沉醉又何妨，只怕酒醒时候断人肠。

◆宋杨偍《古今词话》云：“秦少游寓京师，有贵官延饮，出宠妓碧桃侑觞，劝酒惓惓。少游领其意，复举觞劝碧桃。贵官云：‘碧桃素不善饮。’意不欲少游强之。碧桃曰：‘今日为学士拚了一醉！’引巨觞长饮。

少游即席赠《虞美人》词曰(略)。阖座悉恨。贵官云:'今后永不令此姬出来!'满座大笑。"唐圭璋《词话丛编》本案:"《绿窗新话》引上节不注所本,以他节例之,知即从《古今词话》出也。"据此可证此词作于元祐间。(徐培均《淮海居士长短句笺注》)

◎天上碧桃和露种,日边红杏倚云栽。(唐高蟾《下第后上永崇高侍郎》)

◎不道,犹云不知也;不觉也;不期也。李白《幽州胡马客歌》:"虽居燕支山,不道朔雪寒。"言不知朔雪寒也。……欧阳修《玉楼春》词:"尊前贪爱物华新,不道物新人易老。"言不知人已渐老也。(张相《诗词曲语辞汇释》)

◆(上阕)崔护《桃花》诗旨。(明沈际飞《草堂诗馀续集》)

◆抑扬百感。(同上)

虞美人

行行信马横塘畔,烟水秋平岸。
绿荷多少夕阳中,知为阿谁凝恨背西风?

红妆艇子来何处?荡桨偷相顾。
鸳鸯惊起不无愁,柳外一双飞去却回头。

◆元丰二年己未(1079),少游南游会稽,有《游龙门山次程公韵》诗,云:"路转横塘入乱峰,遍寻潇洒兴无穷。"《游鉴湖》诗云:"画舫珠帘上缭墙,天风吹到芰荷乡。"所写景物,与词境相似,盖为同时之作。(徐培均《淮海居士长短句笺注》)

◎或五里七里而为一纵浦,又七里或十里而为一横塘,因塘浦之土以为堤岸,使塘浦阔深,堤岸高厚,则水不能为害而可使趋于江也。(《吴郡图记续记》"治水")

◎多少绿荷相倚恨，一时回首背西风。（唐杜牧《齐安郡中偶题二首》）

◎阿谁：何人。

◎凝恨，恨之不已，犹云积恨也。（张相《诗词曲语辞汇释》）

◎柳外飞来双羽玉，弄晴相对浴。（唐韦庄《谒金门》）

点绛唇

醉漾轻舟，信流引到花深处。
尘缘相误，无计花间住。

烟水茫茫，千里斜阳暮。
山无数，乱红如雨，不记来时路。

◆此首兼咏刘晨、阮肇误入桃源及陶渊明《桃花源记》故事，参见《鼓笛慢》词注，疑绍圣二年乙亥（1095）贬居处州时作。（徐培均《淮海居士长短句笺注》）

◆如画。（明沈际飞《草堂诗馀·正集》）

点绛唇

月转乌啼，画堂宫徵生离恨。
美人愁闷，不管罗衣褪。

清泪班班，挥断柔肠寸。
嗔人问，背灯偷揾，拭尽残妆粉。

◎衣带渐宽终不悔，为伊销得人憔悴。（宋柳永《凤栖梧》）

品　令

幸自得，一分索强，教人难吃。
好好地、恶了十来日，恰而今、较些不？

须管啜持教笑，又也何须肐织！
衠倚赖、脸儿得人惜，放软顽、道不得。

◆《词律》卷五杜文澜补注："按此调多作俳词，故为彼时歌伶语气，多用入声。"徐案：此调《全宋词》中以欧阳修"渐素景"一首为最早，此二首风格似之，然皆以高邮方言写艳情，疑神宗熙宁年间乡居之时为应歌而作。（徐培均《淮海居士长短句笺注》）

◎幸自得：犹本来是。

◎索强，犹云赛强或争强也，亦可作恃强解。秦观《品令》词："幸自得，一分索强，教人难吃。"毛滂《浣溪沙》"咏梅"词："月样婵娟雪样清，索强先占百花春。"……皆其例也。（张相《诗词曲语辞汇释》）

◎难吃：难受。

◎恶：气恼、烦闷。

◎较些不：犹今语好些不。

◎啜持：哄骗。

◎肐织，意犹多曲折，不顺遂。

◎衠，犹尽也；纯也。其作尽义者，秦观《品令》词："衠倚赖、脸儿得人惜。放软顽、道不得。"言尽赖着脸儿得人爱也。放软顽，犹云撒娇。（张相《诗词曲语辞汇释》）

◆第二、三句，似石（孝友）词，"恶了"比前多二字，较全（清万树《词律》）。

◆秦少游《品令》后段云："须管啜持教笑，又也何须肐织。衠倚赖、脸儿得人惜。放软顽，道不得。"肐织、衠、倚赖，皆俳语。（清李调元《雨

村词话》）

品　令

掉又嬥，天然个品格，于中压一。
帘儿下、时把鞋儿踢，语低低、笑咭咭。

每每秦楼相见，见了无门怜惜。
人前强、不欲相沾识，把不定、脸儿赤。

◎掉又嬥：宋时方言。此言女子姿态妖娆。

◎压一，压倒一切之意，犹云第一也。（张相《诗词曲语辞汇释》）

◎秦楼：借指妓院。

◎沾识：犹言沾惹、接近。

◎把不定：未被聘定。

◆秦少游《品令》“棹又嬥，天然个品格”，此正秦邮土音，用“个”字作语助，今秦邮人皆然也。《三百篇》如“其虚其邪，狂童之狂也且”，古人自操土音，北宋如秦柳，尚有此种。南宋姜白石、张玉田一派，此调不复有矣。（清焦循《雕菰楼词话》）

◆毛大可称词本无韵，是也。偶检唐宋人词，如杜安世《贺圣朝》用计（霁）、媚（寘）、待（贿）、爱（队）……秦观《品令》用得、织（职）、吃（锡）、日（质）、不（物）、惜（陌）……秦观《品令》云：“棹又嬥，天然个品格，于中压一。帘儿下，时把鞋儿踢。语低低，笑咭咭。”……凡此皆用当时乡谈里语，又何韵之有？（同上）

◆《品令》出以调笑口吻，表现一副娇憨情形，而又多用俚语方言，与山谷艳词相类。其必为少年应歌之作。（龙榆生《苏门四学士·秦观》）

南歌子

玉漏迢迢尽，银潢淡淡横。
梦回宿酒未全醒，已被邻鸡催起怕天明。

臂上妆犹在，襟间泪尚盈。
水边灯火渐人行，天外一钩残月带三星。

◆《苕溪渔隐丛话·前集》卷五十引《高斋诗话》云：“少游在蔡州……又《赠陶心儿》词云：‘天外一钩横月带三星。’谓‘心’字也。”案少游于元祐元年丙寅(1086)任蔡州教授，至五年入京，词盖作于是时。(徐培均《淮海居士长短句笺注》)

◎银潢：银河。

◆又《赠陶心儿》“一钩残月带三星”，亦隐“心”字。山谷赠妓词：“你共人女边着子，争知我门里添心？”亦隐“好闷”二字云。(明杨慎《词品》)

◆“你共人女边着子，争知我门里挑心”，对此则丑。(明卓人月《古今词统》)

◆秦淮海“天外一钩残月照三星”，只作晓景，佳！若指为心儿谜语，不与“女边着子，门里挑心”同堕恶道乎？(清沈谦《填词杂说》)

◆少游赠歌妓陶心儿《南歌子》词云(略)。末句暗藏“心”字，子瞻诮其恐为他姬厮赖也。(清徐釚《词苑丛谈》)

◆词中如“玉佩丁东”，如“一钩残月带三星”，子瞻所谓恐他姬厮赖，以取娱一时可也。乃子瞻《赠崔廿四》，全首如离合诗，才人戏剧，兴复不浅。(清刘体仁《七颂堂词绎》)

◆以人名字隐寓词中，始于少游之“一钩斜月带三星”，“小楼连苑横空”。无名氏之“梦也有头无尾”，虽游戏笔墨，亦自有天然妙合之趣。(清郭麐《灵芬馆词话》)

◆(结句)双关巧合，再过则伤雅矣。(清陈廷焯《词则·闲情集》)

◆秦少游赠陶心儿《南歌子》“天外一钩残月挂三星”，黄山谷《两同心》词“你共人女边着子，争知我门里挑心”，又《少年心》词“似合欢桃核，真堪人恨，心儿里有两个人人”，皆谜语也。《云溪友议》载晋公弟子裴諴与温岐为友，裴有《南歌子》云……二人又为《新添杨柳枝》词，饮筵竞唱其词而打令也……知秦黄之词，盖有所本。(冒广生《冒鹤亭词曲论文集·疚斋词论》)

◆词章家隽句，每本禅人话头，如忠国师云：“三点如流水，曲似刈禾镰。”(《五灯会元》卷三)大同禅师云：“依稀似半月，仿佛若三星”(《五灯会元》卷十六)，皆模状心字也。秦少游赠妓陶心儿词则云：“一钩斜月带三星”。《稗海》本《泊宅编》卷上极称东坡赠陶心儿词“缺月向人舒窈窕，三星当户照绸缪”，以为善状物，盖不知有所本也。(钱锺书《谈艺录》)

南歌子

愁鬓香云坠，娇眸水玉裁。
月屏风幌为谁开？天外不知音耗百般猜。

玉露沾庭砌，金风动琯灰。
相看有似梦初回，只恐又抛人去几时来。

◆少游元祐四年(1089)在蔡州有《赠女冠畅师》诗云：“瞳人剪水腰如束，一幅乌纱里寒玉。飘然自有姑射姿，回看粉黛皆尘俗。雾阁云窗人莫窥，门前车马任东西。礼罢晓坛春日静，落红满地乳鸦啼。”《苕溪渔隐丛话·前集》卷五十引《桐江诗话》载其事：“畅姓惟汝南有之，其族尤奉道，男女为黄冠者十之八九。时有女冠畅道姑，姿色妍丽，神仙中人也。少游挑之不得，作诗云……(略)”此词所咏与之有相似处，盖作

于同时。（徐培均《淮海居士长短句笺注》）

◎月解风幌：屏风窗帘。

◎琯灰，亦称葭灰，古代用以预测节气。据《后汉书·律历志》，烧葭成灰，置于律管内，至相应节气，葭灰即从律管内自行飞出，从而知节令。

◆相看又恐去，未去先问来，宛女子小声轻哮。（明沈际飞《草堂诗馀续集》）

南歌子

香墨弯弯画，燕脂淡淡匀。
揉蓝衫子杏黄裙，独倚玉阑无语点檀唇。

人去空流水，花飞半掩门。
乱山何处觅行云？又是一钩新月照黄昏。

◎揉蓝：蓝色。

临江仙

千里潇湘挼蓝浦，兰桡昔日曾经。
月高风定露华清。
微波澄不动，冷浸一天星。

独倚危樯情悄悄，遥闻妃瑟泠泠。
新声含尽古今情。
曲终人不见，江上数峰青。

◆宋释惠洪《冷斋夜话》云："庐山郏亭湖庙甚灵，能分风送往来之舟。秦少游南迁宿其下，登岸纵望久之，归卧舟中，闻风声，侧枕视微波，月影纵横，追绎昔尝宿垂云老惜竹轩，见西湖月色如此，遂梦美人自言维摩诘散花天女也，以维摩诘像来求赞。少游爱其画，默念曰：'非道子不能作此。'天女以诗戏少游曰：'不知水宿分风浦，何似秋眠惜竹轩？闻道诗词妙天下，庐山对面可无言？'少游梦中题其像曰……"此词云"千里潇湘挼蓝浦，兰桡昔日曾经"，又云"遥闻妃瑟泠泠"，意境相似。据秦《谱》，绍圣三年丙子（1096），少游自处州南徙郴州，词似作于舟经潇湘途中。（徐培均《淮海居士长短句笺注》）

◎挼蓝：形容江水的清澈。

◎月映长江秋水，分明冷浸星河。（五代欧阳炯《西江月》）

◎使湘灵鼓瑟兮，令海若舞冯夷。（《楚辞·远游》）

◎善鼓云和瑟，常闻帝子灵。……曲终人不见，江上数峰青。（唐钱起《省试湘灵鼓瑟》）

◆唐钱起《湘灵鼓瑟》诗末句："曲终人不见，江上数峰青。"秦少游尝用以填词云（词略）。滕子京亦尝在巴陵，以前两句填词云："湖水连天天连水，秋来分外澄清。君山自是小蓬瀛。气蒸云梦泽，波撼岳阳城。帝子有灵能鼓瑟，凄然依旧伤情。微闻兰芷动芳馨。曲终人不见，江上数峰青。"（宋吴曾《能改斋漫录》）

◆潭守宴客合江亭，时张才叔在座，令官妓悉歌《临江仙》。有一妓独唱两句云："微波浑不动，冷浸一天星。"才叔称叹，索其全篇。妓以实语告之："贱妾夜居商人船中，邻舟一男子，遇月色明朗，即倚樯而歌，声极凄怨。但以苦乏性灵，不能尽记。但助以一二同列，共往记之。"太守许焉。至夕，乃与同列饮酒以待。果一男子，三叹而歌。有赵琼者，倾耳堕泪曰："此秦七声度也！"赵善讴，少游南迁，经从一见而悦之。商人乃遣人问讯，即少游灵舟也。其词曰：（略）崇宁乙酉，张才叔过荆州，以语先子，乃相与叹息曰："少游了了，必不致沉滞恋此坏身，似有物为之。然词语超妙，非少游不能作，抑又可疑也。"（宋吴炯《五总志》）

◆诗之幽瘦者，宋人均以入词，如"曲终人不见，江上数峰青"一联，秦少游直录其语。若是者不少，是在填词家善于引用，亦须融会其意，不宜全录其文。总之，词以纤秀为佳，凡使气、使才，矜奇、矜僻，皆不可一犯笔端。（清杜文澜《憩园词话》）

◆沈作喆《寓简》卷十云：汴京时，有戚里子邢俊臣，“善作《临江仙》词，末章必用唐律两句为谑，以调时人之一笑”。如其以“高”字为韵，末句云：“巍峩万丈与天高。物轻人意重，千里送鹅毛。”又以“陈”字为韵，词末云：“远来犹自忆梁陈。江南无好物，聊赠一枝春。”又押“诗”字韵，词末云：“用心勤苦是新诗。吟安一个字，捻断数根髭。”其实，略早于少游的晏幾道，所作《临江仙》（梦后楼台高锁），上结即用五代翁虹《春残》诗句：“落花人独立，微雨燕双飞。”于是渐成惯例。少游与滕宗谅作此调，亦用唐诗为结句，虽不谑，然亦当时风气使然耳。（徐培均《淮海居士长短句笺注》）

临江仙

髻子偎人娇不整，眼儿失睡微重。
寻思模样早心忪。
断肠携手，何事太匆匆。

不忍残红犹在臂，翻疑梦里相逢。
遥怜南埭上孤篷。
夕阳流水，红满泪痕中。

◆此词似为忆内而作。词中“南埭”，系指召伯埭（今江苏江都邵伯），因在词人故里高邮之南，故称南埭。少游有《次韵子由召伯埭见别诗》三首，第一首有句云：“召伯埭南春欲尽，为公重赋《畔牢愁》。”绍圣元年甲戌（1094），少游出为杭州通判，途经邗沟，是时盖与家人告别，事后忆及此情此景，感而赋此。（徐培均《淮海居士长短句笺注》）

◎忪，心动不定，惊也，遑遽也。（《玉篇》）

◎还作江南梦，翻疑梦里逢。（唐戴叔伦《江乡故人偶集客舍》）

◆（起句）两句佳人之神。（结句）自饶花色。（明沈际飞《草堂诗馀续集》）

好事近 梦中作

春路雨添花，花动一山春色。
行到小溪深处，有黄鹂千百。

飞云当面化龙蛇，夭矫转空碧。
醉卧古藤阴下，了不知南北。

◆《苕溪渔隐丛话·前集》卷五十引《冷斋夜话》云：“秦少游在处州，梦中作长短句曰：山路雨添花……。后南迁，久之，北归，逗留于藤州，遂终于瘴江之上光华亭。时方醉起，以玉盂汲泉欲饮，笑视之而化。”徐案：《苏诗总案》卷四十五载：“本集书秦少游词后云：‘少游昔在虔州尝梦中作词云……’”虔州乃处州之误。少游于绍圣元年贬监处州酒税，至绍圣三年岁暮徙郴州，词盖绍圣三年丙子（1096）春天作于处州。（徐培均《淮海居士长短句笺注》）

◎夭矫：屈伸自如，多形容纵恣舞动的姿态。

◆秦少游、贺方回相继以歌词知名。少游有词云：“醉卧古藤阴下，了不知南北。”其后迁谪，卒于藤州光华亭上。方回亦有词云：“当年曾到王陵铺，鼓角秋风，千岁辽东，回首人间万事空。”后卒于北门，门外有王陵铺云。（宋赵令畤《侯鲭录》）

◆贺方回初作《青玉案》词，遂知名，其间有云“彩笔新题断肠句”。后山谷有诗云：“少游醉卧古藤下，谁作诗歌送一杯？解道江南断肠句，只今惟有贺方回。”盖载《青玉案》事。（宋阮阅《诗话总龟》）

◆叔原妙在得于妇人，方回妙在得词人遗意，非独两人而已，如少游临死作谶词云："醉卧古藤阴下，了不知南北。"必不至于西方净土。（宋王铚《默记》）

◆贺方回妙于小词，……山谷尝手写所作《青玉案》者，置之几研间，时自玩味，曰："凌波不过横塘路，但目送飞鸿去。锦瑟华年谁与度？小桥幽径，绮窗朱户，只有春知处。　碧云冉冉蘅皋暮，彩笔空题断肠句。试问闲愁都几许？一川烟草，满城风絮，梅子黄时雨。"山谷云此词少游能道之，作小诗曰："少游醉卧古藤下，无复愁眉唱一杯。解道江南断肠句，而今惟有贺方回。"（宋魏庆之《诗人玉屑》引《冷斋夜话》）

◆张祜有句云："故国三千里，深宫十二年。"故杜牧云："可怜故国三千里，虚唱宫词满六宫。"郑谷亦云："张生有国三千里，知者唯应杜紫微。"秦少游有词云："醉卧古藤阴下。"故山谷云："少游醉卧古藤下……"。正与杜、郑意同。（宋吴子良《荆溪林下偶谈》）

◆（过片）偶书所见。（结尾二句）白眼看世之态。酷似鬼词，宜其卒于藤州。（明沈际飞《草堂诗馀续集》）

◆秦观，字少游，号太虚，淮之高邮人，与苏、黄齐名，尝于梦中作《好事近》一词（略），其后以事谪藤州，竟死于藤，此词其谶乎？少游同时有贺铸，尝作《青玉案》悼之（词略）。山谷有诗云："少游醉卧古藤下……"（略）秦词世人少知，余尝亲见其墨迹，后有近代刘菊庄题云："名并苏黄学更优，一词遗墨至今留。无人唤醒藤州梦，淮水淮山总是愁。"亦不胜其感慨，因忆贺、黄二作，并书之。（明郎瑛《七修类稿》）

◆曹唐偶咏"水底有天春漠漠，人间无路月茫茫"，遂卒于僧舍。少游此词如鬼如仙，固宜不久。（明卓人月《古今词统》）

◆奇峭。（明陆云龙《词菁》）

◆少游得谪后，尝梦中作词云："醉卧古藤阴下，了不知南北。"竟以元符庚辰卒于藤州光华亭上。崇宁甲申，庭坚窜宜州，道过衡阳，览其遗墨，始追和其《千秋岁》词云。（清冯金伯《词苑粹编》）

◆概括一生，结语遂作藤州之谶。造语奇警，不似少游寻常手笔。

（清周济《宋四家词选》）

◆笔势飞舞。（清陈廷焯《词则·别调集》）

◆例如前节所举之《千秋岁》，与下列之梦中作《好事近》（词略），其出笔之险峭，声情之凄厉，较之集中其它诸作，判若两人。此环境之转移，有关于词格之变化者也。（龙榆生《研究词学之商榷》二《批评之学》）

补　遗

如梦令

莺嘴啄花红溜，燕尾点波绿皱。
指冷玉笙寒，吹彻《小梅》春透。
依旧，依旧，人与绿杨俱瘦。

◆此词一作黄庭坚作。

◎风乍起，吹皱一池春水。（五代冯延巳《谒金门》）

◎细雨梦回鸡塞远，小楼吹彻玉笙寒。（五代李璟《浣溪沙》）

◆意想妙甚，然春柳恐未必瘦。“指冷玉笙寒”二句，翻李后主（按，当是中主）“小楼吹彻玉笙寒”句。（明忏花盦丛书本《草堂诗馀》杨慎批语）

◆用字妍巧，寓意咏叹。（明李攀龙《草堂诗馀隽》）

◆闻笛怀人，似梦中得句来。（同上）

◆琢句奇峭。春柳未必瘦，然易此字不得。（明沈际飞《草堂诗馀》）

◆美成“晕酥砌玉”，鲁直“莺嘴啄花红溜，燕尾点波绿皱”，俱为险丽。（明王世贞《弇州山人词评》）

◆王世贞曰：谢勉仲“染云为幌”，周美成“晕酥砌玉”，秦少游“莺嘴啄花红溜”，蒋竹山“灯摇缥晕茸窗冷”，的是险丽矣，觉斧痕犹在；未若王通叟踏青游诸什，真犹石尉香尘、汉皇掌上也。（清沈雄《古今词话·词品》）

◆“莺嘴啄花红溜，燕尾点波绿皱”，秦少游《如梦令》句，《吹剑

录》曰："咏物形似，而少生动，与'红杏枝头'费如许气力。"（同上）

◆点景造微入妙。（清秦元庆本《诗馀》）

◆（结句）映起章（指前《如梦令》"门外鸦啼杨柳"）首句，亦申明五、六章之意。（清陈廷焯《词则·大雅集》）

木兰花慢

过秦淮旷望，迥萧洒，绝纤尘。
爱清景风蛩，吟鞭醉帽，时度疏林。
秋来政情味淡，更一重烟水一重云。
千古行人旧恨，尽应分付今人。

渔村。望断衡门。芦荻浦，雁先闻。
对触目凄凉，红凋岸蓼，翠减汀苹。
凭高正千嶂黯，便无情、到此也销魂。
江月知人念远，上楼来照黄昏。

◆据秦《谱》，熙宁九年（1076），少游曾同孙莘老、参寥子访漳南老人于历阳，浴汤泉，游龙洞，谒项羽庙，归时当经秦淮。此词似为归时之作。（徐培均《淮海居士长短句笺注》）

◎政：通"正"，正是。

◎衡门：横木为门，喻屋之简陋。后指隐者所居。

醉蓬莱

见扬州独有，天下无双，号为琼树。
占断天风，岁花开两次。
九朵一苞，攒成环玉，心似珠玑缀。

瓣瓣玲珑，枝枝洁净，世上无花类。

冷露朝凝，香风远送，信是琼瑶贵。
料得天宫有，此地久难留住。
翰苑才人，贵家公子，都要看花去。
莫吝金钱，好寻诗伴，日日花前醉。

◆此词写扬州琼花。宋葛立方《韵语阳秋》卷十六谓："琼花惟扬州后土祠有之，其它皆聚八仙，近似而非也。鲜于子骏尝有诗云：'百蕙天下多，琼花天上希。结根托灵祠，地着不可移。八蓓冠群芳，一株攒万枝。'而宋次道《春明退朝录》乃云：'琼花一名玉蕊。'……东坡瑞香词有'后土祠中玉蕊'之句者，非谓玉蕊花，止谓琼花如玉蕊之白耳。"徐案：元丰三年鲜于子骏为扬州守，待少游以礼，少游为作《扬州集序》，并相与和苏辙《游金山》一诗。此外，《淮海集》中有《次韵蔡子骏琼花》诗，云："无双亭上传觞处，最惜人归月上时。相见异乡心欲绝，可怜花与月应知。"可证少游曾在扬州无双亭与鲜于子骏宴前赏花，当亦有填词咏琼花之可能；而填词时间，亦可能与鲜于子骏作诗之日相同。故系之于元丰三年（1080）庚申。（徐培均《淮海居士长短句笺注》）

◎扬州后土祠琼花，天下无二本，绝类聚八仙，色微黄而有香。仁宗庆历中，尝分植禁苑，明年辄枯；遂复载还祠中，敷荣如故。淳熙中，寿皇亦尝移植南内，逾年，憔悴无花，仍送还之。其后，宦者陈源命园丁取孙枝移接聚八仙根上，遂活；然其香色则大减矣。（宋周密《齐东野语》）

御街行

银烛生花如红豆。这好事、而今有。
夜阑人静曲屏深，借宝瑟、轻轻招手。
可怜一阵白蘋风，故灭烛，教相就。

花带雨、冰肌香透。
恨啼鸟、辘轳声，晓岸柳，微风吹残酒。
断肠时、至今依旧。镜中消瘦。
那人知后，怕你来僝僽。

◆此词一作黄庭坚作(《忆帝京》)。

◆赵万里辑本引宋杨偍《古今词话》云:“秦少游在扬州刘太尉家，出姬侑觞。中有一姝，善擘箜篌。此乐既古，近时罕有其传，以为绝艺。姝又倾慕少游之才名，偏属意。少游借箜篌观之。既而主人入宅更衣，适值狂风灭烛，姝来且亲，有仓卒之欢，且云:‘今日为学士瘦了一半。’少游因作《御街行》以道一时之景。”徐案:少游熙宁年间(1068–1077)常往来于扬州。秦《谱》谓“会苏公自杭倅徙知密州，道经维扬，先生预作公笔语，题于一寺中。公见之大惊，及晤孙莘老，出先生诗词数百篇，读之，叹曰:‘向书壁者，必此郎也。’遂结神交”。是时已有才名，且年轻，故可能有此韵事。(徐培均《淮海居士长短句笺注》)

◎今宵酒醒何处？杨柳岸，晓风残月。(宋柳永《雨霖铃》)

阮郎归

春风吹雨绕残枝，落花无可飞。
小池寒绿欲生漪，雨晴还日西。

帘半卷，燕双归，讳愁无奈眉。
翻身整顿着残棋，沉吟应劫迟。

◎讳愁:谓欲隐瞒内心的痛苦。

◆既已整顿，终不禁应劫之迟，真写生手。应劫，犹言应敌。(《类编草堂诗馀》)

◆眉不掩愁，棋不消愁，愁来何处着？（明忏花盦丛书本《草堂诗馀》杨慎批语）

◆“讳愁无奈眉”，写想深慧。“翻身”二句，愁人之致，极宛极真。此等情景，匪夷所思。（同上）

◆以春花点春景，以春燕触春情，情景逼真。（明李攀龙《草堂诗馀隽》）

◆落花归燕，俱是抚景伤情之语。（同上）

◆“讳愁”五字，不知费多少安顿。（明卓人月《古今词统》）

◆此词疑少游坐党被谪后作，言己被谪而众谤尚交构也。“绕”字有纠缠不已之意。风雨相逼，至无花可飞，则惨悴甚矣。池欲生漪，亦“吹皱一池”之意也。“日西”，言日已暮而时已晚也。整顿残棋而应劫迟，言欲求伸而无心于应敌也。辞旨清婉凄楚。结束“沉吟”二字，妙在尚有含蓄。（清黄苏《蓼园词选》）

◆“东风无气力”，五字妖甚；如“落花无可飞”，便不佳。（清王士禛《花草蒙拾》）

满江红 姝丽

越艳风流，占天上、人间第一。
须信道、绝尘标致，倾城颜色。
翠绾垂螺双髻小，柳柔花媚娇无力。
笑从来、到处只闻名，今相识。

脸儿美，鞋儿窄。玉纤嫩，酥胸白。
自觉愁肠搅乱，坐中狂客。
《金缕》和杯曾有分，宝钗落枕知何日？
谩从今、一点在心头，空成忆。

◆《全宋词》列入秦观词，然疑非秦观作。……疑托秦观名义仿作，待考之。（徐培均《淮海居士长短句笺注》）

◎须信道，犹云须知道也。晏殊《渔家傲》词：“莫惜醉来开口笑。须信道，人间万事何时了。”……凡言须信道，义均同上。（张相《诗词曲语辞汇释》）

◎垂螺：古代女子结发为髻，形似螺壳而下垂。

◎一点：谓一点相思。

◆（下阕）太露，太急！（明沈际飞《草堂诗馀续集》）

画堂春

东风吹柳日初长，雨馀芳草斜阳。
杏花零落燕泥香，睡损红妆。

宝篆烟消龙凤，画屏云锁潇湘。
夜寒微透薄罗裳，无限思量。

◆此首别见明刻本《豫章黄先生词》。（《全宋词》）

◎雨后却斜阳，杏花零落香。（唐温庭筠《菩萨蛮》）

◆少游《画堂春》“雨馀芳草斜阳，杏花零落燕泥香”之句，善于状景物。至于“香篆暗消鸾凤、画屏萦绕潇湘”二句，便含蓄“无限思量”意思。此其有感而作也。（《类编草堂诗馀》引宋杨偍《古今词话》）

◆情景兼至。（明忏花盦丛书本《草堂诗馀》杨慎批语）

◆句句写景入画。言少而意甚多。（明李攀龙《草堂诗馀隽》）

◆以奇才运奇调，堪称奇章。（同上）

◆“杏花零落香”、“为怜流去落红香，衔将归画梁”（曾觌《阮郎归》词），秦以一句出蓝。“萦绕潇湘”，画中之画。“宝篆烟消鸾凤，画屏云锁潇湘”，亦妙！（明沈际飞《草堂诗馀·正集》）

◆宋人议论拘执，秦观“杏花零落燕泥香”，盖词人数数用之，必欲执无者以概有者，不几乎摇手不得，毋乃太沾滞乎！（清贺裳《载酒园诗话》）

◆温飞卿《菩萨蛮》：“雨后却斜阳，杏花零落香。”少游之“雨馀芳草斜阳，杏花零落燕泥香”，虽自此脱胎，而实有出蓝之妙。（王国维《人间词话》附陈乃干录自观堂旧藏《词辨》眉批）

◆高丽！直可使耆卿、美成为舆台矣。（清许昂霄《词综偶评》）

◆《古今词话》云：少游“芳草”、“杏花”二句，善于赋景物；“香篆”、“画屏”二句，便含蓄无限思量之意。此其有感而作也。（俞陛云《唐五代两宋词选释》）

海棠春

晓莺窗外啼声巧，睡未足、把人惊觉。
翠被晓寒轻，宝篆沉烟袅。

宿酲未解，双娥报道，别院笙歌宴早。
试问海棠花，昨夜开多少？

◎海棠花在否，侧卧卷帘看。（唐韩偓《懒起》）

◆“宿酲”承“睡未足”来，何等脉络！（明李攀龙《草堂诗馀隽》）

◆流莺唤睡，海棠独醒，情景恍在一盼中。（同上）

◆“睡未足”句，终嫌俚浅。（清陈廷焯《词则·闲情集》）

忆秦娥

暮云碧，佳人不见愁如织。
愁如织，两行征雁，数声羌笛。

锦书难寄西飞翼，无言只是空相忆。
空相忆，纱窗月淡，影双人只。

◎日暮碧云合，佳人殊未来。（南朝江淹《拟休上人怨别》）

◎武帝时丘仲之所作也……其后又有羌笛。马融《笛赋》曰：“近世双笛从羌起，羌人伐竹未及已。龙鸣水中不见已，截竹吹之声相似。剡其上孔通洞之，裁以当簻便易持。易京君明识音律，故本四孔加以一。”（《风俗通义·笛部》）

◎前秦窦滔镇襄阳，与宠姬赵阳台之任，绝其妻苏氏音问。苏悔恨自伤，因织锦回文题诗二百馀首寄滔。滔览锦字，感其妙绝，因具车从迎苏氏。（《说郛》本《侍儿小名录》）

◆结语简隽。（明卓人月《古今词统》）

菩萨蛮

金风蔌蔌惊黄叶，高楼影转银蟾匝。
梦断绣帘垂，月明乌鹊飞。

新愁知几许？欲似柳千缕。
雁已不堪闻，砧声何处村。

◆……《类编草堂诗馀》卷一亦题作“秋闺”，次于秦少游“蛩声泣露惊秋枕”一首之后，不著撰人。《全宋词》作无名氏词。徐案：旧时刻本往往一人两首以上诗或词，仅前一首署名，后几首不着撰人。笔者笺注《李清照集》时，曾查阅多种刻本，类皆如此，如《永乐大典》所载李易安词三阕，皆连排，除首阕外，馀二首皆不著撰人。他如李端叔（之仪）、黄庭坚之作品，亦如此。前人多不明此惯例，误将数首连排而后之未署名者，概以无名氏视之，惜哉！故此首应为秦少游作。（徐培均《淮海居

士长短句笺注》）

◎月明星稀，乌鹊南飞，绕树三匝，无枝可依。（三国魏曹操《短歌行》）

◎鸿雁不堪愁里听，云山况是客中过。（唐李颀《送魏万之京》）

◆色色入愁，声声致憾。（明李攀龙《草堂诗馀隽》）

◆如风声、雁声、砧声，俱足动秋闺之思。（同上）

◆“秋枕”、“黄叶”，无情物耳；用两“惊”字，无情生情。（明沈际飞《草堂诗馀·正集》）

◆种种可怜。（明陆云龙《词菁》）

◆按“匝”字从“转”生来，匹月由东而西、转于高楼之上者，已匝也。通首亦清微澹远。（清黄苏《蓼园词选》）

金明池春游

琼苑金池，青门紫陌，似雪杨花满路。
云日淡、天低昼永，过三点两点细雨。
好花枝、半出墙头，似怅望、芳草王孙何处。
更水绕人家，桥当门巷，燕燕莺莺飞舞。

怎得东君长为主？把绿鬓朱颜，一时留住。
佳人唱、《金衣》莫惜，才子倒、玉山休诉。
况春来、倍觉伤心，念故国情多，新年愁苦。
纵宝马嘶风，红尘拂面，也则寻芳归去。

◆《历代诗馀》调下注：“金明池，宋汴京游幸地也。南宋德寿出游，修旧京金明池故事。调名取此，双调，一百二十字。有以《夏云峰》别为一调者。按与此略无分别，盖即此调别名也。”《康熙钦定词谱》卷三十六云：“调见《淮海词》，赋东京金明池，即以调为题也。”又云：“此调始于秦观，有李弥逊词可校。”更云：“馀参僧挥词。”后载之，名“又一体”，末注：“此与秦词同，惟前段第七句作五字一句、四字一句。”僧挥即仲殊，与少游同时。徐案《淮海集》卷九有《西城宴集》诗二首，谓于元祐七年三月以中澣日游金明池、琼林苑，又会于国夫人园，会者二十有六人。诗云：“楼台四望烟云合，帘幕千家锦绣垂。风过忽闻花外笑，日长时奏水中嬉。”又云：“宜秋门外喜参寻，豪竹哀丝发妙音。”“犹恨真人足官府，不如鱼鸟自飞沉。”词人当据游园所感，自创《金明池》一调，以写一时之景。诗词对照，可为一证。而同时人僧挥继而作之，又一证也。《乐府雅词·拾遗》卷上有王晋卿《踏青游》词，亦写金明池之游。晋卿名诜，与少游同时，尝同游西园，见卷上《望海潮》（梅英疏淡）注。此又一证也。有此二证，可见谓无名氏作者，实不知少游作此词之背景也。（徐培均《淮海居士长短句笺注》）

◎（金明）池在顺天门街北，周围约九里三十步，池西直径七里许。入池门内，南岸西去百馀步，有西北临水殿，车驾临幸，观争标锡宴于此。（宋孟元老《东京梦华录》）

◎青门：指帝京的城门。

◎紫陌：指京都的道路。

◎三点五点映山雨，一枝两枝临水花。（唐吴融《闲望》）

◎王孙游兮不归，芳草生兮萋萋。（《楚辞·招隐士》）

◎东君：指春神。

◎劝君莫惜金缕衣，劝君须惜少年时。花开堪折直须折，莫待无花空折枝。（唐杜秋娘《金缕衣》）

◎玉山倒：见《满庭芳》（北苑研膏）词注。

◎休诉：莫辞。

◎紫陌红尘拂面来，无人不道看花回。（唐刘禹锡《元和十年自朗州承召至京戏赠看花诸君子》）

◆怅望何处，只在燕飞莺舞中。（明李攀龙《草堂诗馀隽》）

◆点缀春光，如雨花错落。至佳人才子，共庆同春，犹令人神游十二

峰，为之玩不释手。（同上）

◆（“好花枝”二句）花神现身时分。人生有几韶光美，倒尽金尊拼醉眠。朱淑真云：“愿教青帝长为主，莫遣纷纷点翠苔。”秦作曼声，琳琅振耳。（明沈际飞《草堂诗馀·正集》）

◆前阕写韶光婉媚，弈弈动人。次阕起处愿朱颜留住，意已感慨；至结句尤峻切，语意含蓄得妙。（清黄苏《蓼园词选》）

◆此词最明快，得结语神味便远。（清周济《宋四家词选》）

夜游宫

何事东君又去？满空院、落花飞絮。
巧燕呢喃向人语。
何曾解，说伊家，些子苦？

况是伤心绪。念个人、久成睽阻。
一觉相思梦回处。
连宵雨，更那堪，闻杜宇！

◎东君：春神。

◎些子：一点儿。

◎个，指点辞，犹这也；那也。周邦彦《水龙吟》词：“暗凝伫，因记个人痴小，乍窥门户。”赵闻礼鱼游春水词：“愁肠断也，个人知未？”个人，那人也。（张相《诗词曲语辞汇释》）

◎睽阻：犹睽隔、睽离。

一斛珠秋闺

碧云寥廓，倚阑怅望情离索。

悲秋自觉罗衣薄。
晓镜空悬，懒把青丝掠。

江山满眼今非昨，纷纷木叶风中落。
别巢燕子辞帘幕。
有意东君，故把红丝缚。

◆《全宋词》列为秦观词，然又疑非秦观作。（徐培均《淮海居士长短句笺注》）

◎离索：离群索居。

◎晓镜但愁云鬓改。（唐李商隐《无题》）

◎袅袅兮秋风，洞庭波兮木叶下。（《楚辞·九歌·湘夫人》）

青门饮赠妓

风起云间，雁横天末，
严城画角，《梅花》三奏。
塞草西风，冻云笼月，窗外晓寒轻透。
人去香犹在，孤衾长闲馀绣。
恨与宵长，一夜熏炉，添尽香兽。

前事空劳回首。
虽梦断春归，相思依旧。
湘瑟声沉，庾梅信断，谁念画眉人瘦？
一句难忘处，怎忍辜、耳边轻咒。
任人攀折，可怜又学，章台杨柳。

◆此词盖为怀念长沙义妓而作。《青泥莲花记》卷一下引《古今词话》云："秦少游尝惓一妹，临别，誓阖户相待。后有毁之者，少游作词谢曰：'风起云间……'妹见'任攀折'之句，遂削发为尼。"宋洪迈《夷坚志补》卷第二载少游在长沙遇一义倡，"为留数日，倡不敢以燕惰见，愈加敬礼。将别，嘱曰：'妾不肖之身，幸得侍左右。今学士以王命不可久留；妾又不敢从行，恐重以为累，唯誓洁身以报。他日北归，幸一过妾，妾愿毕矣。'少游许之。"秦《谱》："绍圣三年……先生在处州……以谒告写佛书为罪，削秩，徙郴州。先生将赴湖南，作《祭洞庭湖神文》。……岁暮抵郴州。"其经长沙，正值初冬。词云："雁横天末"、"塞草西风"，时令相符；而所云"湘瑟声沉，庾梅信断"，则又与二人所在之地吻合。词盖作于元符元年（1098）后贬谪岭南之际。（徐培均《淮海居士长短句笺注》）

◎《梅花》三奏：即《梅花三弄》，因叶韵而用"奏"字。琴曲名，又名《梅花引》、《梅花曲》、《玉妃引》。最早见于《神奇秘谱》，称此曲系根据晋桓伊所作笛曲改编而成，内容描写傲雪凌霜的梅花。全曲主调出现三次，故称"三弄"。

◎香兽：指抟成兽形的炭。《晋书·羊琇传》："琇性豪侈，费用无复齐限，而屑炭和作兽形以温酒。"

◎庾梅：庾岭之梅。

◎章台柳，章台柳，昔日青青今在否？纵使长条似旧垂，也应攀折他人手。（唐孟棨《本事诗·情感》载柳氏作。章台，汉代长安街道名，旧时多借指妓院。）

鹧鸪天

枝上流莺和泪闻，新啼痕间旧啼痕。
一春鱼鸟无消息，千里关山劳梦魂。

无一语，对芳尊。安排肠断到黄昏。
甫能炙得灯儿了，雨打梨花深闭门。

◆四印斋本《漱玉词补遗》云:“案毛钞本尚有《鹧鸪天》‘枝上流莺’一阕、《青玉案》‘一年春事’一阕,注云:‘《草堂》作少游、永叔,而秦、欧集无。’今案此二阕,别本无作李(清照)词者,当是秦、欧之作。且脍炙人口,故未附录。”其说是。唐圭璋《词学论丛》二《考证》谓此首“见至正本《草堂诗馀》,但皆不著撰人,陈本《草堂诗馀》误作秦观词。”似可议。观以下“汇评”诸家意见,当以秦观作为是。作者若无悲惨遭遇,恐难写出此词。(徐培均《淮海居士长短句笺注》)

◆此词云“千里关山劳梦魂”,疑被放郴州后所作,盖在绍圣间。(徐培均《淮海居士长短句笺注》)

◎鱼鸟:犹鱼雁,指书信。

◎甫能,犹云方才也。(张相《诗词曲语辞汇释》)

◎寂寞空庭春欲晚,梨花满地不开门。(唐刘方平《春怨》)

◆此词形容愁怨之意最工,如后叠“甫能炙得灯儿了,雨打梨花深闭门”,颇有言外之意。(宋杨偍《古今词话》)

◆秦少游“安排肠断到黄昏。甫能炙后(“得”之误)灯儿了,雨打梨花深闭门”,则十二时无间矣。此非深于闺恨者不能也。(明王世贞《弇州山人词评》)

◆“安排肠断”三句,十二时中无间矣,深于闺怨者!末用李词(宋李重元《忆王孙·春景》词),古人爱句,不嫌相袭。(明沈际飞《草堂诗馀·正集》)

◆后段三句似佳,结语尤曲折婉约有味。若嫌曲细,词与诗体不同,正欲其精工。故谓秦淮海以词为诗,尝有“帘幕千家锦绣垂”之句。孙莘老见之云:“又落《小石调》矣。”(明张綖《草堂诗馀别录》)

◆无限含愁说不得。(明忏花盦丛书本《草堂诗馀》杨慎批语)

◆“梨花”句与《忆王孙》同,才如少游,岂亦自袭邪,抑爱而不觉其重邪?(明茅暎《词的》)

◆新痕间旧痕,一字一血!(明李攀龙《草堂诗馀隽》)

◆结两句有言外无限深意。形容闺中愁怨,如少妇自吐肝胆语。

（同上）

◆锦心绣口，出语皆菁！“安排”二字，楚绝！（明陆云龙《词菁》）

◆词虽浓丽而乏趣味者，以其但作情景两分语，不知作景中有情、情中有景语耳。“雨打梨花深闭门”、“落红万点愁如海”，皆情景双绘，故称好句而趣味无穷。（清沈祥龙《论词随笔》）

◆此词形容愁怨之意最工，如后叠“甫能炙得灯儿了，雨打梨花深闭门”，颇有言外之意。孤臣思妇，同难为情。“雨打梨花”句，含蓄得妙，超诣也！（清黄苏《蓼园词选》引《古今词话》）

醉乡春

唤起一声人悄，衾冷梦寒窗晓。
瘴雨过，海棠开，春色又添多少。

社瓮酿成微笑，半缺椰瓢共舀。
觉倾倒，急投床，醉乡广大人间小。

◆《苕溪渔隐丛话·前集》卷五十引《冷斋夜话》云：“少游在黄州，饮于海（棠）桥，桥南北多海棠。有老书生家于海棠丛间，少游醉宿于此，明日题其柱云（词略）。东坡爱其句，恨不得其腔，当有知者。”徐案：“黄州”当为“横州”之误。又王本《补遗》案曰：“国朝闵叙粤述海棠桥在横州西，宋时建。故老传曰：此桥南北，旧皆海棠；书生祝姓者家此。宋秦少游谪横，尝醉宿其家。明日题词而去。”秦《谱》：元符元年（1098），“先生自郴州赴横州。……既至横州，荒落愈甚，寓浮槎馆，居焉。城西有海棠桥……明日题其柱云……此词刻于州志，海棠桥至今有遗迹云”。此说是。（徐培均《淮海居士长短句笺注》）

◎瘴雨：旧时谓湖广一带山林间湿热蒸郁易使人发病的雨水。

◎社瓮：指社日所用的酒。

◎醉之乡去中国，不知其几千里也。其土旷然无涯，无丘陵阪险；其气和平一揆，无晦朔寒暑；其俗大同，无邑居聚落；其人甚清。（唐王绩《醉乡记》）

◎不如驱入醉乡中，只恐醉乡田地窄。（唐陆龟蒙《奉酬袭美苦雨见示》）

◆海棠桥在南宁府横州。桥南北皆植海棠，有书生祝姓者家此。宋秦观尝醉宿其家，明日题一词，云（词略）。（明彭大翼《山堂肆考·宫集》）

◆秦少游谪藤州，一日，醉卧野人家，有词云……（略）。此词本集不载，见于地志。而修《一统志》者，不识“舀”字，妄改可笑。聊着之。（明杨慎《词品》）

◆（结句）学得嗣宗（阮籍）双白眼。（明卓人月《古今词统》）

◆横州海棠桥，长百馀尺，皆以铁力为材，宋时所建者。其地建亭，亦名海棠亭。数年前，建业黄琮守州，改为淮海书院。余尝至访遗迹，有坏碑数通，漫灭不可读；后一小碑，仆于地，拂拭观之，乃刻晁无咎像也。云晁尝不远万里来访淮海，故存其刻云。（清秦瀛《淮海先生年谱》引王济著《日询手镜》）

南歌子 赠东坡侍妾朝云

霭霭凝春态，溶溶媚晓光。
何期容易下巫阳，只恐使君前世是襄王。

暂为清歌驻，还因暮雨忙。
瞥然归去断人肠，空使兰台公子赋《高唐》。

◆《瓮牖闲评》卷五谓：“此秦少游为朝云作《南歌子》词也。‘玉骨那愁瘴雾……’，此苏东坡为朝云作《西江月》词也。余谓此二词皆朝云死后作，其间言语亦可见。而《艺苑雌黄》乃云：‘《南歌子》词者，东坡令朝云就少游乞之；《西江月》者，东坡作之以赠焉。'恐非也。"宋张邦基《侍儿小名录》"朝云"条："东坡先生侍妾曰朝云，字子霞，姓王氏，钱塘人。敏而好义，事先生二十有三年，忠敬若一。生子遯，未期而夭。"案《冷斋夜话》云："东坡渡海，惟朝云王氏随行，日诵'枝上柳绵'二句，为之流泪。"《林下词谈》复谓"朝云不久抱疾而亡，子瞻终身不复听此词"。此指朝云歌《蝶恋花》（花褪残红青杏小）之事。又清叶申芗《本事词》卷上云："朝云，姓王氏，钱塘名妓也，子瞻守杭，纳为侍妾。朝云敏而慧，初不识字，既事子瞻，遂学书，粗有楷法；又学佛，略通大义。子瞻南迁，家姬多散去，独朝云愿侍行。子瞻愈怜之。未几，病且死，诵《金刚经》四句偈而绝，葬惠州栖禅寺松下。"可知朝云随东坡南迁，殁于惠州。东坡元祐间有《南歌子》（云鬓裁新绿）词，内容与本篇相近，似为赠答之作。据施宿《东坡先生年谱》，东坡元祐六年闰八月出知颍州；而少游是时供职秘书省。故本篇以"使君"称东坡，以"兰台公子"自喻，词盖作于是时。《瓮牖》之说不确。（徐培均《淮海居士长短句笺注》）

◎《漫叟诗话》云："高唐事乃楚怀王，非襄王也。若古人云：'莫道无心便无事，也应愁杀楚襄王。'秦少游词云：'不应容易下巫阳，只恐翰林前世是襄王。'皆误用也。濠州西有高唐馆，俗以为楚之高唐也。御史阎钦爱题诗云：'借问襄王安在哉？山川此地胜阳台。'有李和风者，亦题诗云：'若向此中求荐枕，参差笑杀楚襄王。'前人既误指其人，后人又误指其地，可笑。"苕溪渔隐曰："《文选·高唐赋》云：'昔者，楚襄王与宋玉游云梦之台，望高唐之观，其上独有云气。王问玉曰：此何气也？玉对曰：所谓朝云者也。昔者，先王尝游高唐，怠而昼寝，梦见一妇人曰：妾巫山之女也。'李善注云：'楚怀王游于高唐，梦与神遇。'则《漫叟诗话》之言是也。然《神女赋》复云：'楚襄王与宋玉游于云梦之浦，使玉赋高唐之事。其后王寝，梦与神女遇，其状甚丽。'以此考之，则楚襄王亦梦与神女遇。但楚怀王是游高唐，楚襄王是游云梦，以此不可雷同用事耳。"（宋胡仔《苕溪渔隐丛话·前集》）

◎兰台公子：指宋玉。

◆《艺苑雌黄》云："朝云者，东坡侍妾也，尝令就秦少游乞词，少游作《南歌子》赠之云（词略）。何其婉媚也！《复斋漫录》云：'《洛阳伽蓝记》言：河间王有婢名曰朝云，善吹篪。诸羌叛，王令朝云假为老妪吹篪，羌人无不流涕，后降。语曰：快马健儿，不如老妪吹篪。'然则名婢曰朝云，不始于东坡也。"（宋胡仔《苕溪渔隐丛话·后集》）

南歌子

夕露沾芳草，斜阳带远村。
几声残角起谯门，撩乱栖鸦飞舞闹黄昏。

天共高城远，香馀绣被温。
客程常是可销魂，乍向心头横着个人人。

◆此首及下一首录自《乐府雅词·拾遗》卷下。唐圭璋《词学论丛》二《考证》案云："二首见《乐府雅词·拾遗》，亦不着撰人，后人误作秦观词。"然检《丛书集成本》初编《乐府雅词·拾遗》卷下，前一首不著撰人，后一首署秦观作；王本《补遗》亦注云："见宋曾慥《乐府雅词》。"此首亦见《花草粹编》卷五，作秦观词。（徐培均《淮海居士长短句笺注》）

◎谯门：见卷上《望海潮》四首其二注。

◎人人，对于所昵者之称，多指彼美而言。欧阳修《蝶恋花》词："翠被双盘金缕凤。忆得前春，有个人人共。"（张相《诗词曲语辞汇释》）

南歌子

楼迥迷云日，溪深涨晚沙。
年来憔悴费铅华，楼上一天春思浩无涯。

罗带宽腰素，真珠溜脸霞。
海棠开过柳飞花，薄幸只知游荡不思家。

总　评

宋黄庭坚《病起荆江亭即事十首》之一　闭门觅句陈无己，对客挥毫秦少游。正字不知温饱未？西风吹泪古藤州。

宋张耒《寄参寥诗五首》其三　秦子我所爱，词若秋风清。萧萧吹毛发，肃肃爽我情。精工造奥妙，宝铁镂瑶琼。我虽见之晚，披豁见平生。又闻从苏公，复与子同行。更酬而迭唱，钟磬日撞鸣。东吴富山川，草木馀春荣。悲余独契阔，不得陪酬赓。

宋陈师道《后山诗话》　退之以文为诗，子瞻以诗为词，如教坊雷大使之舞，虽极天下之工，要非本色。今代词手，惟秦七、黄九尔，唐诸人不逮也。

宋叶梦得《避暑录话》　秦观少游亦善为乐府，语工而入律，知乐者谓之作家歌，元丰间盛行于淮楚。"寒鸦千万点，流水绕孤村"，本隋炀帝诗也，少游取以为《满庭芳》词，而首言"山抹微云，天黏衰草"，尤为当时所传。苏子瞻于四学士中最善少游，故他文未尝不极口称善，岂特乐府？然犹以气格为病，故常戏云："山抹微云秦学士，露花倒影柳屯田。""露花倒影"，柳永《破阵子》语也。

宋胡仔《苕溪渔隐丛话·后集》引李清照《词论》　乃知（词）别是一家，知之者少。后晏叔原、贺方回、秦少游、黄鲁直出，始能知之。又晏苦无铺叙。贺苦少典重。秦即专主情致，而少故实，譬如贫家美女，虽极妍丽丰逸，而终乏富贵态。黄即尚故实，而多疵病，譬如良玉有瑕，而价自减半矣。

又《后集》　苕溪渔隐曰："无己称：'今代词手，惟秦七、黄九，唐诸人不追也。'无咎称：'鲁直词不是当家语，自是着腔子唱好诗。'二公在当时，品题不同如此。自今观之，鲁直词亦有佳者，第无多首耳。少游词虽婉美，然格力失之弱。二公之言，殊过誉也。”

又《前集》引《王直方诗话》 东坡尝以所作小词示无咎、文潜，曰：“何如少游？”二人皆对云：“少游诗似小词，先生小词似诗。”

又《前集》引《王直方诗话》 元祐中，诸公以上巳日会西池，王仲至有二诗，文潜和之最工，云：“翠浪有声黄帽动，春风无力彩旗垂。”至秦少游即云：“帘幕千家锦绣垂。”仲至读之，笑曰：“此语又待入《小石调》也。”然少游有“已烦逸少书陈迹，更属相如赋《上林》”之句，诸人亦以为难及。

又《后集》引《艺苑雌黄》 柳之《乐章》，人多称之，然大概非羁旅穷愁之词，则闺门淫媟之语；若欧阳永叔、晏叔原、苏子瞻、黄鲁直、张子野、秦少游辈较之，万万相辽。彼其所以传名者，直以言多近俗、俗子易悦故也。

宋魏庆之《诗人玉屑》引《冷斋夜话》 少游小词奇丽，咏歌之，想见其神情在绛阙道山之间。

宋惠洪《冷斋夜话》 东坡初未识少游，少游知其将复过维扬，作坡笔语，题壁于一山寺中。东坡果不能辨，大惊。及见孙莘老，出少游诗词数十篇，读之，乃叹曰：“向书壁者，定此郎也。”后与少游维扬别，作《虞美人》曰：“波声拍枕长淮晓，隙月窥人小。无情汴水自东流，只载一船离恨向西州。 竹阴花圃曾同醉，酒味多于泪。谁教风鉴在尘埃，酝造一场烦恼送人来。”

宋王灼《碧鸡漫志》 张子野、秦少游，俊逸精妙。少游屡困京洛，故疏荡之风不除。

宋孙竞《竹坡词序》 昔蔡伯世评近世之词，谓苏东坡辞胜乎情，柳耆卿情胜乎辞，辞情兼称者，唯秦少游而已。

宋杨万里《过高邮》诗 一州斗大君休笑，国士秦郎此故乡。

宋周必大《益公题跋跋米元章书秦少游词》 借眼前之景，而含万里不尽之情；因古人之法，而得三昧自在之力。此词此字所以传世。乾道己丑五月二十四日。

宋陈善《扪虱新话》　欧阳公不得不收东坡，所谓“老夫当避路，放他出一头地”，其实掩抑渠不得也。东坡亦不得不收秦少游，黄鲁直辈。少游歌词当在东坡上。少游不遇东坡，当能自立，必不在人下也；然提奖成就，坡力为多。

宋刘将孙《养吾斋集·新城饶克明集词序》　今曲而参差不齐，不复可以充口而发，随声而协矣，然犹未至于大曲也。及柳耆卿辈以音律造新声，少游、美成以才情畅制作，而歌非朱唇皓齿，如负之矣。

宋王偁《题书舟词》　昔晏叔原以大臣子处富贵之极，为靡丽之词。其政事堂中旧客，尚欲其捐有馀之才，觊未至之德者。盖叔原独以词名尔，他文则未传也。至少游、鲁直则已兼之。故陈无己之作，自云“不减秦七、黄九”，是亦推尊其词矣。余谓正伯为秦、黄则可，为叔原则不可。

宋罗大经《鹤林玉露》　山谷云：“闭门觅句陈无已，对客挥毫秦少游。”世传无已每有诗兴，拥被卧床，呻吟累日，乃能成章。少游则杯觞流行，篇咏错出，略不经意。然少游特流连光景之词，而无已意高词古，直欲追踵雅正，正自不可同年语也。

宋韩淲《涧泉日记》　少游在黄、陈之上。黄鲁直意趣极高。

宋汤衡《于湖词序》　昔东坡见少游上巳游金明池诗有“帘幕千家锦绣垂”之句，曰：“学士又入《小石调》矣。”世人不察，便谓其诗似词，不知坡之此言，盖有深意。夫镂玉雕琼，裁花剪叶，唐末词人非不美也；然粉泽之工，反累正气。东坡虑其不幸而溺乎彼，故援而止之惟恐不及。其后元祐诸公嬉弄乐府，寓以诗人句法，无一毫浮靡之气，实自东坡发之也。

宋楼钥《黄太史书少游海康诗题跋》　祭酒芮公赋《莺花亭》诗，其中一绝云：“人言多技亦多穷，随意文章要底工？淮海秦郎天下士，一生怀抱百忧中。”尝诵而悲之。醉卧古藤，诚可深惜。宜人者宜于人，竟亦不免，哀哉！

宋张炎《词源》　秦少游词，体制淡雅，气骨不衰，清丽中不断意脉，咀嚼无滓，久而知味。

又《词源序》　旧有刊本《六十家词》，可歌可诵者，指不多屈。中间如秦少游、高竹屋、姜白石、史邦卿、吴梦窗，此数家格调不侔，句法挺异，俱能特立清新之意，删削靡曼之词，自成一家，各名于世。

明杨慎《词品》序　诗词同工而异曲，共源而分派，……宋人如秦少游、辛稼轩，词极工矣，而诗殊不强人意。疑若独蓺然者，岂非异曲分派之说乎？

明王世贞《艺苑卮言》　永叔、介甫俱文胜词，词胜诗，诗胜书。子瞻书胜词，词胜画，画胜文，文胜诗。然文等耳，馀俱非子瞻敌也。鲁直书胜词，词胜诗，诗胜文。少游词胜书，书胜文，文胜诗。

明王世贞《弇州山人词评》　《花间》以小语致巧，《世说》靡也；《草堂》以丽字取妍，六朝隃也。即词号称诗馀，然而诗人不为也。何者？其婉娈而近情也，足以移情而夺嗜；其柔靡而近俗也，诗蝉缓而就之，而不知其下也。之诗而词，非词也；之词而诗，非诗也。言其业：李氏晏氏父子、耆卿、子野、美成、少游、易安，至也，词之正宗也。温、韦艳而促，黄九精而险，长公丽而壮，幼安辩而奇，又其次也，词之变体也。词兴而乐府亡矣，曲兴而词亡矣。非乐府与词之亡，其调亡也。

明张綖《诗馀图谱·凡例》　词体大略有二：一体婉约，一体豪放。婉约者欲其词情蕴藉，豪放者欲其气象恢宏。盖亦存乎其人。如秦少游之作多是婉约，苏子瞻之作多是豪放。大抵词体以婉约为正，故东坡称少游为今之词手，后山评东坡如教坊雷大使舞，虽极天下之工，要非本色。

明张綖《秦少游先生淮海集序》　盖其逸情豪兴，围红袖而写论，驱风雨于挥毫，落珠玑于满纸，婉约绮丽之句，绰乎如步春时女，华乎如贵游子弟。

明王象晋《秦张两先生诗馀合璧序》　诗馀盛于赵宋，诸凡能文之士，靡不舐墨吮毫，争吐其胸中之奇，竞相雄长。及淮海一鸣，即苏黄且为逊席。盖诗有别才，从古志之。诗之一派，流为诗馀，其情郅，其词婉，使人诵之，浸淫渐渍，而不自觉。总之不离温厚和平之旨者近是，故曰：诗之馀也。此少游先生所独擅也。

明沈际飞《草堂诗馀序》　诗与词几不可强同，而杨用修亦曰：诗圣如子美，不作填词，宋人如秦、辛，词极工矣，而诗不强人意。

又　甚而远女子，读《淮海词》，亦解脍炙，继之以死，非针石芥珀之投，曷由至是？

明何良俊《草堂诗馀序》　然乐府以皦迳扬厉为工，诗馀以宛丽流畅为美。即《草堂诗馀》所载，如周清真、张子野、秦少游、晏叔原诸人之作，柔情曼声，摹写殆尽，正词家所谓当行、所谓本色也，第恐曹、刘不肯为之耳。

明俞彦《爰园词话》　欧苏黄秦，足当高岑王李。

明徐渭《南词叙录》　晚唐、五代，填词最高，宋人不及。何也？词须浅近，晚唐诗文最浅，邻于词调，故臻上品。宋人开口便学杜诗，格高气粗，出语便自生硬。其间若淮海、耆卿、叔原辈，一二语入唐者有之，通篇则无有。

清王士禛《分甘馀话》　凡为诗文，贵有节制，即词曲亦然。正调至秦少游、李易安为极致，若柳耆卿则靡矣。变调至东坡为极致，辛稼轩豪于东坡而不免稍过，若刘改之则恶道矣。学者不可以不辨。

清王士禛《倚声集序》　语其正则南唐二主为之祖，至《漱玉》、《淮海》而极盛。……语其变则眉山导其源，至稼轩、放翁而尽变。

清王士禛《高邮雨泊》　寒雨秦邮夜泊船，南湖新涨水连天。风流不见秦淮海，寂寞人间五百年。

清王士禛《秦邮杂诗》之二　高台几废文章古，果是江河万古流。

清张宗橚《词林纪事》引楼敬思云　《淮海词》风骨自高，如红梅作花，能以韵胜，觉清真亦无此气味也。

清世经堂康熙十七年残本《词综》卷六秦观名上眉批　《淮海词》秀润和雅，能言人意中事，而不趋尖刻一路，北宋自以此君为第一。

清邹祗谟《远志斋词衷》　余尝与（董）文友论词，谓小调不学花间，则当学欧晏秦黄。《花间》绮琢处，于诗为靡，而于词则如古锦纹理，自有暗然异色。欧晏蕴藉，秦黄生动，一唱三叹，总以不尽为佳。

清贺裳《皱水轩词筌》　少游能曼声以合律，写景极凄婉动人；然形容处殊无刻肌入骨之言，去韦庄、欧阳炯诸家，尚隔一尘。

又　长调推秦柳周康为緫律，然康惟《满庭芳·冬景》一词，可称禁脔，馀多应酬铺叙，非芳旨也。周清真虽未高出，大致匀净，有柳欹花亸之致，沁人肌骨处，视淮海不徒娣姒而已。

清彭孙遹《金粟词话》　词家每以秦七、黄九并称，其实黄不及秦远甚，犹高之视史，刘之视辛，虽齐名一时，而优劣自不可掩。

清冯班《钝吟文稿》　鲁公作相，有“曲子相公”之言，一时以为耻。坡公谓秦太虚乃学柳七作曲子，秦愕然以为不至是。是艳词非宋人所尚也。

清纪昀《四库全书总目提要·淮海词提要》　观诗格不及苏黄，而词则情韵兼胜，在苏黄之上。流传虽少，要为倚声家一作手。

清张惠言《词选叙》　宋之词家，号为极盛，然张先、苏轼、秦观、周邦彦、辛弃疾、姜夔、王沂孙、张炎，渊渊乎文有其质焉，其荡而不返，傲而不理，枝而不物。柳永、黄庭坚、刘过、吴文英之伦，亦各引一端，以取重于当世。而前数子者，又不免有一时放浪通脱之言出于其间。后进弥以驰逐，不务原其指意，破析乖剌，坏乱而不可纪。

清董士锡《餐华吟馆词序》　昔柳耆卿、康伯可未尝学问，乃以其鄙嫚之辞缘饰音律，以投时好，而词品以坏。姜白石、张玉田出，力矫其弊为清雅之制，而词品以尊。虽然，不合五代、全宋以观之，不能极词之变也。不读秦少游、周美成、苏东坡、辛幼安之别集，不能撷词之盛也。元明至今，姜张盛行，而秦周苏辛之传几绝，则以浙西六家独尊姜张之故。盖尝论之：秦之长，清以和；周之长，清以折，而同趋以丽。苏辛之长，清以雄；姜张之长，清以逸。而苏辛不自调律，但以文辞相高，以成一格。此其异也。六子者，两宋诸家，皆不能过焉。然学秦病贫，学周病涩，学苏病疏，学辛病纵，学姜张病肤。盖取其丽与雄与逸，而遗其清，则五病杂见，而三长亦渐以失。

清李调元《雨村词话》　后山谓今词家惟秦七、黄九，此语大不可解。山谷惟工诗耳，词非所长。

又　人谓东坡长短句不工媚词，少谐音律，非也，特才大不肯受束缚而然，间作媚词，却洗尽铅华，非少游女娘语所及。

又　当时黄秦并称，大有老子韩非同传之叹。

清沈雄《古今词话·词话》　陈后山曰："今代词手，惟秦七、黄九耳，馀人不逮也。"然秦能曼声以合律，形容处殊无刻肌入骨语。黄时出俚浅，可谓伧父。然黄有"春未透，花枝瘦，正是愁时候"，亦非秦所能及。

清王博文《天籁集序》　乐府始于汉，着于唐，盛于宋，大概以情致为主。秦晁贺晏虽得其体，然哇淫靡曼之声胜。东坡、稼轩矫之以雄词英气，天下之趋向始明。

清汪懋麟《棠村词序》　余尝论宋词有三派：欧晏正其始，秦黄周柳姜史李清照之徒备其盛，东坡稼轩放乎其言之矣。

清宋翔凤《乐府馀论》　按词自南唐以来，但有小令，其慢词盖起宋仁宗朝。中原息兵，汴京繁庶，歌台舞榭，竞赌新声。耆卿失意无俚，流连坊曲，遂尽收俚俗语言，编入词中，以便伎人传习。一时动听，散播四方。其后东坡、少游、山谷辈，相继有作，慢词遂盛。

清谢章铤《赌棋山庄词话》　小调不学花间，则当学欧晏秦黄，总以不尽为佳。

又　元祐、庆历，代不乏人：晏元献之辞致婉约，苏长公之风情爽朗。豫章、淮海，掉鞅于词坛；子野、美成，联镳于艺苑。幽索如屈宋，悲壮如苏李，固已同祖风骚，力求正始。……若夫学士微云，郎中三影，尚书红杏之篇，处士春草之什，柳屯田"晓风残月"，文洁而体清；李易安"落日""暮云"，虑周而藻密：综述性灵，敷写器象，盖骎骎乎大雅之林矣！

又　余尝谓稽之宋词，秦柳，其南曲昆山腔乎；苏辛，其北曲秦腔乎？此即教坊大使对东坡之说也。

又　竹垞（朱彝尊）曰："世人言词，必称北宋，然词至南宋始极其工，至宋季而始极其变。"此为当时孟浪言词者。发其实，北宋如晏、柳、苏、秦，可谓之不工乎？且竹垞之与李十九论词也，亦曰"慢词宜师南宋，而小令宜师北宋"矣。

又　晏秦之妙丽，源于李太白、温飞卿。姜、史之清真，源于张志和、白香山。惟苏、辛在词中，则藩篱独辟矣。

又　坡公谓秦太虚乃学柳七作曲子，秦愕然以为不至是，是艳词非北宋人所尚也。

又　仆又谓，词体如美人含娇，秋波微转，正视之一态，旁观之一态，近窥之一态，远窥之又一态。数语颇俊，然此亦谓温李晏秦耳，若苏辛刘蒋，则如素娥之视宓妃，尚嫌临波作态。

又　北宋多工短调，南宋多工长调。北宋多工软语，南宋多工硬语。然二者偏至，终非全才。欧阳、晏、秦，北宋之正宗也。柳耆卿失之滥，黄鲁直失之伧。白石、高、史，南宋之正宗也。吴梦窗失之涩，蒋竹山失之流。若苏、辛自立一宗，不当侪于诸家派别之中。

又《续编》　南宋词近耆卿者多，近少游者少，少游疏而耆卿密也。词固必期合律，然《雅》《颂》合律，《桑间》《濮上》亦未尝不合律也。律和声本于诗言志，可为专讲律者进一格焉。

清江顺诒《词学集成》引尤侗悔庵《词苑丛谈·序》　唐诗有初盛中晚，宋词亦有之。唐之诗由六朝乐府而变，宋之词由五代长短句而变。约而次之，小山、安陆，其词之初乎，淮海、清真，其词之盛乎。石帚、梦窗，似得其中。碧山、玉田，风斯晚矣。唐诗以李、杜为宗，而宋词苏、陆、辛、刘，有太白之气。秦、黄、周、柳，得少陵之体。

又　陶篁村自序云："倚声之作，莫盛于宋，亦莫衰于宋。尝惜秦、黄、周、柳之才，徒以绮语柔情，竞夸艳冶，从而效之者加厉焉。遂使郑卫之音，泛滥于六七百年，而雅奏几乎绝矣。"诒案：词之坏，坏于秦、黄、周、柳之淫靡，非有巨识，孰敢议宋人耶!

又　蔡小石宗茂《拜石词序》云："词盛于宋，自姜、张以格胜，苏、辛以气胜，秦、柳以情胜，而其派乃分。然幽深窅眇，语巧则纤，跌宕纵横，语粗则浅。异曲同工，要在各造其极。"诒案：此以苏、辛、秦、柳与姜、张并论，究之格胜者，气与情不能逮。

又　宗小梧司马云："《香奁》格非词之正宗，可使大千世界迷人，同登觉路，吾欲比于洙泗正乐之功。"诒案：词章之学，汉宋诸儒所不屑道。淫词艳语，有害于人心风俗不少，未始非秦七、黄九阶之厉。此姜、张所以独有千古也。

清江顺诒《与黄子鲁论词书》　故赵宋一代作者，苏辛之派不及姜史，姜史之派不及晏秦，此故正变之推未穷，而亦以填词为小道，若其量之只宜如此者。

又　包慎伯大令世臣《月底修箫谱序》云：意内而言外，词之为教也。然意内不可强致，言外非学不成，是词说者言外而已。言成则有声，声成则有色，色成而味出焉。三者具，则足以尽言外之才矣。若夫成人之速者莫如声，故词名倚声。倚声之得者又有三：曰清，曰脆，曰涩。不脆则声不成，脆矣而不清则腻，清矣而不涩则浮。屯田、梦窗以不清伤气，淮海、玉田以不涩伤格，清真、白石则能兼之矣。六家于言外之旨，得矣。以云意内，惟白石、玉田耳！淮海时时近之，清真、屯田、梦窗皆去之弥远。而俱不害为可传者，则以其声之幺眇铿磬，恻恻动人，无色而艳，无味而甘故也。

清胡薇元《岁寒居词话》　《淮海词》一卷，宋秦观少游作，词家正音也。故北宋惟少游乐府语工而入律，词中作家，允在苏、黄之上。

清田同之《西圃词说》　北宋秦少游妙矣，而尚少刻肌入骨之语，去韦庄、欧阳修诸家尚隔一尘。黄山谷时出俚语，未免伧父，然"春未透，花枝瘦，正是愁时候"，新俏亦非秦所能作。

又　华亭宋尚木征璧曰：吾于宋词得七人焉，曰永叔秀逸，子瞻放诞，少游清华，子野娟洁，方回鲜清，小山聪俊，易安妍婉。若鲁直之苍老，而或伤于颓。介甫之劖削，而或伤于拗。无咎之规检，而或伤于朴。稼轩之豪爽，而或伤于霸。务观之萧散，而或伤于疏。此皆所谓我辈之词也。苟举当家之词，如柳屯田哀感顽艳，而少寄托。周清真蜿蜒流美，而乏陡健。康伯可排叙整齐，而乏深邃。……词至南宋而繁，亦至南宋而敝，作者纷如，难以概述矣。

清先著《词洁》　词家正宗，则秦少游、周美成。然秦之去周，不止三舍。宋末诸家，皆从美成出。

清周济《宋四家词选·目录序论》　清真浑厚，正于钩勒处见。他人一钩勒便刻削，清真愈钩勒愈浑厚。……少游最和婉醇正，稍逊清真者，辣耳。少游意在含蓄，如花初胎，故少重笔。然清真沉痛之极，仍能含蓄。……西麓宗少游，径平思钝，乡愿之乱德也。

清周济《介存斋论词杂著》　良卿曰："少游词，如花含苞，故不甚见其力量。其实后来作手，无不胚胎于此。"

又　晋卿曰："少游正以平易近人，故用力者终不能到。"

又　西麓不善学少游。少游中行，西麓乡愿。

又《词辨序》　自温庭筠、韦庄、欧阳修、秦观、周邦彦、周密、吴文英、王沂孙、张炎之流，莫不蕴藉深厚，而才艳思力，各骋一途，以极其致。譬如匡庐衡岳，殊体而并胜，南威西施，别态而同妍矣。

清郭麐《灵芬馆词话》　词之为体，大略有四：风流华美，浑然天成，如美人临妆，却扇一顾，《花间》诸人是也，晏元献、欧阳永叔诸人继之；施朱傅粉，学步习容，如宫女题红，含情幽艳，秦、周贺、晁诸人是也；柳七则靡曼近俗矣；姜、张诸子，一洗华靡，独标清绮，如瘦石孤花，清笙幽磬，入其境者，疑有仙灵，闻其声者，人人自远。

清郭麐《无声诗馆词序》　词家者流，其源出于《国风》，其本沿于齐梁。自太白以至五季，非儿女之情不道也。宋立乐府，用于庆赏饮宴，于是周秦以绮靡为宗，史柳以华缛相尚，而体一变。苏辛以高世之才，横绝一时，而奋末广愤之音作。姜张祖骚人遗意，尽洗秾艳，而清空婉约之旨深。自是以后，虽有作者欲离去别见，其道无由。

清谭献《复堂词话》　淮海在北宋，如唐之刘文房。

清陈廷焯《白雨斋词话》　秦少游自是作手，近开美成，导其先路；远祖温、韦，取其神不袭其貌，词至是乃一变焉。然变而不失其正，遂令议者不病其变，而转觉有不得不变者。后人动称秦、柳，柳之视秦，为之奴隶而不足者，何可相提并论哉！

又　唐、五代词，不可及处，正在沈郁。宋词不尽沈郁，然如子野、少游、美成、白石、碧山、梅溪诸家，未有不沈郁者。

又　东坡、少游，皆是情馀于词；耆卿乃辞馀于情，解人自辨之。

又　黄九于词，直是门外汉，匪独不及秦、苏，亦去耆卿远甚。

又　秦七、黄九，并重当时，然黄之视秦，奚啻碔砆之于美玉！词贵缠绵，贵忠爱，贵沈郁。黄之鄙俚者无论矣；即以其高者而论，亦不过于倔强中见姿态耳。

又　少游名作甚多，而俚词亦不少，去取不可不慎。

又　张綖云："少游多婉约，子瞻多豪放，当以婉约为主。"此亦似是而非，不关痛痒语也。诚能本诸忠厚，而出以沈郁，豪放亦可，婉约亦可；否则豪放嫌其粗疏，婉约又病其纤弱矣。

又　少游、美成，词坛领袖也。所可议者，好作艳语，不免于俚耳。故大雅一席，终让碧山。

又　词法莫密于清真，词理莫深于少游，词笔莫超于白石，词品莫高于碧山，皆圣于词者。

又　《宋七家词选》甚精，若更以淮海易草窗，则毫发无遗憾矣。

又　《莲子居词话》云："苏之大，张之秀，柳之艳，秦之韵，周之圆融，南宋诸老，何以尚兹。"此论殊属浅陋。谓北宋不让南宋则可，而以秀艳等字尊北宋则不可。如徒曰秀艳圆融而已，则北宋岂但不及南宋，并不及金元矣。至以耆卿与苏张周秦并称，而不数方回，亦为无识。又以秀字目子野，韵字目少游，圆融目美成，皆属不切。即以大字目东坡，艳字目耆卿，亦不甚确。大抵北宋之词，周、秦两家，皆极顿挫沈郁之妙，而少游托兴尤深，美成规模较大，此周、秦之异同也。

又　熟读温韦词，则意境自厚。熟读周秦词，则韵味自深。熟读苏辛词，则才气自旺。熟读姜张词，则格调自高。熟读碧山词，则本原自正，规模自远。本是以求风雅，何必遽让古人。

又　古人词胜于诗则有之，如少游、白石皆然；未有不知诗而第工词者。

又　周秦词以理法胜，姜张词以骨韵胜，碧山词以意境胜，要皆负绝世之才，而又以沉郁出之，所以卓绝千古也。

又　乔笙巢云："少游词寄慨身世，闲雅有情思。酒边花下，一往而深，而怨诽不乱，悄乎得《小雅》之遗。"又云："他人之词，词才也；少游，词心也。得之于内，不可以传。虽子瞻之明俊，耆卿之幽秀，犹若有瞠乎后者，况其下耶！"此与庄中白之言颇相合，淮海何幸，有此知己。

又　东坡、稼轩，白石、玉田，高者易见；少游、美成，梅溪、碧山，高者难见；而少游、美成尤难见。美成意馀言外，而痕迹消融，人苦不能领略。少游则义蕴言中，韵流弦外，得其貌者，如鼷鼠之饮河，以为果腹矣，而不知沧海之外，更有河源也。乔笙巢谓“他人之词，词才也；少游，词心也”，可谓卓识。

又　唐宋名家，流派不同，本原则一。论其派别，大约温飞卿为一体，皇甫子奇、南唐二主附之。韦端己为一体，牛松卿附之。冯正中为一体，唐五代诸词人以暨北宋晏、欧、小山等附之。张子野为一体，秦淮海为一体，柳词高者附之。苏东坡为一体，贺方回为一体，毛泽民、晁具茨高者附之。周美成为一体，竹屋、草窗附之。辛稼轩为一体，张、陆、刘、蒋、陈、杜合者附之。姜白石为一体，史梅溪为一体，吴梦窗为一体，王碧山为一体，黄公度、陈西麓附之。张玉田为一体。其间惟飞卿、端己、正中、淮海、美成、梅溪、碧山七家，殊涂同归。馀则各树一帜，而皆不失其正，东坡、白石，尤为矫矫。

又　词有表里俱佳，文质适中者，温飞卿、秦少游、周美成、黄公度、姜白石、史梅溪、吴梦窗、陈西麓、王碧山、张玉田、庄中白是也，词中之上乘也。

清陈廷焯《词坛丛话》　秦、柳自是作家，然却有可议处。东坡诗云“山抹微云秦学士，露华倒影柳屯田”，微以气格为病也。

又　秦写山川之景，柳写羁旅之情，俱臻绝顶，有不可以言语形容者。

清沈祥龙《论词随笔》　词有婉约，有豪放，二者不可偏废，在施之各当耳。房中之奏，出以豪放，则情致绝少缠绵；塞下之曲，行以婉约，则气象何能恢拓？苏、辛与秦、柳，贵集其长也。

又　词之言情，贵得其真。劳人思妇，孝子忠臣，各有其情。古无无情之词，亦无假托其情之词。柳、秦之妍婉，苏、辛之豪放，皆自言其情者也。

又　词之蕴藉，宜学少游、美成，然不可入于淫靡；绵婉宜学耆卿、易安，然不可失于纤巧。雄爽宜学东坡、稼轩，然不可近于粗厉。流畅宜学白石、玉田，然不可流于浅易。此当就气韵气味求之。

清张德瀛《词征》　释皎然《诗式》谓诗有“六至”，……以词衡之，至险而不僻者，美成也；至奇而不差者，稼轩也；至丽而自然者，少游也；至苦而无迹者，碧山也；至近而意远者，玉田也；至放而不迂者，子瞻也。

又　同叔之词温润，东坡之词轩骁，美成之词精邃，少游之词幽艳，无咎之词雄邈。北宋惟五子可称大家。

又　汪蛟门谓宋词有三派：欧、晏正其始，秦、黄、周、柳、姜、史之徒极其盛，东坡、稼轩放乎其言之矣。

清陈锐《袌碧斋词话》　读《姑溪词》而后知清真之大，读《友古词》而后叹淮海之清：四君者，极相合者也。由其相合以求其分，庶见庐山真面。

清李慈铭《越缦堂读书记》卷八《文学》四　余于词非当家，所作者真诗馀耳，然于此中颇有微悟。盖必若近若远，忽去忽来，如蛱蝶穿花，深深款款；又须于无情无绪中，令人十步九回，如佛言食蜜，中边皆甜。古来得此旨者，南唐二主、六一、安陆、淮海、小山及李易安《漱玉词》耳。屯田近俗，稼轩近霸，而两家佳处，均处渊微。

清况周颐《历代词人考略》载王鹏运论词　北宋人词，如潘逍遥之超逸、宋子京之华贵、欧阳文忠之骚雅、柳屯田之广博、晏小山之疏俊、秦太虚之婉约、张子野之流丽、黄文节之俊上、贺方回之醇肆，皆可模拟，得其仿佛。唯苏文忠之清雄，敻乎轶尘绝迹，令人无以步趋。

清况周颐《蕙风词话·正编》　有宋熙丰间，词学称极盛。苏长公提倡风雅，为一代山斗。黄山谷、秦少游、晁无咎皆长公之客也。山谷、无咎皆工倚声，体格于长公为近。唯少游自辟蹊径，卓然名家。盖其天分高，故能抽秘骋妍于寻常濡染之外，而其所以契合长公者独深。张文潜《赠李德载》诗有云："秦文倩丽舒桃李。"彼所谓文，固指一切文字而言。若以其词论，直是初日芙蓉、晓风杨柳；倩丽之桃李，容犹当之有愧色焉。王晦叔《碧鸡漫志》云：黄、晁二家词，皆学坡公，得其七八。而于少游独称其俊逸精妙，与张子野并论，不言其学坡公。可谓知少游者矣!

又　唐贤为词,往往丽而不流,与其诗不甚相远。刘梦得《忆江南》云:“春去也,多谢洛城人。弱柳从风疑举袂,丛兰泣露似沾巾,独坐亦含颦。”流丽之笔,下开子野少游一派。

清况周颐《蕙风词话·续编》引王士禛《倚声集序》　诗馀者,古诗之苗裔也。语其正则南唐二主为之祖,至漱玉、淮海而极盛,高、史其嗣响也。语其变则眉山导其源,至稼轩、放翁而尽变,陈、刘其馀波也。有诗人之词,唐、蜀、五代诸人是也。有文人之词,晏、欧、秦、李诸君子是也。有词人之词,柳永、周美成、康与之之属是也。有英雄之词,苏、陆、辛、刘是也。至是,声音之道,乃臻极致,而诗之为功,虽百变而不穷。

清蒋兆兰《词说》　词家正轨,自以婉约为宗。欧晏张贺,时多小令,慢词寥寥,传作较少。逮乎秦柳,始极慢词之能事。其后清真崛起,功力既深,……冠绝古今,可谓极词中之圣。

清刘熙载《艺概·词曲概》　秦少游词,得《花间》、《尊前》遗韵,却能自出清新。东坡词雄姿逸气,高轶古人,且称少游为词手。山谷倾倒于少游《千秋岁》词“落红万点愁如海”之句,至不敢和。要其它词之妙,似此者岂少哉?

又　叔原贵异,方回赡逸,耆卿细贴,少游清远。四家词趣各别,惟尚婉则同耳。

又　少游词有小晏之妍,其幽趣则过之。梅圣俞《苏幕遮》云:“落尽梅花春又了,满地斜阳,翠色和烟老。”此一种似为少游开先。

清谢朝征《白香词谱笺》　苏籀云:秦校理词,落尽畦畛,天心月胁,逸格超绝,妙中之妙。议者谓前无伦而后无继。

清沈曾植《菌阁琐谈》二《手批词话三种》　《词筌》:“长调推秦柳周康为协律。”(沈)先生批云:“以宋世风尚言之,秦柳为当行,周康为协律,四家并提,宋人无此语也。”

清冯煦《蒿庵论词》　少游以绝尘之才，早与胜流，不可一世；而一谪南荒，遽丧灵宝。故所为词寄慨身世，闲雅有情思，酒边花下，一往而深，而怨悱不乱，悄乎得《小雅》之遗。后主而后，一人而已。昔张天如论相如之赋云："他人之赋，赋才也；长卿，赋心也。"予于少游之词亦云：他人之词，词才也；少游，词心也。得之于内，不可以传。虽子瞻之明隽，耆卿之幽秀，犹若有瞠乎后者，况其下邪。

又　宋至文忠欧阳修文始复古，天下翕然师尊之，风尚为之一变。即以词言，亦疏隽开子瞻，深婉开少游。

又　淮海、小山，真古之伤心人也。其淡语皆有味，浅语皆有致，求之两宋词人，实罕其匹。

清樊增祥《樊山集·东溪草堂词选自序》　少游俊朗，世罕其俦，婉约多讽，啴缓入律，慢令双美，靡得而闻。

王国维《人间词话》　冯梦华宋《六十一家词选序例》谓："淮海、小山，古之伤心人也。其淡语皆有味，浅语皆有致。"余谓此唯淮海足以当之。小山矜贵有馀，但可方驾子野、方回，未足抗衡淮海也。

又　梅圣俞《苏幕遮》词："落尽梨花春事了，满地斜阳，翠色和烟老。"刘融斋谓少游一生专学此种。

又　岂创者易工而因者难巧欤？抑人各有能有不能也？读者观欧、秦之诗远不如词，足透此中消息。

又　词之雅郑，在神不在貌。永叔、少游虽作艳语，终有品格。方之美成，便有淑女与倡伎之别。

《人间词话》删稿　诗至唐中叶以后，殆为羔雁之具矣。故五代、北宋之诗，佳者绝少，而词则为其极盛时代。即诗词兼擅如永叔、少游者，亦词胜于诗远甚，以其写之于诗者不若写之于词者之真也。

又　唐五代之词，有句而无篇。南宋名家之词，有篇而无句。有篇有句，唯李后主降宋后之作及永叔、子瞻、少游、美成、稼轩数人而已。

又　词之最工者，实推后主、正中、永叔、少游、美成，而后此南宋诸公不与焉。

樊志厚《人间词序》　温韦之精艳，所以不如正中者，意境有深浅也。《珠玉》所以逊《六一》，《小山》所以愧《淮海》者，意境异也。……夫古今人词之以意胜者，莫若欧阳公；以境胜者，莫若秦少游。

徐珂《清代词学概论》　止庵（周济）又以少游多庸格，为浅钝者所易托。

郑文焯《大鹤山人论词手简》　比尝见并世词人……亦往往为律所缚，顿思破析旧格，以为腔可自度，黠者或趋于简便，借口古人先我为之，此"畏难苟安"之锢习使然，甚无谓也。然则今之妄托苏、辛，鄙夷秦、柳者，皆巨怪大谬，岂值一哂耶！

夏敬观吷庵《手批山谷词》　后山称"今代词手，唯秦七、黄九"。少游清丽，山谷重拙，自是一时敌手。至用谚语作俳体，时移世易，语言变迁，后之阅者渐不能明，此亦自然之势。试检扬子云绝代语，有能一一释其义者乎？以市井语入词，始于柳耆卿，少游、山谷各有数篇，山谷特甚之又甚，至不可句读。若此类者，学者可不必步趋耳。

夏敬观《手批淮海词》　少游词清丽婉约，辞情相称，诵之回肠荡气，自是词中上品。比之山谷，诗不及远甚，词则过之。盖山谷是东坡一派，少游则纯乎词人之词也。东坡尝讥少游："不意别后，公却学柳七。"少游学柳，岂用讳言，稍加以坡，便成为少游之词。学者细玩，当不易吾言也。

蔡嵩云《柯亭论词》　少游词虽间有《花间》遗韵，其小令深婉处，实出自六一，仍是《阳春》一派。慢词清新淡雅，风骨高骞，更非《花间》所能范围矣。

陈匪石《声执》卷下　秦观为"苏门四子"之一，而其为词，则不与晁、黄同赓苏调，妍雅婉约，卓然正宗。

吴梅《词学通论》第七章《概论》二《两宋》　诸家论断，大抵（以秦观）与子瞻并论。余谓二家不能相合也。子瞻胸襟大，故随笔所之，如怒澜飞空，不可狎视。少游格律细，故运思所及，如幽花媚春，自成馨逸。其《满庭芳》诸阕，大半被放后作，恋恋故国，不胜热中，其用心不逮东坡之忠厚，而寄情之远，措语之工，则各有千古。

夏承焘《天风阁学词日记》一九三八年三月二十日　点《淮海词》一卷，婀娜中含刚健，此其擅长。

龙榆生《苏门四学士词·秦观》　"婉约"一路，即宜抒男女思慕，或流连光景之情。故论《淮海词》之风格，要为"得《花间》、《尊前》遗韵，却能自出清新"（《艺概》）。而其内容，却不免牵于俗尚，未能别开疆土。衍《乐章》之馀绪，而以和婉醇正出之；此其所以能于耆卿、东坡二派之外，别树一帜也。

又　《淮海词》中，大率调外多不标题，约与《乐章》为近，惟其以协律入歌为主，故于修辞必求婉丽，运意多为含蓄。然即以此，未能风骨高骞。

典藏 國學

《国学典藏》丛书已出书目

周易［明］来知德 集注
诗经［宋］朱熹 集传
尚书曾运乾 注
仪礼［汉］郑玄 注［清］张尔岐 句读
礼记［元］陈澔 注
论语·大学·中庸［宋］朱熹 集注
孟子［宋］朱熹 集注
左传［战国］左丘明 著［晋］杜预 注
孝经［唐］李隆基 注［宋］邢昺 疏
尔雅［晋］郭璞 注
说文解字［汉］许慎 撰
战国策［汉］刘向 辑录
［宋］鲍彪 注［元］吴师道 校注
国语［战国］左丘明 著
［三国吴］韦昭 注
徐霞客游记［明］徐弘祖 著
荀子［战国］荀况 著［唐］杨倞 注
近思录［宋］朱熹 吕祖谦 编
［宋］叶采［清］茅星来 等注
传习录［明］王阳明 撰
（日）佐藤一斋 注评
老子［汉］河上公 注［汉］严遵 指归
［三国魏］王弼 注
庄子［清］王先谦 集解
列子［晋］张湛 注［唐］卢重玄 解
［唐］殷敬顺［宋］陈景元 释文
孙子［春秋］孙武 著［汉］曹操 等注
墨子［清］毕沅 校注
韩非子［清］王先慎 集解
吕氏春秋［汉］高诱 注［清］毕沅 校
管子［唐］房玄龄 注［明］刘绩 补注
淮南子［汉］刘安 著［汉］许慎 注

坛经［唐］惠能 著 丁福保 笺注
楞伽经［南朝宋］求那跋陀罗 译
［宋］释正受 集注
世说新语［南朝宋］刘义庆 著
［南朝梁］刘孝标 注
山海经［晋］郭璞 注［清］郝懿行 笺疏
颜氏家训［北齐］颜之推 著
［清］赵曦明 注［清］卢文弨 补注
三字经·百家姓·千字文
［宋］王应麟等 著
龙文鞭影［明］萧良有等 编撰
幼学故事琼林［明］程登吉 原编
［清］邹圣脉 增补
梦溪笔谈［宋］沈括 著
容斋随笔［宋］洪迈 著
困学纪闻［宋］王应麟 著
［清］阎若璩 等注
楚辞［汉］刘向 辑
［汉］王逸 注［宋］洪兴祖 补注
曹植集［三国魏］曹植 著
［清］朱绪曾 考异［清］丁晏 铨评
陶渊明全集［晋］陶渊明 著
［清］陶澍 集注
王维诗集［唐］王维 著［清］赵殿成 笺注
李商隐诗集［唐］李商隐 著
［清］朱鹤龄 笺注
杜牧诗集［唐］杜牧 著［清］冯集梧 注
李煜词集（附李璟词集、冯延巳词集）
［南唐］李煜 著
柳永词集［宋］柳永 著
晏殊词集·晏幾道词集
［宋］晏殊 晏幾道 著

苏轼词集［宋］苏轼 著［宋］傅幹 注

黄庭坚词集·秦观词集
［宋］黄庭坚 著［宋］秦观 著

李清照诗词集［宋］李清照 著

辛弃疾词集［宋］辛弃疾 著

纳兰性德词集［清］纳兰性德 著

古文辞类纂［清］姚鼐 纂集

玉台新咏［南朝陈］徐陵 编
［清］吴兆宜 注［清］程琰 删补

乐府诗集［宋］郭茂倩 编撰

花间集［后蜀］赵崇祚 集
［明］汤显祖 评

词综［清］朱彝尊 汪森 编

花庵词选［宋］黄昇 选编

阳春白雪［元］杨朝英 选编

唐宋八大家文钞［清］张伯行 选编

宋诗精华录［清］陈衍 选编

古文观止［清］吴楚材 吴调侯 选注

唐诗三百首［清］蘅塘退士 编选
［清］陈婉俊 补注

宋词三百首［清］朱祖谋 编选

文心雕龙［南朝梁］刘勰 著
［清］黄叔琳 注 纪昀 评
李详 补注 刘咸炘 阐说

诗品［南朝梁］钟嵘 著
古直 笺 许文雨 疏证

人间词话·王国维词集 王国维 著

西厢记［元］王实甫 著
［清］金圣叹 评点

牡丹亭［明］汤显祖 著
［清］陈同 谈则 钱宜 合评

长生殿［清］洪昇 著［清］吴人 评点

桃花扇［清］孔尚任 著
［清］云亭山人 评点

部分将出书目
（敬请关注）

周礼
公羊传
穀梁传
史记
汉书
后汉书

三国志
水经注
史通
孔子家语
日知录
文史通义

金刚经
文选
孟浩然诗集
李白全集
杜甫全集
白居易诗集